À PROPOS DE L'AUTRICE

Michelle Willingham, l'une des autrices phares de la collection, a réussi le pari de réunir ses deux passions d'enfance, l'Histoire et l'écriture. Depuis 2009, elle a publié plus d'une vingtaine de romans dans « Les Historiques », et ce pour notre plus grand plaisir !

Un Highlander pour prisonnier

MICHELLE WILLINGHAM

Un Highlander pour prisonnier

Traduction française de
EMMANUELLE SANDER

HARLEQUIN

Titre original :
TEMPTED BY THE HIGHLAND WARRIOR

Ce roman a déjà été publié en 2019.

HARPERCOLLINS FRANCE
83-85, boulevard Vincent-Auriol, 75646 PARIS CEDEX 13
Service Lectrices — Tél. : 01 45 82 47 47 - www.harlequin.fr
ISBN 978-2-2804-9681-0

Composé et édité par HarperCollins France.
Imprimé en septembre 2023 par CPI Black Print (Barcelone)
en utilisant 100% d'électricité renouvelable.
Dépôt légal : octobre 2023.

FSC www.fsc.org MIXTE Papier issu de sources responsables FSC® C159065

Pour limiter l'empreinte environnementale de ses livres, HarperCollins France s'engage à n'utiliser que du papier fabriqué à partir de bois provenant de forêts gérées durablement et de manière responsable.

NOTE DE L'AUTRICE

Lorsque j'ai écrit le premier livre de la série du clan MacKinloch — *Mariée à un Highlander* — j'ai tout de suite été intriguée par les personnages de Callum et de Marguerite. Leur situation me rappelait l'histoire de Roméo et Juliette. Callum, ce héros brisé qui ne peut pas parler, adore Marguerite… Et pourtant il croit qu'il ne pourra jamais gagner le cœur de la fille du duc. Marguerite éprouve une grande compassion pour la situation désespérée de Callum mais, tandis qu'elle lui donne son cœur, elle doit s'élever contre son père et se défaire de ses devoirs.

Ce livre a été assez difficile à écrire dans la mesure où le héros ne peut pas parler, et présente des passages de dialogues particuliers, dans lesquels j'ai essayé de faire ressentir les émotions et les paroles que Callum aurait aimé prononcer. J'espère que vous apprécierez ce troisième livre de la série. S'il s'agit du premier que vous lisez, il existe d'autres histoires liées à celle-ci.

Mariée à un Highlander, le premier volume, raconte les retrouvailles entre Bram, le prisonnier de guerre, et Nairna, son amour d'enfance. *Séduite par un Highlander* parle du mariage difficile entre Alex, le guerrier chef de clan, et Laren, une artiste spécialisée dans les vitraux et le travail du verre.

Je vous invite à visiter mon site web à l'adresse www.michellewillingham.com pour lire des extraits de mes livres et connaître les détails et les dessous de mes œuvres. J'aime beaucoup avoir le retour de mes lecteurs et lectrices. Vous pouvez m'écrire à mon adresse mail michelle@michellewillingham.com ou à l'adresse P.O. Box 2242, Poquoson, VA 23662, USA.

En mémoire de Rafiq Salim SOUFAN,
avec une pensée toute particulière
pour sa femme, Fatin,
et pour leurs enfants.

1

Écosse — 1305

Le cri déchirant d'un homme tira Marguerite de Montpierre de son sommeil. D'un bond, elle se redressa dans son lit, agrippa la couverture et regarda d'un air inquiet Trinette, sa servante.

— Qu'est-ce que c'était ? demanda-t-elle.

Trinette secoua la tête, les yeux agrandis par la peur.

— Je l'ignore, mais nous devrions rester ici, en sécurité, répondit celle-ci en blêmissant.

Marguerite se dirigea vers la fenêtre et contempla le ciel faiblement éclairé par la lune. Les cris de l'homme s'étaient arrêtés et elle savait ce que cela signifiait.

Son esprit lui ordonnait de rester dans sa chambre, de ne pas s'en mêler. Que pouvait-elle faire ? Elle n'était qu'une jeune fille de dix-huit ans. Son père et Lord Cairnross seraient tous les deux furieux s'ils apprenaient qu'elle était sortie seule dans la nuit.

Mais si quelqu'un avait besoin d'aide, ne fallait-il pas agir ? La peur ne devait pas prendre le pas sur la compassion.

— Je vais voir ce que c'était, dit-elle à Trinette. Tu peux rester ici, si tu veux.

— Non, milady, n'y allez pas ! Votre père ne le permettrait pas.

Non, en effet. Et Marguerite imaginait sans mal la voix autoritaire de son père lui intimant de ne pas quitter son lit. Elle prit une inspiration, déchirée par le doute. Si elle restait dans la tour, elle serait en sécurité et ne provoquerait la colère de personne.

Mais quelqu'un pouvait mourir. Ce n'était pas une question d'obéissance. Il s'agissait d'essayer de sauver une vie.

— Tu as raison, murmura-t-elle. Il ne me le permettrait pas. Seulement, il n'est pas là, n'est-ce pas ?

Chaque jour, elle priait pour que son père revienne aussi vite que possible, car, depuis son départ, sa vie se muait chaque jour un peu plus en cauchemar.

Guy de Montpierre, duc d'Avignois, ignorait tout de ce qui se passait ici. Le fiancé de Marguerite avait fait montre de la plus grande courtoisie envers sa famille. Son père était un homme qui valorisait la richesse et le rang, et Gilbert de Bouche, comte de Cairnross, représentait une solide alliance avec les Anglais. Une fille cadette ne pouvait espérer meilleur mariage.

Mais le comte Gilbert avait beau traiter Marguerite avec respect et honneur, sa cruauté l'horrifiait. Il croyait fermement que les Écossais devaient être tenus en servitude. Il avait fait plusieurs prisonniers de guerre, et Marguerite les avait vus construire des murs de pierre des heures durant.

Trinette frissonna, les yeux baissés sur le couvre-lit.

— Je ne pense pas que vous souhaitiez provoquer

la colère de Lord Cairnross en quittant votre chambre, milady...

Marguerite ne chercha pas à la contredire, mais le cri du prisonnier la hantait. Il tourmentait sa conscience. Elle avait vu les esclaves de Cairnross. Des hommes très maigres, le désespoir gravé sur leurs traits. Deux d'entre eux étaient déjà morts depuis son arrivée au château. Et, d'après les cris qu'elle venait d'entendre, elle devinait qu'un autre homme gisait quelque part, à l'agonie.

— Je ne peux pas rester ici sans rien faire, murmura-t-elle.

Dans le cas contraire, elle ne vaudrait pas mieux que le comte. Elle enfila une cotte ajustée avec de longues manches, un surcot rose et un manteau sombre. Trinette poussa un soupir résigné et l'aida à finir de s'habiller, avant de passer ses propres habits.

Il était plus de minuit et les soldats dormaient, allongés dans les longs couloirs et dans la salle plus vaste de la grande tour en bois. Le cœur battant, Marguerite avança le dos plaqué contre le mur et passa devant eux. Son père avait laissé une demi-douzaine d'hommes de sa garde personnelle pour la protéger. Aucun doute qu'ils auraient cherché à l'arrêter, s'ils s'étaient réveillés.

Elle quitta la tour en bois et se dirigea vers la cour intérieure. Elle découvrit alors l'origine des cris. Un homme à peine plus âgé qu'elle gisait, prostré au sol. Son dos était couvert de sang et il avait les chevilles entravées. Ses longs cheveux noirs lui obscurcissaient le visage, mais elle vit ses épaules bouger. Il était encore en vie... pour l'instant.

— Apporte de l'eau et des chiffons propres, chuchota-t-elle à Trinette. Dépêche-toi !

Elle ignorait tout de cet homme, mais elle ne pouvait pas tourner le dos à sa souffrance. Il avait besoin de son aide pour survivre à cette nuit.

Trinette obéit aussitôt. Dès qu'elle eut disparu, Marguerite avança timidement vers l'homme. Une fois à ses côtés, elle le vit frissonner, comme s'il avait froid. Pour ne pas l'effrayer, elle dit doucement en anglais :

— Me permettez-vous de soigner vos blessures ?

L'homme se raidit et appuya les mains contre le sol. Lentement, il tourna la tête vers elle et lui présenta son visage tuméfié et couvert de bleus. Ses yeux sombres étaient vides, comme s'il ne ressentait rien. Marguerite s'agenouilla près de lui et aperçut le sang qui maculait le sol.

— Je m'appelle Marguerite de Montpierre, poursuivit-elle alors en gaélique, dans l'espoir de se faire comprendre.

Elle avait beau être douée pour les langues et avoir étudié celle des Écossais pendant un an, elle ne se sentait pas très sûre d'elle.

— Comment vous appelez-vous ?

Il la dévisagea, mais ne répondit pas. La douleur marquait son visage et il la contempla avec incrédulité, comme s'il ne comprenait pas pourquoi elle lui manifestait autant de compassion. Une boucle de cheveux lui tombait sur les yeux et elle tendit la main pour la lui ôter du visage.

Ce geste était destiné à l'aider à mieux voir mais, dès l'instant où elle le toucha, il s'empara de sa main. Sa paume était froide ; il la serra comme si elle était un papillon fragile.

La douceur de ce geste la surprit. Son premier réflexe fut de retirer sa main, mais quelque chose l'en empêcha. Au-delà des blessures sur son visage, elle devinait les traits durs et déterminés d'un homme qui avait connu l'enfer et y avait survécu.

Elle attendit de nouveau qu'il parle, mais il garda le silence et lui lâcha la main. Marguerite se demanda si Lord Cairnross avait ordonné qu'on lui coupe la langue. Elle baissa les yeux, mais n'osa pas lui poser la question.

Lorsque Trinette revint avec un récipient en bois rempli d'eau chaude et des linges propres, Marguerite vit les épaules de l'homme se crisper.

— Reste en arrière, murmura-t-elle à la servante, et appelle-moi si tu vois quelqu'un approcher.

Elle trempa le premier linge dans l'eau et l'essora doucement. Puis elle le posa délicatement sur le dos ensanglanté du prisonnier. Il gémit faiblement lorsqu'elle le toucha.

— Pardonnez-moi. Je n'ai pas l'intention de vous faire du mal.

Il serra les dents lorsqu'elle recommença, mais ne fit aucun mouvement pour s'écarter d'elle. Marguerite tenta de laver le sang et la poussière dans son dos. Elle espérait que l'eau tiède apaiserait la douleur. Elle n'avait jamais soigné de plaies aussi profondes que celles-ci, car son père ne la laissait pas approcher des soldats quand ils étaient blessés.

La vue du sang la bouleversa ; elle s'efforça cependant de contenir son anxiété. Il avait besoin d'elle. Elle veilla à nettoyer ses plaies avec délicatesse, car elle imaginait à quel point il devait souffrir. Le fouet avait profondément entaillé sa chair et laissé des stries profondes.

— Pourquoi vous a-t-il fait cela ? demanda-t-elle en essorant de nouveau le linge.

Elle lui humecta la joue avec le linge tiède et il effleura

des doigts sa propre bouche et sa gorge en secouant la tête, pour lui faire comprendre qu'il ne pouvait pas parler.

— C'est vous qui avez crié, un peu plus tôt ?

Il nia d'un signe de tête, puis tendit la main et désigna un endroit plongé dans l'obscurité. Marguerite aperçut alors le corps sans vie et le regard vide d'un prisonnier.

Chacun de ses os et chacun de ses membres lui faisaient souffrir le calvaire. Même s'il l'avait voulu, il n'aurait pas pu bouger. Les soldats anglais l'avaient battu jusqu'au sang, avant de lui assener vingt coups de fouet.

Ils ne l'avaient pas encore tué, mais cela ne saurait tarder. C'était devenu un test d'endurance. Pourtant, si son corps était faible et brisé, son esprit était devenu aussi dur que le fer. Il n'avait pas poussé un seul cri de douleur, car il avait perdu la capacité de parler depuis presque un an. Après toutes les horreurs dont il avait été le témoin.

Un autre linge humide couvrit ses blessures et il frémit. Cette femme lui avait offert sa compassion, alors que personne d'autre ne l'avait fait. Pourquoi ? Elle était la fiancée du comte, une jeune noble qui n'aurait jamais dû quitter le sanctuaire de la forteresse. Il l'observa du coin de l'œil. Sa robe rose mettait en valeur sa frêle silhouette et, lorsqu'elle se pencha en avant, de longues mèches de cheveux blonds s'échappèrent de sous son voile.

Il ne méritait pas son attention. Il avait été fait prisonnier sept ans plus tôt, alors qu'il n'était encore qu'un enfant. Son père était mort au cours de l'attaque de leur fort, et il avait été capturé en même temps que son frère aîné, Bram.

Il baissa les yeux vers le sol et se demanda si Bram avait réussi à s'échapper. Il était parti depuis longtemps et, même s'il avait juré de revenir le libérer, Callum n'y croyait plus. Comment Bram aurait-il pu le faire ?

Personne ne pouvait le sauver. C'était impossible. Il était voué à mourir sous la torture.

Il ferma les yeux et grimaça lorsque la jeune femme épongea l'une de ses plaies les plus profondes. Son parfum féminin lui parvint à travers l'air fétide, semblable à un souffle de miséricorde. Il inspira profondément, comme s'il pouvait, par ce geste, absorber le souvenir de cette femme.

Lorsqu'elle eut terminé, elle ôta les linges de son dos et l'aida à s'asseoir. Callum aperçut alors son visage et se demanda si, finalement, il n'était pas mort. Elle avait un visage pâle en forme de cœur, qui lui donnait l'air fragile, des lèvres douces et des yeux azur qui le hanteraient jusqu'à la fin de ses jours. Jamais il n'avait vu une créature aussi belle de toute sa vie !

— Vous avez froid, murmura-t-elle en ôtant son manteau, avant de le lui passer autour des épaules.

Il se laissa envelopper par son parfum de fleurs exotiques légèrement citronné, et par la chaleur de son corps. On aurait dit des effluves venus d'un pays lointain. Tout en la détaillant, il remarqua ce qui témoignait de sa richesse : non seulement sa riche robe en soie, mais encore ses mains douces et sa peau claire.

Comment pouvait-elle épouser un homme comme le comte de Cairnross ? L'idée qu'un tel monstre puisse posséder tant d'innocence le remplissait de rage.

Mais comment l'en empêcher ? Même s'il essayait, il n'y parviendrait pas, lui murmura la voix de la raison.

Les coups de fouet avaient failli le tuer. Il ignorait encore pourquoi les soldats s'étaient arrêtés de le battre. Ils l'avaient abandonné là, croyant certainement qu'ainsi exposé à l'air froid de la nuit il finirait par mourir.

À la place, Lady Marguerite était intervenue. Il aurait aimé qu'elle puisse l'aider à s'enfuir, mais tout effort en ce sens aurait été vain. Une douzaine de gardes surveillaient la porte et il ne se sentait pas assez fort. Il pouvait à peine tenir debout. Comment imaginer, dans ces conditions, sortir en courant de Cairnross ?

Il essaya de se lever, mais ses genoux ployèrent sous son poids. Lady Marguerite lui tendit la main et l'aida à garder son équilibre. Elle rougit de l'avoir touché, mais lui dit malgré tout :

— Laissez-moi vous aider.

Il secoua la tête pour refuser et se retint à un mur en pierre. Il préférait avancer à quatre pattes, comme un chien, plutôt que de voir la jeune femme s'abaisser de cette façon. Elle avait soigné ses blessures et lui avait donné son manteau pour le réchauffer… Qu'est-ce qui pouvait bien la pousser à secourir un étranger, écossais de surcroît ?

Il ferma les yeux et l'entendit murmurer des paroles de réconfort dans sa langue. Il distingua la douceur de son accent français et sa voix apaisante glissa sur lui comme de la soie.

Lorsqu'il essaya de faire un pas en avant, ses jambes se dérobèrent et il faillit trébucher à cause des chaînes qui lui entravaient les chevilles. Lady Marguerite se plaça alors à côté de lui et passa un bras autour de sa taille pour le soutenir. Il voulut refuser, car il était crasseux et couvert de sang. Elle ne devait pas être souillée à cause de lui.

Mais elle le guida vers la forteresse.

— Tout va bien se passer, dit-elle à voix basse. Je viendrai vous voir et je vous apporterai de la nourriture. Lorsque vous aurez repris des forces, je demanderai au comte de vous libérer.

Il lui lança un regard interrogateur. Pourquoi gaspillait-elle son temps avec une personne comme lui ?

Le regard inquiet qu'elle lui rendit laissait entendre qu'elle-même n'avait pas de réponse. Il lui effleura les mains en retirant le manteau qu'elle lui avait donné. Il vit alors ses lèvres s'entrouvrir et eut envie de tomber à genoux devant elle, pour l'adorer comme la déesse qu'elle était.

Il ne voulait pas de sa compassion. Son corps et sa voix étaient peut-être abîmés, mais il ne lui permettrait pas de penser qu'il n'était plus un homme. Il lui enlaça les doigts et sa peau froide se fondit avec sa chaleur.

Il porta la main de la jeune femme à sa joue rugueuse et absorba cette chaleur. Les mèches échappées de son voile reposaient sur sa gorge, attirant là, malgré lui, son regard. Lorsqu'il porta sa main à ses propres lèvres, elle retint son souffle et étouffa un petit cri.

Il la lâcha aussitôt, s'attendant à ce qu'elle s'écarte de lui avec dégoût. À la place, elle laissa les doigts sur son visage et il vit que ses yeux étaient brillants de larmes.

— Je ne vous oublierai pas, promit-elle en prenant son manteau pour le passer autour de ses épaules.

Puis elle souleva ses jupes et disparut dans la nuit.

Callum aperçut alors un mouvement dans l'ombre et tourna la tête. Le comte de Cairnross se tenait là et le regardait. Ses prunelles sombres brûlaient de fureur.

— Je vous ai vue avec ce prisonnier, hier soir, commença Lord Cairnross, lorsque Marguerite vint le rejoindre à l'heure de la collation. Celui qui a été puni.

Elle garda les yeux rivés au sol, ne montrant aucune réaction. Si elle manifestait le moindre désarroi, aucun doute que le comte ferait exécuter le prisonnier.

— J'ai entendu un homme qui souffrait, murmura-t-elle. Cela m'a réveillée.

Elle s'efforça de s'exprimer d'un ton neutre, comme si elle parlait d'un animal blessé.

— Vous êtes tellement jeune, Lady Marguerite ! Vous n'avez pas affaire à des nobles, comme vous en avez l'habitude, expliqua-t-il comme s'il s'adressait à une petite fille. Il s'agit d'Écossais ignorants qui ont osé se dresser face au roi. Ils devraient nous être reconnaissants de leur donner la possibilité d'expier leurs péchés.

Leurs péchés ? Marguerite contempla ses mains pour se donner une contenance. De quoi parlait-il ? Même si certains d'entre eux étaient des rebelles aux yeux des Anglais, le prisonnier avait à peu près son âge. Et, d'après son apparence, il vivait en captivité depuis des années.

Un frisson la parcourut. Le regard déterminé de ce prisonnier ne laissait aucun doute : il était capable de tuer son maître sans l'ombre d'un regret.

— Ne punissez pas cet homme à cause de mon ignorance, milord. Je l'ai vu en train de saigner. Je ne voulais que soigner ses blessures.

Le comte prit ses mains entre les siennes.

— Lady Marguerite, Callum MacKinloch a osé vous toucher. C'est un geste que je ne peux lui pardonner.

Cette réponse la glaça, tandis qu'elle le regardait fixement. Dans ses yeux, elle voyait un homme qui croyait en sa supériorité, et qui ne pensait à personne d'autre qu'à lui-même.

— Lui avez-vous ôté la vie ? demanda-t-elle.

Sa voix contenait un tremblement qu'elle détestait, mais elle s'efforça de s'exprimer calmement. S'il l'avait fait, ce serait sa faute.

— J'aurais dû, mais le clan MacKinloch n'est pas très loin d'ici. Ils ont continué à résister aux troupes anglaises et j'ai décidé de le garder en otage. Sans vous faire prendre le moindre risque, ma très chère fiancée.

Il posa un regard possessif sur elle, comme s'il avait deviné les sentiments étranges qu'elle éprouvait à l'égard de l'homme qu'elle avait sauvé.

— Je l'ai envoyé au sud, là où il ne vous importunera plus, conclut-il.

Marguerite fit semblant d'approuver, même si, en son for intérieur, elle sentit une froide colère l'envahir.

— Vous êtes un homme d'une grande bonté, milord, mentit-elle.

Son sourire arrogant lui donna la nausée, tandis qu'il portait sa main à ses lèvres. Qu'il lui ait dit la vérité ou non, elle connaissait maintenant le nom de l'homme qui l'avait touchée, cette nuit : Callum MacKinloch.

Elle ignorait ce qui la fascinait tant chez lui. Il était à peine plus qu'un homme sauvage, avec son apparence dépenaillée qui aurait dû la rebuter.

Pourtant, le contact de sa bouche sur sa peau avait allumé un brasier vibrant en elle. Depuis qu'elle l'avait vu, elle ne pensait qu'à lui.

Il était un guerrier qui avait résisté à l'ennemi, survécu à des événements insurmontables. Lorsqu'il la regardait, elle avait l'impression qu'il voyait en elle plus que ce que les autres percevaient. Elle avait l'impression d'être une femme forte et non quelqu'un qui obéissait aveuglément aux autres.

À sa place, elle se serait effondrée. Ce n'était pas dans sa nature de défier les autres. Elle obéissait à son père et faisait ce qu'on lui demandait. En tant que fille cadette, elle était fière de cette obéissance.

Mais n'était-ce pas plutôt de la lâcheté ? Elle avait laissé son père lui choisir un mari sans même connaître l'homme qu'on lui destinait. Elle avait fait le voyage jusqu'en Écosse, dans une région où presque personne ne parlait sa langue. Elle avait beau se dire que son père voulait le meilleur pour elle, elle doutait sérieusement de son choix de la fiancer à Lord Cairnross. Ce mariage était censé renforcer leur alliance avec l'Angleterre, après la récente guerre qui venait de prendre fin.

Pourtant, elle ne s'imaginait pas épouser Lord Cairnross, après ce qu'il avait infligé aux prisonniers. Il aimait faire souffrir et elle détestait tout en lui.

Elle songea alors à Callum et à la manière dont il avait lorgné les portes de la forteresse, comme s'il était prêt à tout pour s'enfuir. Ils se ressemblaient de bien des façons. Ils étaient tous les deux captifs, même si ses chaînes à elle étaient invisibles.

D'une manière ou d'une autre, elle trouverait le moyen de se libérer de ce mariage !

Deux jours plus tard

Endormi sur le sol gelé, Callum rêvait de Marguerite. Les corps des autres prisonniers étaient entassés tout près de lui. C'était le seul moyen de survivre au froid glacial. Ils avaient été emmenés à la forteresse de Lord Harkirk pour mourir. Il avait déjà vu les plus faibles succomber à l'invitation silencieuse de la Mort.

Il revoyait le beau visage de Marguerite, la délicatesse et l'innocence de ses gestes. Il ignorait pourquoi elle n'avait pas fui devant lui et avait soigné ses blessures. Pourtant, il était un homme horriblement abîmé.

Mais il n'était pas faible ! Au fil du temps, il avait fortifié ses bras en soulevant des pierres pour construire des murs. Pendant ses toutes premières années de captivité, il avait appris à voler des portions de nourriture supplémentaires, lorsque les gardes ne le voyaient pas, pour ne pas mourir de faim. Lorsque son frère et lui avaient été faits prisonniers, Bram lui avait conseillé de garder des forces. Un jour viendrait où ils s'échapperaient ensemble, lui avait-il promis.

Mais Bram avait repris sa liberté et l'avait laissé derrière lui, alors même que les soldats tenaient une épée sous sa gorge.

Callum ferma les yeux et essaya de chasser son ressentiment. Ils ne l'avaient pas tué ce jour-là, même s'il s'était attendu à périr. Bram leur avait dit qu'ils bluffaient et cela avait fonctionné.

Au fond de lui, il savait que ce dernier ne l'avait pas abandonné ; il rêvait pourtant de pouvoir quitter cet endroit. Sept années avaient passé, emportant sa voix avec elles.

Quelques jours plus tôt, lorsque les gardes étaient venus le chercher et l'avaient forcé à monter dans un chariot avec quatre autres hommes, il avait essayé de parler à ces derniers. Ils avaient peut-être une chance de s'échapper, si tous se joignaient à lui pour résister aux soldats. Hélas… Malgré tous ses efforts, pas un seul mot n'avait franchi la barrière de sa gorge. C'était comme si quelqu'un l'avait verrouillée, le retenant piégé dans le silence.

Pire encore, on le traitait comme s'il était attardé. Certains parlaient même de lui comme s'il ne les entendait pas.

Lorsqu'un prisonnier avait essayé de le pousser, à leur arrivée, il lui avait pris le bras et l'avait fixé durement. Le regard surpris de l'homme s'était mué en excuse et Callum l'avait lâché, en lui lançant un avertissement silencieux. L'autre s'était frotté le bras et tourné vers les autres, qui considéraient désormais Callum d'un œil nouveau.

Il était peut-être privé de la parole, mais il comprenait chaque mot.

À compter de cet instant, ils avaient gardé leur distance.

À mesure que les jours passaient à la forteresse de Lord Harkirk, Callum voyait ses espoirs d'être libéré s'évanouir. Il ne connaissait aucun des prisonniers et, sans un visage familier auquel se raccrocher, il commença à glisser dans une forme de folie qui s'était déjà emparée de beaucoup de ses codétenus. Les visions se bousculaient dans son esprit et il essayait de se concentrer sur Lady Marguerite et les souvenirs qu'il conservait d'elle. Ainsi, il pouvait presque sentir l'odeur de sa peau et la douceur de ses mains.

Elle était bien réelle. Il serra un ruban tout froissé, qu'il avait volé dans ses cheveux blonds. Il était d'un bleu plus clair que ses yeux, et lui rappelait qu'il n'avait pas imaginé la jeune femme. Elle avait soigné sa chair blessée et l'avait traité comme un homme, non comme un esclave.

Il était capable de mourir pour protéger une femme comme elle ! Elle était pure, innocente, et elle méritait d'être avec un homme qui l'aimait, un homme prêt à déposer un royaume à ses pieds. Comme jamais il ne pourrait le faire.

Il contempla les palissades en bois qui entouraient la forteresse. Lord Harkirk avait commencé à les remplacer par de la pierre grâce au travail de prisonniers écossais, comme lui. Il caressa le ruban soyeux en imaginant que c'était la joue de Marguerite.

Il n'abandonnerait jamais son projet de s'enfuir. Ne serait-ce que pour la revoir une dernière fois.

Une semaine plus tard

La forteresse était en feu. La fumée tourbillonnait dans le ciel nocturne. À l'extérieur, Marguerite entendait les cris des hommes qui se battaient. Ses mains tremblèrent lorsqu'elle s'empara de son manteau, tout en priant à voix basse pour que Trinette et elle réussissent à sortir en vie de la tour principale.

Même s'il était plus sûr de rester caché dans la chambre, Marguerite savait que le feu pouvait s'y propager. Mourir par le fil d'une épée était une fin plus douce que de périr brûlée vive.

Trinette pleurait à chaudes larmes en empaquetant leurs effets dans un balluchon. Marguerite se dirigea vers la fenêtre et contempla le chaos. Les épées heurtaient avec fracas les boucliers, et le rugissement des prisonniers brisait le silence. Le comte cria des ordres et dégaina son arme, tandis que la fumée rendait l'air irrespirable.

C'était le meilleur moment pour s'enfuir, pendant que les hommes étaient occupés à s'affronter.

Marguerite prit le balluchon des mains de Trinette.

— Nous devons partir. Maintenant !

Voyant que sa servante hésitait, trop effrayée pour esquisser un geste, Marguerite la poussa doucement.

— Allez !

Trinette descendit à la hâte l'escalier en colimaçon. Marguerite la suivait. La pièce principale était envahie d'un brouillard de fumée. Marguerite distingua cependant l'embrasure de la porte.

Son cœur battait à tout rompre, tandis qu'elle essayait de se frayer un chemin à travers la salle. Sa gorge était sèche et irritée. Elle s'agenouilla pour voir où Trinette était partie. Elle rampa même sur le sol en terre battue et aperçut enfin une torche qui brûlait à l'extérieur. Saisie d'un regain d'énergie, elle avança jusqu'à l'entrée, gardant la tête baissée.

Dehors, l'air froid lui brûla les poumons et elle toussa pour expulser la fumée. Les prisonniers étaient en train de s'enfuir. Elle les voyait sortir de leur geôle et se battre avec ardeur, malgré leurs chaînes. Un clan écossais avait attaqué la forteresse et la moitié des guerriers créait une diversion, pendant que l'autre se chargeait de libérer les esclaves. La vengeance creusait leurs traits, tandis qu'ils luttaient avec vigueur contre les soldats de Cairnross.

Marguerite observa avec bonheur les hommes qui s'en allaient. Sa seule déception était de savoir que, si Callum MacKinloch avait été parmi eux, il serait parti, lui aussi. Mais à cause d'elle il était encore prisonnier ailleurs.

Quelle injustice !

Elle s'adossa contre l'un des murs de pierre extérieurs, ravalant ses larmes. Ne sachant quoi faire, ni où aller, elle posa son balluchon sur le sol et ferma les yeux. Si seulement elle pouvait faire taire les bruits de mort et de combat autour d'elle ! La peur la paralysait et l'empêchait d'avancer.

— Êtes-vous un otage ? lui cria quelqu'un en anglais.

Elle tourna légèrement la tête et aperçut un homme de grande taille avec des cheveux noirs qui se tenait devant elle. Elle s'enfonça les ongles dans le bras, trop apeurée pour bouger. Il pouvait la tuer d'un seul coup, s'il le voulait. Mais son regard n'avait rien de menaçant ; elle vit même une ressemblance entre Callum et lui. Elle resta immobile lorsqu'il tendit la main vers elle et repoussa son capuchon pour dénuder ses cheveux recouverts d'un voile.

— Si vous désirez quitter cet endroit, mon frère peut vous offrir l'hospitalité, proposa-t-il. Ma femme veillera sur vous, et je vous promets qu'il ne vous sera fait aucun mal.

Elle ferma les yeux et réfléchit. Sa première pensée fut de refuser l'offre. Cela n'avait aucun sens de quitter Cairnross et de fuir la forteresse en flammes avec les étrangers qui venaient de l'attaquer.

Mais voulait-elle rester ici, avec un homme qu'elle détestait ? Elle se redressa, toujours indécise, et aperçut au loin sa servante. Trinette avait cédé à la panique et hurlait en courant vers le comte, comme s'il pouvait la protéger de la brutalité des combats autour d'eux.

Totalement absorbé par la mêlée, il ne prêta pas attention à elle mais, lorsqu'elle fut près de lui, il sortit sa dague et lui trancha la gorge. Trinette tomba sur le sol, ses yeux vides tournés vers lui.

Horrifiée, Marguerite se plia en deux, sous l'effet d'une violente nausée. Que le Seigneur ait pitié d'eux ! Si elle ne l'avait vu de ses propres yeux, elle n'aurait pu le croire. Le comte connaissait Trinette, pourtant, il l'avait tuée simplement parce qu'elle se trouvait sur son chemin.

La panique vida ses poumons de l'air qu'ils contenaient, et elle dut faire un effort pour respirer. La vérité lui sauta alors aux yeux : il fallait qu'elle quitte Cairnross sous peine d'être prise au piège avec ce monstre.

— S'il vous plaît, implora-t-elle, en cherchant ses mots en gaélique, aidez-moi à retrouver mon père !

Elle se baissa et saisit son balluchon. Surtout, il ne fallait pas penser à Trinette ! Cette dernière était la seule personne venue avec elle de France, et cela lui brisait le cœur d'imaginer à quel point elle était isolée, à présent.

Le guerrier écossais lui prit la main et l'emmena à l'extérieur de la forteresse, loin des combats. Marguerite le suivit tout en priant pour n'avoir pas fait le mauvais choix. Mais quelle autre possibilité avait-elle ?

Elle n'en voyait aucune, si terrifiante celle-ci soit-elle. L'homme la conduisit jusqu'à un groupe de chevaux, et elle accrocha son balluchon sur l'un d'eux. Elle agissait machinalement, sans réfléchir, laissant son esprit partir à la dérive. Si elle essayait de penser à autre chose qu'à des tâches simples, elle ne manquerait pas de fondre en larmes.

Derrière elle, le feu faisait toujours rage dans la forteresse incendiée. L'odeur de destruction emplissait l'air. Elle posa les mains sur la jument à la robe fauve, et s'efforça de ne pas penser à ce qui allait lui arriver.

Un autre Écossais s'avança alors vers eux. Ses cheveux noirs retombaient sur les épaules et il portait une longue claymore dans le dos. La fureur et l'incrédulité brillaient dans ses prunelles.

— Bram, au nom du ciel, qu'as-tu fait ? Elle ne peut pas venir avec nous.

Il s'était exprimé en gaélique, certainement pour qu'elle ne le comprenne pas. Elle recula d'un pas pour se faire toute petite, les yeux baissés sur les mains, et fit semblant de ne pas écouter la conversation. Ses doigts tremblaient, mais elle attendit que les hommes prennent leur décision.

— Nous ne pouvons pas la laisser ici, riposta Bram.

Son sauveur fixa l'autre homme, le mettant ouvertement au défi.

— Elle est l'une d'entre eux ! Si elle vient avec nous, les hommes de Cairnross la suivront jusqu'à Glen Arrin.

Elle vit le doute s'insinuer dans les yeux de son sauveur. Si elle se taisait, il risquait de la laisser ici.

— Non, intervint-elle alors en gaélique, pour leur montrer qu'elle comprenait chacune de leurs paroles.

Il fallait qu'elle s'en aille à tout prix. Elle chercha un moyen de convaincre l'autre homme.

— Si vous envoyez un message à mon père, il viendra me chercher et vous serez récompensés.

— Et qui est donc votre père ? demanda-t-il.

Marguerite le regarda froidement.

— Guy de Montpierre, duc d'Avignois.

Elle ne s'était jamais servie de la puissance du rang de son père auparavant, mais elle s'aperçut de l'impact que cette annonce avait sur le premier homme. Il prit un air intrigué, comme s'il se demandait comment il pouvait l'utiliser. Marguerite n'en avait cure. Tant qu'il l'aidait à s'enfuir de Cairnross et qu'il faisait venir son père, elle veillerait à ce qu'il soit récompensé pour son aide.

— Je suis Marguerite de Montpierre, continua-t-elle, en redressant fièrement la tête. J'étais fiancée à Lord Cairnross.

Le simple fait de prononcer son nom la remplissait de dégoût.

— Vous pouvez bénéficier de notre protection jusqu'à l'arrivée de votre père, convint le premier homme. Mais priez pour que Cairnross ne vous retrouve pas !

Si le comte apprenait qu'elle avait conspiré avec l'ennemi pour s'enfuir, nul doute qu'elle partagerait le sort de Trinette. Elle pria en silence pour l'âme de sa compagne.

L'homme dénommé Bram l'aida à monter en selle et elle arrangea ses jupes autour du balluchon accroché à la jument. Ses mains tremblaient. Faisait-elle une erreur en partant avec des étrangers ? Elle ne connaissait pas ces hommes et n'avait pas la moindre raison de leur faire confiance.

Mais, jusqu'à présent, ils s'étaient comportés de manière honorable. Leur chef n'était pas enchanté à l'idée de l'emmener, mais il avait accepté de la protéger, exposant son propre peuple. C'était le seul espoir qui lui restait.

Dans la forteresse, le combat entre les prisonniers et les hommes de Cairnross se poursuivait.

— Je suis heureuse de la voir détruite, murmura-t-elle. Le comte mérite de perdre le château pour tout ce qu'il a fait !

— Combien de temps y êtes-vous restée ? demanda Bram, en montant derrière elle sur le cheval, qu'il talonna pour le faire avancer.

— Un peu plus de deux semaines. Mais les prisonniers…

Elle frémit en se souvenant de tous ces hommes qui avaient souffert. La plupart étaient libres, ce soir, à l'exception de ceux qui étaient morts en combattant.

— Avez-vous vu un homme du nom de Callum MacKinloch ? demanda Bram. C'est l'un de nos frères. Il est plus jeune que moi.

Elle le regarda et comprit qu'elle ne s'était pas trompée sur leur ressemblance. Soudain, elle se sentit mieux à l'idée de partir avec eux, même si elle ne pouvait pas expliquer pourquoi.

— Oui, je l'ai vu. Il a quitté le fort il y a quelques jours.

— Pour aller où ?

Elle secoua la tête et braqua le regard devant elle.

— Il a été conduit au sud. C'est tout ce que je sais.

— Est-ce qu'il était blessé ?

— Oui, mais vivant.

Elle espérait qu'il l'était encore. Elle plongea les mains dans les plis de sa robe afin de prier pour lui.

— Vous allez essayer de le retrouver ? demanda-t-elle, tandis qu'ils gagnaient les collines.

— C'est notre frère. Nous allons le ramener chez nous.

La fermeté de la réponse de Bram lui donna de l'espoir. Elle ne comprenait pas pourquoi elle ressentait le besoin de savoir Callum en sécurité. Elle ne l'avait vu que cette nuit-là. Il n'y avait rien entre eux, pas même de l'amitié. Mais, lorsqu'il avait levé la main vers sa joue, elle avait eu l'impression qu'un lien invisible s'était tissé entre eux.

Il avait osé la toucher et, même si elle en ignorait la raison, elle avait eu l'impression qu'il avait passé sa vie à la chercher.

Un peu comme s'il avait attendu sa venue. Au fond d'elle, elle désirait le revoir, ne serait-ce que pour se convaincre qu'elle n'avait pas imaginé la lueur d'intérêt qui brillait dans son regard.

2

Callum refusait de rester prisonnier. Après sept années de misère à attendre que son frère décide enfin comment et quand l'aider à s'échapper, il préférait être maudit que d'attendre un jour de plus. Même s'il mourait en essayant de s'enfuir, il ne serait plus l'esclave de personne.

Tous les jours, il affrontait les soldats et se battait pour s'échapper de la forteresse de Lord Harkirk. Le baron ne valait pas mieux que Cairnross. Il tuait quotidiennement des hommes pour donner l'exemple, et Callum ne doutait pas qu'un jour ou l'autre sa tête finirait au bout d'une pique.

Bizarrement, les soldats semblaient s'amuser de ses rébellions à répétition. Chaque fois qu'il tentait de se sauver, ils faisaient des paris sur la distance qu'il réussirait à parcourir. Une fois qu'ils le capturaient, ils le punissaient à tour de rôle. Parfois ils le privaient de nourriture, parfois il sentait le feu du fouet sur ses épaules.

Cette nuit-là, il réussit à voler un arc dans une nouvelle tentative de fuite, mais fut repris et fouetté ; on lui confisqua l'arme, puis un soldat décida de tester ses aptitudes au tir. Un garde se posta derrière lui et posa un couteau sur sa gorge, pendant que les autres installaient un bouclier en bois en guise de cible.

— Tu sais tirer, MacKinloch ? railla ce dernier en lui enfonçant la lame dans la chair. Montre-nous ce que tu sais faire ! Si tu atteins le bouclier tu ne sentiras pas le fouet sur tes épaules, ce soir. Mais si tu le rates tu en recevras douze coups.

Ses bras étaient raides, du sang coulait dans son dos. Étourdi, il sentit sa vision se brouiller. Il savait qu'ils ne le lâcheraient pas tant qu'il n'aurait pas tiré. Cela faisait des années qu'il ne s'était pas servi d'un arc, mais il avait souvent chassé avec son père et ses frères. Il avait une bonne vue et passé des heures à s'entraîner, avant de pouvoir atteindre une cible.

Il se sentait à l'aise avec cette arme, comme s'il s'agissait d'un vieil ami qu'il venait de retrouver. Les soldats s'attendaient certainement à ce qu'il rate le bouclier, mais ses aptitudes étaient toujours là, malgré les années. Les yeux fermés, il s'efforça de sentir le poids de l'arc dans sa main.

Il tendit la corde, pour en tester la tension. Elle était semblable à celles qu'il utilisait quand il était enfant. Étant donné la distance de la cible, il lui faudrait toute la force de son bras.

— Un seul tir, dit le soldat en lui tendant une flèche. Si tu essayes de tuer l'un d'entre nous, tu mourras.

Tous se rassemblèrent derrière lui pour regarder, sauf celui qui plaquait toujours sur sa nuque sa lame froide. Callum l'ignora. Il reporta toute son attention sur le bouclier, en essayant d'oublier la douleur aiguë qui irradiait dans ses muscles.

Il tira la corde et ajusta son tir, entendant dans son esprit la voix de son père, Tavin MacKinloch.

— Ne regarde pas seulement la cible avec les yeux. Vois-la avec ton bras, avec ton corps. Ne lâche la corde que lorsque tu es certain que ton tir est juste.

Son bras tremblait, mais la corde était tendue. Une goutte de sueur roula sur sa joue. Faisant abstraction des railleries des soldats, Callum imagina la flèche profondément enfoncée dans le bouclier, relâcha la corde et suivit sa course.

Elle se planta au centre de la cible, comme il l'avait imaginé.

Les rugissements des soldats furent assourdissants. Ils lui prirent l'arme et l'emmenèrent. Comme promis, ils ne le fouettèrent pas, ce soir-là, mais ils le firent tirer tous les jours en faisant des paris. Ce cadeau inespéré lui avait permis de retrouver son aptitude perdue.

Il n'atteignait pas toujours les cibles désignées, et était puni lorsqu'il les ratait. Mais il ne sentait plus les coups. Son silence intimidait les autres prisonniers, qui croyaient qu'il possédait une capacité surnaturelle à supporter la douleur. Ils en étaient venus à le craindre, ce qui accrut son sentiment de solitude et d'isolement. Peu lui importait. Bientôt, il trouverait le moyen de s'échapper, et il les laisserait tous derrière lui.

Un soir, lors d'une nouvelle tentative pour s'enfuir, il crut déceler un point faible dans les murs de l'enceinte, mais la vue de Lady Harkirk, debout à l'entrée de la tour, détourna son attention. Dans son regard, il distingua une noirceur qui faisait écho à ses propres émotions.

Son mariage avec Lord Harkirk lui rappela Marguerite, fiancée à un homme qui finirait par la détruire.

Il posa la main sur la palissade en bois. Au lieu de voir les cheveux bruns de Lady Harkirk et sa frêle silhouette, il voyait les cheveux clairs de Marguerite et ses yeux d'un bleu profond. Le visage de la jeune femme était gravé au fer rouge dans sa mémoire, sans qu'il comprenne pourquoi. Peut-être parce qu'il n'aurait jamais imaginé qu'une belle femme comme elle s'intéresserait à un homme comme lui. Cette vision persistait dans son esprit et la liait à lui.

Avait-elle été punie, pour lui avoir manifesté de la compassion ? Le comte était très épris d'elle et impatient de l'épouser. L'idée que cette brute puisse la toucher, violenter son corps fragile, lui occasionna une violente montée de colère. Il aurait aimé se trouver à Cairnross, pour offrir à Marguerite ne serait-ce que l'ombre de sa protection.

— Attention, derrière vous ! cria Lady Harkirk.

Son avertissement chassa la vision, et Callum fit volte-face. Trois soldats armés et vêtus de cottes de mailles approchaient. Il courut aussi vite qu'il le put, mais ses chaînes entravaient sa course et l'empêchaient de gagner de la vitesse. Les hommes le rattrapèrent, et l'un d'eux le fit trébucher avec un bâton.

Callum s'affala face contre sol, le rire des soldats résonnant à ses oreilles. Il avait le goût de la terre et du sang dans la bouche. Lorsqu'il releva la tête, il croisa le regard compatissant de la châtelaine.

Les hommes le ramenèrent au centre de la forteresse et, lorsqu'il comprit où ils le conduisaient, il cessa de se débattre.

— Implore ton pardon, MacKinloch, et nous ne te mettrons pas là-dedans ! railla l'un d'eux.

Ils savaient qu'il ne pouvait parler, encore moins implorer. Alors, il les défia du regard. Ils soulevèrent la trappe qui conduisait à la fosse et le lancèrent au fond.

Toutes les lumières disparurent lorsqu'ils refermèrent le battant, sur lequel ils firent rouler une lourde pierre. Callum essaya de le pousser, mais il ne bougea pas.

Une obscurité suffocante se referma sur lui et il se demanda combien de temps on le laisserait là. La fosse était aussi exiguë qu'une tombe, aussi s'efforça-t-il de respirer lentement. Ils voulaient l'effrayer et lui faire perdre ce qui lui restait de raison. Ils n'y parviendraient pas ! Il ferma les yeux et s'assit, puis sortit de sa tunique le ruban froissé. Il le porta à son nez et se laissa absorber par ses pensées pour Marguerite.

À mesure que les minutes devenaient des heures, il se rappelait la délicatesse et la douceur de ses mains, sa voix suave et chantante. Si les anges existaient sur terre, elle en était un.

Plusieurs heures plus tard, alors qu'on le sortait de la fosse, il garda le ruban serré dans le creux de sa main, tandis que le fouet s'abattait sur lui.

— Vous devriez libérer l'esclave MacKinloch, fit remarquer Lady Alys Fitzroy de Harkirk à son époux. Il est à moitié mort et ne vous sert plus à rien.

La nuit précédente, elle était arrivée trop tard pour arrêter les coups. Le prisonnier n'avait pas poussé le moindre cri. Elle l'avait trouvé couché au milieu des autres esclaves, recroquevillé sur lui-même. Il tremblait de tous ses membres. L'un des autres Écossais l'avait recouvert d'une tunique, mais le tissu était imbibé d'un sang noir et épais.

— Vous savez que les membres de sa famille approchent, dit Harkirk, en plissant les yeux.

— Oui. La sentinelle affirme qu'ils sont venus payer sa rançon.

Elle pria pour que son mari accepte la somme qu'ils proposeraient, car l'argent avait pour lui plus de valeur que la vie d'un homme.

— Pourquoi le laisserais-je partir ? Le relâcher affaiblirait mon autorité. Mieux vaut qu'il meure pour son insolence.

— Il mourra de toute façon. Mais vous aurez empoché l'argent.

Bien que ce geste lui déplaise profondément, Alys s'abaissa à s'agenouiller devant lui. Robert aimait sa servilité, et elle vit le moment où son regard se mit à briller avec intérêt. Il tendit la main et la posa sur sa tête.

— Vous le trouvez beau, n'est-ce pas ?

— Je vous dois fidélité, milord, répondit-elle d'une voix calme. Si vous souhaitez le garder comme esclave, c'est votre droit.

— Tout à fait.

Il enfonça les doigts dans ses cheveux pour lui rappeler qu'elle lui appartenait. Puis il lui caressa le visage et l'épaule.

— Je réfléchirai à votre requête.

Lorsqu'il s'aventura dans son décolleté, elle rougit de honte.

— Et je partagerai votre lit ce soir, ajouta-t-il, car c'est aussi mon droit.

Alys ne répondit rien et garda la tête baissée en signe d'obéissance. Un bouclier de glace l'empêchait de perdre courage. Les Écossais étaient retenus prisonniers et maintenus en servitude, mais elle aussi était une captive, de par ce mariage.

Elle ne pouvait pas se libérer… mais elle pouvait leur apporter son aide. C'était sa façon à elle de se rebeller. La plupart des captifs étaient des hommes, mais il y avait aussi quelques femmes. Et, récemment, elle avait vu une petite fille qui ne devait pas avoir plus de dix ans.

Seul un monstre pouvait emprisonner une enfant ! Elle était prête à se battre pour la vie de cette fillette plus que pour celle de tout autre prisonnier.

Elle aurait aimé que Harkirk soit mort, pour pouvoir tous les libérer.

Marguerite était très agitée. Cela faisait deux semaines que Bram et Alex MacKinloch étaient partis en mission dans le but de libérer Callum, et elle ne pouvait s'empêcher de tourner en rond. Nairna, la femme de Bram, avait bien essayé de l'occuper, mais les tâches ménagères ne parvenaient pas à dissiper son inquiétude. Elle aurait préféré une aiguille et du fil : la broderie l'aidait souvent à se calmer.

— Ils vont revenir, lui assura Laren, la femme du chef. Et, bientôt, votre père viendra vous chercher.

— Peut-être.

Marguerite n'était pas certaine que son bien-être importait à son père plus que ses alliances politiques. Même s'il avait été bon avec ses sœurs et elle, son principal intérêt était d'utiliser leurs mariages pour soutenir sa position. Il serait furieux d'apprendre qu'elle s'était enfuie loin du comte, cela ne faisait aucun doute.

Depuis qu'elle vivait avec les MacKinloch, elle ressentait un immense sentiment de liberté. Personne ne lui disait quoi porter, où aller, ni quels étaient ses devoirs. Elle avait beau essayer d'offrir son aide, elle n'était pas habituée à vivre de cette façon. Elle se sentait mal à l'aise en tentant de se plier à un style de vie qui n'était pas le sien.

Soudain, elle entendit de l'agitation à l'extérieur. Laren se précipita pour voir ce qui se passait. Marguerite la suivit et aperçut les hommes qui revenaient sur leurs chevaux. Callum se trouvait parmi eux, mais son regard était perdu au loin. En le trouvant dans cette posture d'homme brisé, elle eut l'impression que ces quelques semaines de captivité avaient représenté pour lui des années de supplice.

Un pincement de regret lui serra le cœur. Tout était sa faute ! S'il la voyait, il risquait d'être en colère contre elle à cause de ce qui s'était passé. Elle sentit monter en elle une étrange nervosité, qui l'enveloppa comme un tourbillon de feuilles. Elle avait envie de le voir, mais il était possible qu'il ne se souvienne pas d'elle.

Elle disparut à l'intérieur de la forteresse et ordonna que l'on prépare un bain chaud pour Callum. Elle avait honte de se cacher, mais ne s'en dissimula pas moins dans un coin de la grande salle, pour voir les hommes qui s'y étaient rassemblés. Nairna emboîta le pas à son mari et aux autres, le visage pâle.

Lorsque Bram essaya de toucher la tunique en lambeaux de Callum, ce dernier explosa, prêt à se battre. Il était comme un animal furieux. Il attaqua son frère, le frappa de ses poings. Il ne semblait plus reconnaître sa famille ni comprendre qu'ils essayaient de l'aider.

C'était affreux ! Marguerite avait l'impression que l'homme qu'elle avait sauvé n'existait plus, qu'il s'était égaré dans la folie.

Alex et Bram tentèrent de le maîtriser, mais Callum continua de se débattre et de frapper ses frères avec une impressionnante rudesse.

— Aide-nous à le monter à l'étage, demanda Alex à Ross, l'un de leurs parents.

L'homme était grisonnant et portait une longue barbe, mais la puissance de ses bras musclés ne faisait aucun doute.

— Il a besoin de manger, déclara celui-ci.

Aussitôt, Nairna partit en quête de nourriture. Les hommes finirent par hisser Callum en haut de l'escalier et Marguerite les suivit. Ils l'emmenèrent dans la chambre d'Alex et elle resta dans l'escalier, les observant de loin.

Lorsqu'ils essayèrent de lui ôter sa tunique maculée de sang, Callum se débattit de nouveau, et Bram poussa un juron en recevant son poing dans l'œil.

Hommes et femmes entraient et sortaient de la pièce, mais Marguerite restait dans l'ombre, comme une lâche. Plusieurs membres de la famille avaient apporté de l'eau chaude ; Marguerite ignorait cependant si Callum accepterait de se plonger dans le bain.

Après un long moment, Nairna la rejoignit. Elle paraissait inquiète.

— Vous avez dit que vous l'aviez aidé, une nuit. Accepteriez-vous de recommencer ?

— Je ne sais pas si je peux faire quelque chose, avoua Marguerite. Il se peut qu'il ne me reconnaisse pas.

Ou, s'il le faisait, il pourrait lui en vouloir d'avoir été la cause de son départ vers le sud.

— Voulez-vous bien essayer ? demanda Nairna, en lui prenant la main pour l'entraîner dans le couloir. Vous êtes notre dernier espoir.

Elle paraissait bouleversée.

— La tunique est collée à ses blessures, expliqua-t-elle. Il ne nous laisse pas la lui enlever. Les plaies risquent de s'infecter, si nous ne la retirons pas.

Marguerite ferma les yeux et réprima un frisson. Callum était promis à une mort longue et difficile, si personne ne lui portait secours. Elle prit une profonde inspiration et acquiesça.

— Je ferai ce que je peux.

Elle suivit Nairna dans la pièce, en se demandant si elle allait vraiment pouvoir se rendre utile.

À l'intérieur, Bram était assis près de son frère. Une coupe d'hydromel intacte était posée sur la table à côté de lui. Callum regardait fixement le mur, comme s'il n'avait pas conscience de la présence de son aîné. Les jointures de ses mains étaient en sang, à l'instar du visage tuméfié de son frère.

Nairna alla parler doucement à son mari, tandis que Marguerite prenait son courage à deux mains. Pourquoi croyait-elle pouvoir l'aider ? songea-t-elle. Peut-être ne la reconnaîtrait-il même pas !

Mais dès qu'elle s'avança il se tourna vers elle. Il paraissait incrédule, comme s'il ne comprenait pas comment elle pouvait se trouver là. Ses prunelles sombres ne la quittaient pas et, même si elle y lut de la douleur, elle y distingua autre chose. Presque… de la nostalgie.

Elle sentit sa gorge se serrer et ses yeux se remplir de

larmes, mais elle ne détourna pas le regard. Callum la dévorait littéralement des yeux, comme si sa présence lui apportait du réconfort. Lorsqu'elle prit la mesure de ses blessures, son cœur se déchira ; elle devinait ce qu'il avait enduré.

Il fallait qu'elle l'aide. Il avait besoin d'elle.

Elle continua d'avancer vers lui comme si elle approchait d'un loup blessé. Un pied après l'autre, de plus en plus près, jusqu'à ce qu'elle prenne la place de Bram à côté de lui. Elle agrippa ensuite les plis de sa robe en soie saphir, en se demandant ce qu'elle allait lui dire.

Nairna prit son mari par la main.

— Nous attendrons de l'autre côté de la porte, si jamais vous avez besoin de nous.

Ils battirent en retraite et laissèrent la porte entrouverte. Une fois qu'ils furent partis, Marguerite s'efforça de reporter son attention sur Callum. Il ne l'avait pas quittée des yeux et elle était de plus en plus nerveuse d'être observée avec autant d'attention.

— Je n'ai jamais voulu que les choses se passent ainsi, murmura-t-elle en français, sachant qu'il ne pouvait pas la comprendre. J'espérais pouvoir vous sauver, et non vous faire souffrir.

Callum tendit la main vers elle et recouvrit la sienne, lui offrant le contraste de sa peau rugueuse, en un pardon silencieux. À chaque seconde qui passait, elle était plus sensible à son contact. Pas seulement celui de sa main, mais aussi la chaleur de son genou contre le sien, tandis qu'ils demeuraient assis l'un près de l'autre.

Elle eut l'impression de s'embraser sous l'intensité de son regard, qui en disait plus long sur ses sentiments que tous les mots qu'elle pouvait prononcer.

L'attention que Callum lui portait la fit rougir, mais elle n'en tourna pas moins la paume pour lui prendre la main, qu'elle caressa doucement, comme pour l'apaiser. Malgré la distance qui les séparait, cet échange ressemblait à une étreinte. Si elle se penchait un peu, elle pourrait poser la tête sur son torse.

Callum plaça la main de Marguerite au creux de sa propre gorge. Elle sentit alors son pouls battre très vite sous sa peau, comme s'il essayait de lui montrer l'effet qu'elle avait sur lui. Elle écarta les lèvres et se demanda ce qu'elle ressentirait, s'il l'embrassait.

Son baiser serait-il fougueux et exigeant ? Ou bien doux et excitant ?

Troublée, elle se leva. Elle s'empara du linge que Nairna avait laissé, et le trempa dans l'eau chaude de la baignoire, avant de le porter au visage de Callum envahi par la barbe. Il n'avait que quelques blessures superficielles sur les joues et le menton, mais elle souhaitait gagner sa confiance et lui faire comprendre qu'elle ne lui voulait aucun mal.

Il endura ses soins en respirant lentement, lui permettant de s'occuper de lui. Puis il lui saisit de nouveau la main et y déposa quelque chose. C'était l'un de ses rubans, froissé et fané. Une légère tache de sang en teintait le bord, comme si Callum l'avait serré très fort dans sa paume.

— Où l'avez-vous trouvé ? demanda-t-elle en gaélique.

Il leva la main vers elle et lui ôta son voile. Elle sentit alors la chaleur de ses doigts dans ses cheveux. Il caressa du bout du pouce sa tempe, comme pour se faire pardonner ce geste.

Il avait dû le lui prendre cette fameuse nuit. Elle ne s'était pas aperçue qu'elle l'avait perdu.

Dire qu'il l'avait conservé durant tout ce temps ! Elle l'imaginait serrant le ruban, pendant que les soldats le fouettaient. Elle versa une larme coupable en songeant à ce que cet homme avait vécu.

Elle le lui rendit avant de poser les mains sur ses épaules.

— C'est à cause de moi que vous avez été envoyé au sud.

Il secoua la tête pour nier.

— Je suis tellement désolée, murmura-t-elle. Votre frère est venu vous chercher quelques jours après que nous nous sommes vus. Il m'a amenée ici après l'incendie de Cairnross.

Ses traits se figèrent, mais il hocha la tête pour lui signifier qu'il l'avait entendue.

— Il vous aurait libéré, poursuivit-elle. Ils n'ont jamais cessé de vous chercher.

À en juger par son regard ombrageux, il semblait ne pas la croire. Marguerite reporta son attention sur son dos, et la vue de sa tunique maculée de sang la bouleversa. Elle savait ce qu'elle devait faire, mais la tâche n'en était pas moins horrible.

— Je veux vous aider. Mais pour pouvoir soigner vos blessures je dois retirer votre tunique.

Les traits de Callum se crispèrent, mais il parut comprendre ce qu'elle attendait de lui. Il se tourna et agrippa le rebord de la table, comme pour se préparer au pire.

— Je vais essayer de ne pas vous faire trop mal, ajouta-t-elle.

Le tissu était collé à la peau. Aucun doute qu'en l'enlevant elle allait rouvrir ses blessures.

Elle desserra les lacets et souleva avec une grande délicatesse l'ourlet du vêtement. La partie basse de son corps n'était pas très abîmée mais, lorsqu'elle atteignit le milieu de son dos, le tissu était fortement collé aux plaies. Marguerite vit les jointures de Callum blanchir et elle dut se forcer à continuer.

Elle ferma les yeux en sentant la peau se détacher de la tunique. Elle frémit de dégoût avant d'entendre un bruit étrange, comme si quelque chose s'était déchiré, lorsqu'elle avait passé la tunique au-dessus de sa tête. Sa vision périphérique se brouilla soudain et s'obscurcit, et elle comprit qu'elle était sur le point de s'évanouir.

Non, il ne faut pas ! se morigéna-t-elle, en se mordant les lèvres. Elle inspira plusieurs fois en gardant la tête baissée et, lorsqu'elle se ressaisit, elle ouvrit les yeux et s'aperçut que les blessures saignaient encore.

Mon Dieu, il devait souffrir horriblement ! Elle imbiba un nouveau linge avec l'eau du bain, poursuivit sa tâche, puis essora une fois de plus le morceau de tissu, avant de le poser sur son dos nu.

Il leva la tête pour la regarder et, malgré la douleur qu'elle venait de lui infliger, elle lut le soulagement dans ses yeux.

— Vous êtes en sécurité maintenant, murmura-t-elle. Tout va bien se passer.

Elle se sentait vulnérable sous l'intensité de son regard. Elle ne comprenait pas les désirs ni les pensées cachés dans ses prunelles.

— Je vais vous accompagner jusqu'à la baignoire. Si vous le voulez, je peux demander à Bram de venir vous aider.

Il secoua la tête et retourna vers le banc. Il ne dit pas un mot, posa les coudes sur ses jambes et baissa la tête. Il paraissait épuisé et elle n'aimait pas l'aspect des blessures dans son dos. Il était maigre ; ses côtes étaient saillantes à la lueur des torches. Mais ses bras étaient nerveux et ses muscles bien dessinés.

— Vous préférez que je reste avec vous ? demanda-t-elle d'une voix douce.

Dieu seul savait ce qui l'avait poussée à lui faire cette proposition ! Comme le voulait la tradition, elle avait déjà aidé les invités de son père à prendre leur bain par le passé, mais toujours en compagnie de plusieurs domestiques. C'était un devoir qu'elle accomplissait sans trop y réfléchir.

Cependant, l'idée de voir cet homme nu lui coupait le souffle, comme si elle anticipait une chose qui n'arriverait jamais.

Callum se leva et l'interrogea du regard. Elle demeura immobile et feignit un calme qu'elle ne ressentait pas. Son esprit lui intimait de partir, car rester signifiait bien plus que soigner ses blessures. Elle était vierge, innocente. Jamais un homme ne l'avait touchée.

— Très bien, dit-elle dans un souffle. Si vous avez besoin de moi, je resterai.

Lorsqu'il fit volte-face et qu'il commença à défaire les liens de son pantalon, elle détourna rapidement les yeux.

L'eau avait refroidi, pourtant, Callum eut l'impression qu'on lui plantait de fines épées dans le dos. Assis dans la baignoire en bois, les genoux remontés contre la poitrine, il grimaça en sentant l'effet de l'eau sur sa peau.

Il aurait dû renvoyer Marguerite. Il n'avait pas besoin de lui infliger un tel spectacle. Mais ces dernières semaines l'avaient changé. Il se souciait moins de ce qu'on attendait de lui, et cédait plus facilement aux appels de son instinct, proches de la folie.

Il désirait cette femme avec une violence qui le consumait de l'intérieur. Lorsqu'elle plongea un linge dans l'eau et qu'elle lava les blessures de son dos, il accueillit la douleur avec joie, car elle l'aidait à contrôler ses pulsions. La seule présence de Marguerite suffisait à l'exciter.

Lorsqu'elle lui lava les épaules, il sentit sa peau frémir. Son esprit le prit en traître, et il imagina ses mains caressant son torse, avant de se faufiler vers une partie de son corps qu'il sentait durcir malgré lui.

Il respira lentement et essaya de ne pas se laisser distraire. Il n'avait jamais connu de femme avant elle et, à cet instant, le contact de ses mains sur sa peau lui enflammait l'imagination.

Une nuit, à Cairnross, la femme d'un prisonnier était venue rendre visite à son mari, et avait tenté de le libérer. Elle n'y était pas arrivée, mais ils avaient passé une heure dans les bras l'un de l'autre. Elle avait soulevé ses jupes et l'avait enjambé, avant de s'empaler sur lui.

Aucun des hommes présents n'avait pu détourner les yeux lorsqu'elle avait rejeté la tête en arrière, gémissant de plaisir. Et, en entendant ses petits cris frénétiques, ils avaient tous rêvé d'expérimenter un jour un bonheur semblable à celui dont ils étaient témoins.

Lorsque les mains de Marguerite se posèrent sur ses cheveux, Callum haleta. Même si aucun son ne sortait de sa bouche, il serra de toutes ses forces les bords de la baignoire pour se retenir de toucher la jeune femme.

— Je suis navrée, dit-elle. Je ne pensais pas que cela vous ferait aussi mal.

Il ne ressentait aucune douleur. Il rêvait au contraire de

l'attirer à lui pour l'embrasser ! Il s'imaginait lui déchirant sa robe pour découvrir la douceur de son corps, avant de l'allonger sur le lit et de goûter chaque parcelle de sa peau, de lui infliger le même tourment que celui qu'il ressentait à cet instant.

Il hocha la tête pour lui signifier qu'elle pouvait continuer. Elle lui lava les cheveux et lui massa le crâne, lui procurant un tel bien-être qu'il ferma les yeux pour mieux s'abandonner au contact merveilleux de ses mains. Lorsqu'elles glissèrent vers sa nuque, il recommença à perdre pied.

Pour se distraire, il retint son souffle et plongea la tête sous l'eau. Cette femme ne pouvait pas vouloir de lui, se rappela-t-il. Elle était la fille d'un duc, une femme d'un rang équivalent à celui d'une princesse. Elle n'aurait pas dû s'abaisser à le laver.

Lorsqu'il remonta reprendre son souffle, des gouttelettes d'eau ruisselèrent de son visage envahi par la barbe. Il ouvrit les yeux et vit que Marguerite le regardait fixement. Il lui fit signe, toucha sa barbe, et désigna le rasoir suspendu à sa taille.

Elle fronça les sourcils.

— Vous voulez que je vous rase ?

Il acquiesça.

L'épaisseur de sa pilosité le gênait ; il avait l'impression que la crasse de la prison y était incrustée.

— Ne préférez-vous pas le faire vous-même ? demanda-t-elle.

S'il essayait, aucun doute qu'il se trancherait la gorge par maladresse. Il était en prison depuis qu'il était enfant et, lorsque les premiers poils étaient apparus, quelques années plus tôt, il les avait simplement laissés pousser.

Il ne s'était jamais rasé et ne savait pas comment s'y prendre.

Mais il voulait surtout sentir les mains de Marguerite sur lui, quelle qu'en soit la raison.

— D'accord, mais je vais avoir besoin d'une lame plus aiguisée. Attendez-moi ici.

Pendant son absence, il se lava le visage. Il avait l'impression que, même en frottant et en frottant encore, il ne pourrait jamais se débarrasser des misérables années qu'il venait de passer enchaîné.

Marguerite revint et s'agenouilla devant la baignoire avant de lui toucher le menton. Elle commença par lui couper la barbe avec des ciseaux, puis s'empara du savon. Elle lava ensuite ses joues rugueuses, tandis qu'il s'efforçait de ne pas bouger. Il rêvait pourtant de fermer les yeux et de se délecter du contact de ses mains. Il les imaginait descendant plus bas, vers ses épaules, et, pendant qu'elle le rasait, son désir pour elle grandit encore. Son visage était si proche du sien qu'il voyait ses yeux azur concentrés sur sa tâche.

Il brûlait de goûter ses lèvres, mais resta immobile. À la place, il la contempla jusqu'à plus soif, et mémorisa chaque trait de son visage.

Lorsqu'elle eut terminé, elle lui effleura la joue du bout des doigts.

— Je pense que je suis passée partout, dit-elle.

Avant qu'elle s'éloigne, il saisit son visage à deux mains. Doucement, il lui caressa les tempes de ses pouces mouillés, avant de glisser le long de ses joues. Elle écarta les lèvres de surprise et il l'attira plus près, sans la quitter du regard, se demandant si elle le laisserait lui voler le baiser qu'il désirait tant lui donner.

Les joues de Marguerite s'enflammèrent et elle se leva.

— Vous... Vous pouvez finir de vous laver, pendant que je vais vous chercher des habits.

Elle lui tendit le savon et s'éloigna, le laissant se demander s'il n'avait fait qu'imaginer la lueur d'intérêt qui avait brillé dans son regard.

Callum se lava alors les jambes, ainsi que le reste, en veillant à cacher sa nudité. Apercevant une serviette posée au sol, il s'en empara, puis il sortit de la baignoire, se sécha et enroula la serviette autour de ses hanches. Marguerite pivota et détourna pudiquement les yeux. Il attendit ensuite qu'elle s'approche de lui de son propre chef, pour ne pas l'effrayer. Sous la serviette, son sexe était dur et tendu. Si elle osait le regarder, ce détail ne lui échapperait sûrement pas.

Elle avança lentement vers lui et il remarqua la façon dont sa robe en soie bleue moulait son corps, mettait en valeur ses seins et sa silhouette élancée. Ses cheveux recouverts d'un voile lui tombaient jusqu'à la taille, et quelques mèches étaient encore mouillées. Lorsqu'elle lui tendit ses vêtements, il ne les prit pas tout de suite.

Il était incapable de lui dire à quel point il lui était reconnaissant pour sa présence. Il n'avait aucun moyen de lui parler des pensées emprisonnées au plus profond de son être. Il ne pouvait pas lui dire un mot.

Mais il pouvait la toucher.

Il suivit du bout des doigts la courbe qui partait de son épaule jusqu'à sa gorge. Il remonta le long de sa mâchoire et l'observa, se demandant si elle allait s'écarter. Il perçut dans ses prunelles une myriade d'émotions, allant du regret à la compassion, en passant par une certaine hésitation. Elle ne le connaissait pas du tout et ne pouvait pas comprendre ce que sa gentillesse signifiait pour lui.

La mort était simple, au même titre que la folie. Mais quelque chose, chez cette femme, l'attirait irrésistiblement. Au milieu des ténèbres qu'il avait connues, elle était devenue son seul faisceau de lumière, sa seule raison de survivre.

Elle soupira faiblement lorsqu'il passa la main derrière sa nuque. Sous sa paume, sa peau délicate était hérissée de frissons. Il sentait la tension qui l'habitait et, lorsqu'il massa ses muscles tendus, elle ferma les yeux.

— Je sais que je ne devrais pas vous laisser faire cela, murmura-t-elle.

Il plaqua un doigt sur ses lèvres pour lui demander de garder le silence. Puis il posa un genou devant elle.

— Que faites-vous ? demanda-t-elle, visiblement confuse de le voir dans cette position.

Callum prit alors sa main et la posa sur sa propre tête, afin qu'elle comprenne ce qu'il ne pouvait pas lui dire. Elle passa les doigts dans ses cheveux mouillés et soupira.

— Je sais que vous ne me voulez aucun mal.

Lentement, il se redressa et prit ses mains dans les siennes. Il luttait de toutes ses forces pour prononcer quelques mots.

Jamais je n'aurais imaginé vous revoir, avait-il envie de lui dire.

Le besoin désespéré de parler le tourmentait, mais rien ne venait. Marguerite comprit son impuissance et, au lieu de lui offrir sa compassion, elle se hissa sur la pointe des pieds et posa la joue contre la sienne.

Bonté divine, jamais il n'aurait imaginé un tel geste de

sa part ! Elle passa un bras autour de son cou et lui offrit son réconfort. Ce qui était très dangereux.

L'odeur de sa peau, les lignes fluides de son corps lui faisaient prendre conscience de toutes les façons dont il avait envie de la vénérer. Sans la quitter des yeux, il posa la main de Marguerite sur son propre cœur, qui tambourinait dans sa poitrine. Il était captivé par ce contact, peau contre peau. Marguerite était une femme qu'il ne pourrait jamais avoir ; elle était hors de sa portée, autant que le soleil dans le ciel.

Mais, durant cet instant fugace, il pouvait prendre ce qu'il voulait. Il posa les lèvres sur les siennes et attendit qu'elle recule. Il lut dans ses prunelles azur toute sa confusion, et ses joues rouges indiquaient à quel point elle était gênée. Elle pouvait se détourner, il ne l'en empêcherait pas. Cependant, elle n'en fit rien.

Alors, lentement, il accentua la pression de ses lèvres sur les siennes.

3

Ce baiser laissa Marguerite le souffle coupé. La bouche chaude de Callum l'invitait à abandonner toute timidité. Ce n'était pas son premier baiser, mais celui-ci semblait s'insinuer dans son corps comme de la lave en fusion, et réduire en cendres toutes ses inhibitions.

Le lien qui les unissait était plus fort que celui qui pouvait se tisser entre une femme et un homme qu'elle aurait sauvé et soigné. Il la traitait comme s'il n'existait personne d'autre sur terre. Comme s'il avait plus besoin d'elle que de l'air qu'il respirait.

Elle n'était pas habituée à cela. En tant que dernière d'une fratrie de quatre filles, elle passait largement inaperçue. Ses aînées étaient espiègles et brutales, habituées à ce que les prétendants se disputent leur main. Elle-même était calme et réservée, et elle restait le plus souvent à l'écart pour ne pas se faire remarquer.

Pourtant, elle avait l'impression que Callum MacKinloch la remarquerait toujours.

Il était à moitié nu devant elle, son corps serré contre le sien. Elle ne pensait plus à rien, ne songeait qu'à son besoin de le serrer plus encore. Elle passa les mains derrière sa nuque et, lorsqu'elle sentit son érection, elle ne fut pas aussi effrayée qu'elle l'aurait pensé. Ce contact éveilla au contraire en elle une réponse, un désir qui s'insinua entre ses cuisses.

Leur baiser devint plus profond, et elle poussa un gémissement, tandis que Callum partait à la conquête de sa bouche. Il la poussa doucement dos contre le mur. Par la force de son baiser, il vint à bout de toutes ses défenses et la laissa pantelante sous ses assauts.

Finalement, il s'écarta d'elle, les mains à plat contre le mur. Ses yeux noirs brûlaient de désir et sa bouche frémissante semblait en réclamer plus et vouloir embrasser d'autres endroits plus secrets.

Marguerite ne savait ni quoi faire ni quoi dire, à présent. Confuse, elle bafouilla quelques mots, les premiers qui lui passèrent par la tête, pour se distraire du tourbillon de sensations qui la déstabilisait tant.

— Vous... vous devriez vous habiller, suggéra-t-elle enfin d'une voix moins troublée.

Il l'observa avec attention. Puis il lui effleura la joue, une lueur interrogative dans le regard, semblant lui demander s'il n'avait pas dépassé les limites.

Que lui répondre ? Elle sentit ses joues s'enflammer, car elle ne pouvait expliquer pourquoi elle lui avait permis de l'embrasser. Elle savait simplement qu'elle avait désiré qu'il le fasse.

Elle lui prit la main et le conduisit vers la pile de vêtements qu'elle avait apportés.

— Nairna m'a donné ceci pour vous.

Puis elle s'en alla à l'autre extrémité de la pièce et lui tourna le dos. Au fond d'elle, elle tremblait encore en pensant à son baiser. Il l'avait profondément bouleversée et elle aspirait à présent vivement aux caresses de Callum.

Elle entendit derrière elle un léger bruissement lorsqu'il s'empara des vêtements. Dieu seul savait ce qui la poussa à le faire, mais elle lança un regard par-dessus son épaule pour l'observer à la dérobée.

Ses épaules et son dos présentaient de longues stries, certaines déjà anciennes, d'autres encore ouvertes par le fouet. Il garderait ces cicatrices toute sa vie. Il était mince, mais possédait le corps d'un guerrier, avec des fesses dures et musclées, des cuisses puissantes.

Et oh, Seigneur, il venait de la surprendre en train de le regarder !

Un sourire espiègle lui étira les lèvres, comme s'il la mettait au défi de ne pas détourner les yeux.

Marguerite pivota vivement, se demandant pourquoi elle avait fait une chose pareille. Mais Callum ne paraissait pas fâché. En réalité, il avait l'air plutôt amusé, comme s'il avait espéré qu'elle le regarde.

Malgré les terribles épreuves qu'il avait endurées, il était indéniablement beau. Il avait des prunelles sombres et mystérieuses et, sous l'intensité de son regard, elle sentait fondre sa volonté. Ses longs cheveux noirs retombaient sur ses épaules et elle tenta d'imaginer à quoi il ressemblerait, s'il les coupait court. Son visage rasé de près révélait une mâchoire puissante, et il avait le maintien d'un être déterminé et sûr de lui.

Elle ignorait pourquoi elle était attirée par un homme qui avait été retenu prisonnier si longtemps. Peut-être était-ce par compassion, à moins que son sentiment ne réponde plutôt à de la curiosité.

Callum n'avait pas cherché à cacher son intérêt pour elle, et elle n'aurait pu choisir une personne plus différente d'elle-même.

Elle avait grandi dans un château, entourée de domestiques. Et, même s'il n'était pas dans sa nature de réclamer sans cesse de nouvelles choses, elle avait toujours eu tout ce qu'elle voulait. Callum, lui, n'avait guère plus de biens que les vêtements qu'il portait. Qu'avait-il à lui offrir ?

Peut-être était-ce ce qui l'attirait en lui. Il voyait la femme qu'elle était, tandis que d'autres hommes ne voyaient à travers elle que la richesse et la puissance de son père.

Lorsqu'elle risqua un autre regard dans sa direction, elle constata qu'il avait terminé de s'habiller. Il était assis sur le lit, les mains posées sur les genoux et la tête baissée. Il paraissait fatigué, mais incapable de dormir.

Marguerite fit un pas vers lui et le bruit de son déplacement lui fit lever la tête. Il souffla doucement. Elle ne distinguait pas ses traits. Il tapota la place à côté de lui comme pour lui demander en silence de venir s'asseoir près de lui.

Elle resta immobile. Elle ignorait ce qu'il attendait d'elle et se sentait indécise. Le temps resta en suspens tandis qu'elle se demandait si, oui ou non, elle allait le rejoindre et rester plus longtemps dans la pièce. Callum paraissait plus calme à présent, plus maître de lui.

— Je ne vous permets pas de m'embrasser à nouveau ! le prévint-elle.

Il n'accueillit pas sa réponse par un sourire, mais hocha la tête comme pour lui promettre qu'il saurait se contenir. Dans ses mains, elle aperçut le ruban bleu délavé.

Elle inspira brièvement, et finit par prendre place sur le lit, à bonne distance de lui.

— Vous pouvez dormir, vous savez. Personne ne vous fera du mal.

Elle avait beau être fatiguée, elle ne retournerait dans

sa chambre que lorsque Callum aurait trouvé la sérénité du sommeil.

Il tendit la main et l'attira vers lui. Il posa ensuite la tête sur ses genoux.

Ce geste aurait dû la gêner. Il n'en fut rien. Elle caressa ses longs cheveux noirs et, le voyant fermer les yeux, elle sentit de grosses larmes lui brûler les paupières. Il avait souffert pendant si longtemps, enchaîné dans le noir ! N'était-il pas normal qu'il aspire à un peu de réconfort humain ?

Malgré son propre épuisement, elle ne bougea pas. Callum serrait sa main dans la sienne tout en s'endormant. Elle le laissa s'appuyer contre elle, même si son dos lui faisait mal. Peu à peu, elle succomba à son tour à son besoin de dormir et posa la tête sur l'oreiller.

Le croassement des corbeaux le hantait. Ces oiseaux avaient pour habitude de tournoyer au-dessus du camp, en attendant la mort d'un prisonnier. Callum les détestait, car ils se nourrissaient de la chair des morts. Leur seule vue le rendait malade, et il en avait chassé des dizaines des corps qui gisaient autour de lui.

Même si la plupart des prisonniers étaient des compagnons d'infortune dont il ignorait le nom, ils ne méritaient pas d'être ainsi déshonorés, ni que leur chair soit déchiquetée par ces noirs prédateurs.

Il avait donc commencé à collecter leurs plumes. Il ignorait pourquoi mais, pendant que les gardes le regardaient confectionner des flèches, il y accrochait au bout ces plumes noires. C'était sa façon d'honorer la mémoire de ceux qui étaient décédés.

Un jour, il les vengerait. Il en était venu à détester Lord Harkirk autant que son ancien maître. Cairnross se croyait supérieur aux Écossais et les punissait pour des crimes imaginaires, mais Harkirk n'avait aucune considération pour la vie humaine. Il tuait des hommes sans raison, juste pour se divertir.

Mais un jour prochain il mourrait ! Et, si Dieu le voulait, il serait frappé par l'une des flèches ornées d'une plume noire.

Tandis que le sommeil le quittait, Callum ouvrit les yeux. Sous sa joue, il sentit la douceur des cheveux de Marguerite. Ils étaient enlacés. Il se laissa envelopper par son parfum délicat et la serra contre lui, savourant ce moment, et priant Dieu pour qu'il dure encore.

L'aube n'était pas levée et, dans la pénombre, il aperçut le contour lumineux des cheveux blonds de Marguerite. Il écouta quelques instants le bruit de sa respiration et la regarda dormir.

Jamais il n'aurait osé rêver qu'elle le laisse l'embrasser. Mais, lorsqu'elle l'avait enlacé et qu'elle avait posé sa joue contre la sienne, il avait perdu pied. Ses lèvres étaient si douces ! Pourtant, derrière leur innocence, il avait goûté la promesse d'autre chose. Marguerite l'avait tenté jusqu'à ce qu'il ne puisse rien faire d'autre que savourer ces moments qui ne pouvaient pourtant pas durer. Elle était la fille d'un duc et, malgré le violent désir qu'il avait de la protéger, il savait que jamais il ne ferait partie de sa vie.

Soudain, un bruit provenant de l'extérieur attira son attention. Il descendit du lit à contrecœur et tendit l'oreille dans le noir. Il aperçut alors Bram assoupi dans un coin, et se demanda pourquoi son frère lui avait permis de dormir avec Marguerite.

En silence, il se déplaça pour ouvrir les volets de la fenêtre, et distingua de faibles lumières qui avançaient vers eux. Il ignorait de quoi il s'agissait.

Quelques secondes plus tard, elles disparurent. Son instinct le mit aussitôt en garde. Quelle qu'en soit la source, il devait prévenir son frère.

Avant d'avoir fait un geste, il entendit Marguerite gémir dans son sommeil. Elle serrait les draps et murmurait en français des mots qu'il ne comprenait pas. Lorsqu'il essaya de la réveiller en lui effleurant la joue, elle ouvrit les yeux en grand.

Elle se redressa d'un bond et l'agrippa fermement, encore tremblante de son cauchemar. Il la serra contre lui et lui caressa les cheveux pour la calmer.

Tout va bien, je suis là, songea-t-il.

— Je suis désolée, murmura-t-elle. Je rêvais de la tour et de l'incendie. Je n'arrivais pas à sortir.

Elle avait niché la tête dans son cou et il lui embrassa les cheveux, avant de faire glisser ses lèvres plus bas pour la consoler de la seule façon qu'il connaissait.

Marguerite s'écarta légèrement, ferma les yeux et lui tendit les lèvres. Mais, avant qu'il puisse les goûter, la porte s'ouvrit et Alex entra dans la pièce. Le visage de son frère était sombre et incrédule, comme si Callum essayait de déshonorer Marguerite.

— Éloigne-toi d'elle ! lui intima-t-il d'un ton menaçant.

En l'entendant, Bram se réveilla à son tour et se leva.

— Laisse-les, dit-il en s'étirant. Elle l'aide à se calmer.

— Vous a-t-il fait du mal ? demanda Alex.

Elle secoua la tête et sentit ses joues s'empourprer.

— Il faut que je m'en aille, murmura-t-elle. Je n'aurais jamais dû m'endormir.

Elle sortit de la chambre à la hâte, l'air gêné.

Callum regarda fixement ses frères. Il fallait qu'il leur indique ce qu'il avait vu. Il désigna la fenêtre, mais ils ne le comprirent pas.

À leurs regards, il devina même qu'ils le prenaient pour un fou.

— A-t-il dormi, cette nuit ? demanda Alex à Bram.

— Il s'est beaucoup réveillé, mais Marguerite l'a empêché de se débattre.

— Si elle arrive à l'apaiser, mieux vaut qu'elle ne s'éloigne pas trop.

Soudain, Callum explosa. Il vint se placer entre eux, et les saisit par les épaules.

Regardez-moi. Je vous entends. Je comprends ce que vous dites.

Mais, malgré tous ses efforts, pas un seul mot ne sortit de sa bouche.

La frustration de ne rien pouvoir leur communiquer le rendit fou. Il s'empara de la tunique de Bram et le tira vers la fenêtre en désignant l'extérieur.

— Il n'y a rien là-bas, Callum. Tu es en sécurité, maintenant.

Mais Callum était convaincu du contraire, et ses frères étaient des idiots de penser qu'ils ne risquaient rien. Alex versa du vin dans une coupe et la lui tendit.

— Bois un peu. Nous verrons ce qu'il y a dehors quand le jour sera tout à fait levé.

Callum but le vin et sentit trop tard le goût amer des herbes que son frère y avait ajoutées. Il le fixa alors en se demandant ce qu'il lui avait fait, pour être ainsi trahi.

— Cela t'aidera à dormir, expliqua Alex. Tu as besoin de te reposer, de reprendre des forces.

Malgré ses efforts pour résister à la puissante drogue, Callum succomba à ses effets. Il sombra dans un sommeil sans fond, sentant le doux parfum de Marguerite sur les draps.

Il se réveilla avec la bouche sèche et l'arrière-goût de la potion à base de plantes. Son dos le faisait encore souffrir, mais il se força à ouvrir les yeux. Il surprit alors Nairna, la femme de Bram, qui parlait à son mari, et entendit ses derniers mots.

— J'ignore s'il sait où il se trouve.

Il grinça des dents. Il savait exactement où il se trouvait, mais personne ne le croyait. Il se leva péniblement du lit et remercia le ciel qu'Alex et Bram soient concentrés sur Nairna et non sur lui.

— Lorsque je suis sortie, ce matin, j'ai aperçu la lueur d'une torche dans les collines, continua-t-elle. Pensez-vous que les hommes de Lord Harkirk aient pu nous suivre ?

Cela ne faisait aucun doute. Et, d'après ce que Callum avait vu, il était impossible de savoir combien ils étaient.

— Je vais prévenir les autres de ce pas, répondit Alex. S'il s'agit d'une attaque, envoie un messager à Locharr et préviens le baron que nous allons avoir besoin de son aide.

Puis il se tourna vers Nairna.

— Dis à Laren que...

— Elle est déjà en train de rassembler les femmes et les enfants.

— Parfait.

Alex se retourna, et Callum soutint son regard sans

ciller. Le visage de son frère était empreint d'une grande inquiétude, car il avait de nombreuses personnes à protéger. Ils n'étaient pas assez nombreux et, en cas d'invasion, beaucoup trouveraient la mort.

En une seconde, son aîné le jaugea, comme s'il avait besoin de savoir s'il était dangereux ou pas. Callum lui rendit son regard et répondit à sa question silencieuse par la détermination. Il ne doutait pas de sa capacité à les défendre, surtout avec un arc et des flèches.

— Je vais avoir besoin que tu nous aides à protéger les femmes et les enfants, dit enfin Alex en dégainant son épée. Ainsi que Lady Marguerite.

Il lui tendit la poignée de son arme et Callum hocha la tête en guise de réponse.

Malgré ses mains qui tremblaient, il réussit à en saisir le pommeau. Son frère venait de lui offrir une chance de se battre et il ne le décevrait pas, même s'il n'aurait pas choisi d'emblée cette arme. Du coin de l'œil, il aperçut Nairna, qui le considérait d'un air dubitatif.

Je suis capable de me battre, avait-il envie de lui assurer. Surtout s'il s'agissait de protéger Marguerite.

Il aperçut alors le ruban bleu fané au sol et se pencha pour le ranger en lieu sûr.

Puis il suivit ses frères dans l'escalier. Il sentait encore les effets du breuvage qu'ils lui avaient administré. Il s'efforça de se concentrer sur la tâche qui l'attendait, même s'il ignorait encore s'il s'agissait d'un petit raid ou d'une invasion à plus grande échelle.

Nairna les conduisit à l'extérieur pour leur montrer l'endroit où elle avait aperçu les torches. L'aube ne s'était pas encore levée et la pénombre ne leur permettait pas de deviner combien d'hommes menaçaient Glen Arrin.

Pendant que ses frères et elle montaient en haut du châtelet, Callum resta en bas, près de la porte de la forteresse, en se demandant ce qui était arrivé aux lueurs qu'il avait aperçues plus tôt.

Puis le soleil illumina les collines, révélant l'éclat des armures et des cottes de mailles. Leurs assaillants étaient trois fois plus nombreux qu'eux. Cairnross et Harkirk s'étaient vraisemblablement alliés pour les attaquer. Restait à savoir combien d'hommes de son clan allaient survivre.

Marguerite accompagna Laren pour prévenir le reste du clan. Cette dernière avait l'air terrifiée, mais lui expliqua ce qui se passait. Un à un, elles rassemblèrent les femmes et les enfants, puis les conduisirent à l'arrière de la tour.

— Nous allons les emmener au sous-sol, déclara Laren. Nous nous y sommes déjà abrités par le passé.

Marguerite prit dans ses bras Adaira, la plus jeune fille de Laren, et se dirigea vers le donjon. Lorsqu'elle regarda derrière elle pour s'assurer que personne n'était resté en arrière, elle vit Callum approcher.

Il marchait lentement, mais elle reconnut dans ses yeux l'expression d'un homme prêt à se battre et, devant sa détermination, son cœur s'emballa. Elle savait qu'il n'hésiterait pas à verser le sang de l'ennemi pour les protéger. Elle posa l'enfant au sol pour l'attendre.

Il s'arrêta de marcher quelques instants et l'observa attentivement. Ses yeux glissèrent sur son voile, son visage et son corps, comme s'il avait besoin de s'assurer que tout allait bien.

— Avez-vous réussi à dormir ? lui demanda-t-elle, un peu intimidée par cette inspection.

Il hocha légèrement la tête, puis lui lança un regard inquisiteur, comme pour lui retourner la question. Elle haussa les épaules.

— Un peu. J'étais inquiète pour vous.

Il la prit par la main et l'entraîna derrière l'une des petites demeures. Elle ignorait ce qu'il lui voulait, et vit dans le même temps Laren et Nairna emmener les femmes et les enfants dans le donjon.

Elle sentit son pouls battre plus vite au creux de sa gorge lorsqu'il la plaqua contre le mur. Il toucha son voile et lui effleura le visage, comme s'il voulait mémoriser ses traits. Elle lut comme une promesse dans ses yeux, celle d'un homme prêt à donner sa vie pour elle. Une peur horrible s'empara alors d'elle, ignorante qu'elle était de ce qui l'attendait.

Callum avait beau être fort, il avait été sérieusement blessé. Il n'aurait pas dû se battre si peu de temps après son retour. Pourtant, elle perçut dans ses prunelles une sombre résolution. Il n'était pas le genre d'homme à se tenir éloigné de sa famille, lorsque celle-ci était en danger.

— Est-ce que vous vous sentez bien ? demanda-t-elle à voix basse, en lui touchant les épaules.

Pour toute réponse, il se pencha vers elle et lui vola un baiser. C'était comme s'il puisait sa force en elle, en lui réclamant un dernier contact. Ses lèvres douces avaient le don d'apaiser son cœur. Elle n'avait cependant aucune raison de l'embrasser, ni de lui donner la moindre raison de croire qu'ils pouvaient être ensemble. Dès que son père viendrait la chercher, il lui faudrait partir et épouser l'homme qu'il aurait choisi pour elle.

Mais, tandis qu'elle s'abandonnait au baiser de Callum, répondant au même désir que le sien, elle refusait d'éprouver la moindre culpabilité pour ce qu'elle faisait. Il avait déjà enduré tant de souffrances et il était resté fort face à la douleur. Le fait de savoir qu'il la désirait et qu'elle ressentait la même chose pour lui lui suffisait pour l'instant. Ils pouvaient mourir tous les deux, ce jour-là.

Lorsqu'il la prit dans ses bras, elle sentit son calme et son assurance : il était prêt à la protéger. Il ne la laisserait pas, quelles que soient les circonstances.

— Nous devrions rejoindre les femmes et les enfants, dit-elle, après avoir pris une profonde inspiration. Ils vont avoir besoin de vous.

Callum lui prit la main et l'emmena. Il regardait de tous les côtés, à l'affût de la moindre menace. Lorsqu'ils rattrapèrent les autres, Marguerite l'accompagna dans le passage creusé sous la forteresse. Pour l'heure, ils se cacheraient des envahisseurs. Et, si le pire arrivait, elle savait qu'il les défendrait jusqu'à son dernier souffle.

Callum et Nairna cherchèrent le tunnel secret qui conduisait à l'extérieur du château. Une odeur d'humidité imprégnait l'atmosphère. Il sentait la peur des femmes et des enfants. La plupart des hommes auraient été effrayés par la bataille à venir, pas lui : en son for intérieur, il se sentait très calme. Dès qu'il se serait procuré un arc, il pourrait abattre n'importe quel homme qui oserait s'attaquer aux femmes. Il n'échouerait pas. Et, s'il mourait aujourd'hui, au moins Marguerite serait-elle en sécurité.

Il gardait sur ses lèvres le goût de sa bouche. Il n'arrivait toujours pas à croire qu'elle lui avait de nouveau permis de la toucher. Elle l'avait pris dans ses bras, jusqu'à ce que ses pensées dépassent de loin l'idée d'un simple baiser. Il imaginait sa peau nue et crémeuse, et ses joues rosies par le désir. Seigneur, que ne donnerait-il pas pour passer une nuit avec elle, elle qui l'avait fait sortir des ténèbres et lui avait redonné le goût de vivre !

L'odeur âcre de la fumée attira son attention quelques secondes avant que Nairna ne la sente, elle aussi. Les envahisseurs avaient mis le feu à la forteresse. Il se propagerait bientôt au tunnel.

— Nous ne pouvons pas rester ici, dit-elle en le regardant avec horreur. Nous devons évacuer tout le monde.

Callum partit explorer le sous-sol. Son frère aîné y avait caché quelque part d'autres armes. Derrière lui, la femme d'Alex parlait avec Nairna. Elles discutaient vivement de la pertinence de rester cachés ou de quitter ce lieu.

Il continua de fouiller le passage et finit par trouver ce qu'il cherchait. Il découvrit deux longs arcs de guerre et un carquois, ainsi que quelques couteaux émoussés et une épée.

Il s'appropria l'arc ainsi que le carquois. Même s'il avait toujours l'épée d'Alex, il préférait le combat à distance, car il manquait encore d'endurance.

Son jeune frère Dougal, qui n'avait que quatorze ans, paraissait inquiet à l'idée de se battre, mais il accepta de l'aider à défendre les femmes et les enfants. Callum sortit de l'ombre avec un arc pour Dougal et d'autres flèches. Lorsque Nairna tenta de lui prendre une arme, il secoua la tête et serra très fort l'arc.

Dans son regard, il vit qu'elle ne lui faisait pas confiance.

— Es-tu capable de nous défendre ? demanda-t-elle.

Il la regarda sans ciller et hocha sèchement la tête, en

espérant qu'elle comprendrait que c'était à lui et non à elle qu'il incombait d'affronter cette bataille.

Elle recula d'un pas, comme si elle se méfiait encore de lui. Il ne manifesta pas la moindre réaction, car elle constaterait bien assez tôt ses aptitudes au combat.

Marguerite rassembla les femmes, tandis que Dougal déblayait la sortie du passage. Callum prit alors la main de Marguerite et sentit sa peau froide et douce dans sa paume.

Il la tint quelques instants et la dévisagea en essayant de communiquer.

Je ferai tout ce qui est en mon pouvoir pour vous protéger, voulait-il lui dire.

Elle rougit en hochant la tête.

— Je sais.

Elle resta à ses côtés lorsqu'ils se dirigèrent vers la sortie. Les rayons du soleil se reflétaient dans les douves remplies d'eau de pluie. Il fallait qu'ils les traversent avant de pouvoir atteindre les collines et trouver refuge entre les arbres et dans les habitations qu'ils avaient construites dans la forêt.

Lorsque Nairna se mit en marche, Marguerite l'arrêta.

— Je sais comment me rendre jusqu'à ta maison, Nairna. Je partirai la première et les guiderai. Pendant ce temps, tu aideras Laren à rassembler les autres. Je ne les connais pas aussi bien que toi.

Callum passa son carquois sur une épaule. Même s'il comprenait le désir de Marguerite de se montrer utile, il ne la laisserait aller nulle part sans lui. Il sortit une flèche, pendant que Nairna retournait vers l'endroit où les armes étaient entreposées. Elle choisit une arbalète.

Son visage était blanc de peur, mais elle avait la volonté de se battre, et Callum l'admirait pour cela.

La fumée s'épaississait encore et, lorsque les enfants commencèrent à tousser, Laren prit chacune de ses filles dans ses bras. Pendant ce temps, les autres femmes rassemblaient leurs enfants. Marguerite avança vers le couloir qui menait à l'extérieur, Callum à ses côtés, prêt à intervenir avec son arc.

Les yeux de Marguerite étaient emplis de terreur. Elle jeta un dernier regard vers lui.

Tout va bien se passer, avait-il envie de lui dire. *Personne ne vous fera du mal.*

Comme il était incapable de prononcer ces mots pour la rassurer, il lui caressa la joue. Elle pressa ses doigts contre son visage avant de hocher la tête pour lui manifester sa confiance.

C'était ce dont il avait besoin pour faire face au danger qui l'attendait.

Il quitta l'abri du tunnel et étudia les alentours. Il ne repéra aucun soldat de ce côté de la forteresse, ni aucun signe de présence dans la forêt, devant eux. Satisfait, il fit signe à Dougal de traverser la rive et de se poster de l'autre côté du fossé. Ils étaient tous les deux armés ; ils pouvaient ainsi protéger les femmes de part et d'autre.

Son jeune frère lui obéit, mais Callum lut la peur dans ses yeux : il était terrifié. Serait-il capable de tirer avec précision, dans ces conditions ?

Tandis que Nairna et Marguerite entraient dans l'eau, Callum garda son arc bandé, à l'affût de la moindre menace. Du coin de l'œil, il les observa qui traversaient le fossé. Le chien de Nairna plongea derrière elle et agita les pattes pour avancer. Il semblait indifférent à leur exode, et Callum y vit un signe que l'ennemi n'avait pas encore atteint cette partie de la forteresse. Bram et Alex avaient dû freiner son avancée dans la partie principale du château.

— Allez vous réfugier sous les arbres, dit Nairna à Marguerite, en posant son arbalète sur le sol. Je resterai ici avec Dougal, et j'aiderai les femmes à sortir du fossé.

Callum leva les yeux vers Marguerite, qui lui lança un dernier regard. Il grava cette image dans son esprit, craignant de la voir pour la dernière fois. Ses longs cheveux blonds brillaient sous le soleil, et son expression trahissait son inquiétude. Pourtant, malgré le danger, il ne regrettait aucun des moments qu'il avait passés avec elle. S'il mourait aujourd'hui, au moins aurait-il vu le paradis.

Tu ne la mérites pas, lui rappela sa conscience. *Tout ce que tu peux lui offrir, c'est ta protection.*

Tandis que l'évacuation des femmes et des enfants se poursuivait, Callum resta en position, jusqu'à ce que Marguerite disparaisse dans la forêt. Il reprit alors sa place sur la berge, près de la forteresse, prêt à décocher sa flèche, sans pour autant empêcher ses mains de trembler. Ce n'était pas à cause de la peur, mais de l'excitation sauvage qui s'était emparée de lui.

Soudain, le chien de Nairna se mit à aboyer. Callum fit aussitôt volte-face. Des soldats qui commençaient à sortir du tunnel. Il banda son arc et visa. Il attendit que le premier soldat approche, puis décocha sa flèche, qui toucha l'homme au visage.

Trop haut.

Il enchaîna par un deuxième tir, droit dans le cœur. L'homme s'effondra sur place.

Un léger mouvement attira alors son attention et, tandis

qu'il préparait une autre flèche, il vit que Marguerite l'observait à travers les arbres. Elle voulait peut-être le remercier ou lui faire rapidement ses adieux. Il accueillit son regard avec sa promesse de la défendre.

Soudain, Dougal cria pour l'avertir que d'autres soldats arrivaient. Callum s'empara d'une nouvelle flèche. Pris de panique, son frère tira trop tôt, atteignant le sol plutôt que leurs adversaires. Avant même qu'il ait pu partir en courant, Callum avait envoyé une salve en direction des soldats qui les chargeaient, chaque flèche atteignant sa cible.

Il s'efforçait de faire abstraction des combats et de la mort autour de lui, pour se concentrer sur sa mission. Il fallait éloigner la menace. Pour la première fois depuis des années, il était capable de défendre son clan. Grâce à son arc, il n'était plus un homme inférieur, mais l'égal de ses frères. Peu importait qu'il ne puisse pas parler. Il lui suffisait de savoir tenir une arme.

Pour cela, il était doué et, bientôt, femmes et enfants se trouveraient dans la forêt, loin des horreurs des affrontements.

Derrière lui, il entendit un grondement en provenance du donjon. Nairna était occupée à aider les dernières femmes à sortir de l'eau. Balayant du regard les alentours, il aperçut alors Bram et Alex, qui arrivaient en courant.

Bram traversa le fossé et aida sa femme à monter la butte, avant de la prendre dans ses bras.

En les voyant ainsi enlacés, Callum sentit son cœur se serrer. Nairna se pressait contre son mari comme si elle ne voulait plus jamais le laisser partir. Il les enviait, car il aurait aimé se trouver avec Marguerite, et s'assurer qu'elle allait bien. Mais il ne pouvait que la laisser s'en aller et assurer ses arrières, même si cela ne lui plaisait pas.

Une pluie d'étincelles crépita soudain, et un frisson le traversa. Puis un craquement sinistre résonna dans l'air, et son frère rugit :

— Plonge, Callum !

Il se jeta dans le fossé juste au moment où la tour s'effondrait. Le froid le saisit, mais il nagea jusqu'à la rive opposée, avant de s'extraire de l'eau. Son arc et ses flèches étaient trempés. À genoux, le corps penché en avant, il s'efforça de reprendre son souffle.

Il vit alors Nairna qui poussait Marguerite vers l'intérieur de la forêt.

— Il va bien, l'entendit-il la rassurer. Emmenez les femmes en haut de cette crête. Il vous y rejoindra bientôt.

Callum planta son regard dans celui de Marguerite. Elle s'agrippait à Nairna comme si elle ne voulait pas s'éloigner. Elle avait conduit les femmes à l'abri avant de revenir sur ses pas, juste au moment où la tour s'était effondrée.

Comme si elle se faisait du souci pour lui, malgré le danger qu'elle-même courait.

S'il avait pu, il aurait tout abandonné pour l'entraîner loin du chaos de la bataille. Mais il n'avait pas le choix. Il était obligé de défendre sa famille, et le seul foyer qu'il avait jamais eu.

Comme pour le lui rappeler, Bram lui tendit la main et l'aida à se relever. L'espace d'un instant, Callum lut la gratitude sur le visage de son frère.

— Merci de les avoir défendues, lui dit ce dernier à voix basse, afin qu'il soit le seul à l'entendre. Je suis désolé pour tout ce temps que tu as passé en captivité. Je m'en veux beaucoup pour cela.

Callum ne pouvait lui répondre, mais il lui pressa la main pour lui signifier qu'il lui pardonnait. Il ne doutait pas que son frère avait fait tout son possible pour le libérer.

Debout à côté de son mari, Nairna lui adressa un sourire reconnaissant.

Juste avant que Dougal aille rejoindre les femmes et les enfants, Callum lui offrit son épée. Son cadet avait besoin d'une arme, maintenant qu'il avait utilisé toutes ses flèches. Dougal la prit et disparut dans la forêt au moment où d'autres ennemis arrivaient, les débordant de tous les côtés.

Callum avait beau avoir envie de s'assurer que Marguerite s'était bien enfuie avec son jeune frère, il se força à ne pas regarder derrière lui, de peur d'attirer l'attention des soldats sur eux.

Hélas !

L'un des archers parvint à décocher plusieurs flèches en direction des bois, avant que Callum ne puisse le tuer. Toutes les femmes n'avaient pas encore atteint le haut de la crête, et il craignait que l'une d'elles ne soit touchée. L'idée que Marguerite puisse être allongée face contre terre, sans vie, le fit entrer dans une rage noire.

Bram et Alex se séparèrent et partirent chacun d'un côté à la rencontre des soldats, bouclier et épée à la main. Callum continua de tirer ses traits en direction des archers ennemis, essayant d'en tuer autant que possible, jusqu'à ce qu'il ne lui reste plus qu'une seule flèche. Alex lui tendit alors un bouclier, qu'il refusa. Il avait besoin de ses deux mains pour tendre son arc. Leurs assaillants semblaient toujours plus nombreux, et eux-mêmes n'avaient plus aucun moyen de s'enfuir, à présent.

Nairna se cramponna à Bram : l'ordre de les tuer n'allait plus tarder. Callum tenait son arc prêt dans l'espoir de toucher Cairnross ou Harkirk avec sa dernière flèche.

Mais, même s'il y arrivait, l'issue de ce combat était inéluctable. Il allait mourir.

Marguerite joignit les mains, le cœur battant. Elle avait réussi à s'enfuir loin de la bataille, mais ne put s'empêcher de revenir en arrière, pour voir ce qui se passait. Elle choisit un endroit isolé, proche de la lisière du bois. Elle se figea soudain de peur en voyant Lord Cairnross et Lord Harkirk avancer.

Les yeux voilés par les larmes, elle s'assit et se demanda si implorer son ex-fiancé pourrait leur sauver la vie. Accepterait-il de les épargner, si elle le lui demandait ?

Non. Elle s'était enfuie avec les MacKinloch en dépit de leurs fiançailles. Même si le comte la voulait toujours pour épouse, elle ne le croyait pas capable de libérer les autres. Encore moins Callum.

Elle se releva, s'appuyant d'une main contre un arbre et pressant l'autre sur son cœur, en proie à la peur. Cairnross était venu à cause d'elle. Si elle était restée avec lui, personne ne serait mort.

Elle s'avança vers Callum mais, avant de sortir du couvert des arbres, elle vit Bram exploser de fureur. Sa claymore brillait, tandis qu'il abattait les hommes les uns après les autres. Alex se tenait derrière lui pour le défendre.

Ils se battaient pour sauver leurs vies. Au milieu de

la bataille, Callum s'empara d'un carquois tombé à côté d'un archer mort. Tout en décochant ses flèches, il se retrancha vers la forêt et se dirigea vers elle.

Elle ne bougea pas. Elle ne comprenait pas pourquoi il laissait ses frères en arrière. Lorsqu'il arriva près d'elle, il lui enleva son voile et le lui glissa en boule dans le creux de la main, avant de l'emmener plus haut vers la crête. Elle comprit alors que la couleur claire de sa coiffe la rendait visible, et à portée des flèches ennemies.

— Vous ne pouvez pas les laisser, dit-elle en regardant Bram, Alex et Nairna. Ils ont besoin de vous.

Les traits de Callum se durcirent. Il monta en haut d'un gros rocher et saisit son arc. Il lâcha une rapide salve de flèches, tuant les soldats les uns après les autres.

Marguerite rougit de honte en se rendant compte qu'elle venait de l'accuser de lâcheté. Elle s'était trompée. Il s'était positionné à un endroit choisi, d'où il pouvait mieux les défendre.

— Je me suis méprise sur vos intentions, s'excusa-t-elle. Je suis désolée pour ce que j'ai dit.

En laissant ses frères pour se cacher entre les arbres — où on ne le voyait pas —, Callum avait adopté une position plus stratégique.

Il désigna le sommet de la crête, lui ordonnant en silence de rejoindre les autres femmes. Marguerite comprit aussitôt, mais hésita quelques secondes. Elle ne voulait pas le laisser en arrière.

— Merci de m'avoir protégée, murmura-t-elle.

Il baissa son arc un instant. Ses yeux étaient calmes et rassurants, comme pour lui certifier qu'il ne laisserait jamais personne lui faire du mal. C'était aussi le regard d'un homme prêt à mourir.

Marguerite déploya son voile et s'approcha pour le lui enrouler lentement autour de l'avant-bras gauche.

— Prenez ceci, dit-elle, il protégera votre bras.

C'était tout ce qu'elle pouvait lui donner. Callum resta immobile tandis qu'elle le nouait, puis couvrit sa main de la sienne. La chaleur de sa paume était rassurante et il pressa ses doigts en un adieu silencieux. Marguerite les serra en retour. Elle ne savait pas ce qui allait leur arriver.

Soudain, le grondement de cavaliers en approche attira son attention. La vue de l'homme de grande taille qui menait le groupe lui fit palpiter le cœur. Le duc d'Avignois était enfin venu la chercher !

Elle allait descendre la colline, mais Callum la retint par le bras.

— C'est mon père, lui expliqua-t-elle. Je dois aller le retrouver.

Si elle arrivait près de lui à temps, elle pourrait le convaincre de seconder les MacKinloch. Elle se dégagea, et commençait à s'éloigner, lorsque quelque chose l'incita à s'arrêter et à se retourner. Callum passa son arc sur son épaule. D'une main, il se protégea les yeux du soleil ; de l'autre, il lui fit signe de partir, lui assurant en silence qu'il ne la retiendrait pas.

Mais Marguerite prit soudain conscience de ce qui allait se passer.

Dès qu'elle aurait rejoint son père, tout redeviendrait comme avant. Elle serait en sécurité au sein de sa famille, et ne reverrait jamais Callum.

Les regrets la retenaient, même si elle savait depuis le début que les moments passés avec Callum n'étaient pas faits pour durer. Ils se dilueraient dans l'amertume des souvenirs.

— Je ne vous oublierai jamais, murmura-t-elle, lui caressant la joue en guise d'adieu.

Dès que Marguerite sortit d'entre les arbres, Callum reprit son arc en main, prêt à tirer sur tous ceux qui s'approcheraient d'elle. Deux gardes de son père vinrent à sa rencontre et l'escortèrent, et il la vit s'adresser à eux en désignant les hommes du clan MacKinloch, comme si elle désirait qu'ils interviennent.

Il resta agenouillé, son arc prêt, tout en observant le champ de bataille. Harkirk était encore en vie, mais Cairnross gisait au sol, tué par son frère Bram.

Il aurait dû se sentir soulagé de savoir que Marguerite n'épouserait jamais le comte. À la place, il se sentait envahi d'une sourde colère. Il en voulait à Bram d'avoir fait justice ; il aurait aimé être celui qui avait libéré Marguerite de ce monstre.

Mieux encore, il rêvait de devenir son époux. Il caressa le voile qu'elle avait enroulé autour de son bras comme porte-bonheur, et la douceur du tissu lui rappela celle de sa peau.

« Je ne vous oublierai jamais », avait-elle dit.

Il ne la croyait pas. Dès qu'elle serait de retour en France, son père organiserait pour elle un autre mariage avec un noble. Elle l'épouserait, porterait ses enfants et se construirait une nouvelle vie. Une vie dans laquelle il n'avait pas sa place.

Il observa les gardes qui lui amenaient un cheval et vit ses frères négocier une trêve, pendant que les hommes de Harkirk se retiraient. Nairna s'entretenait avec le duc. Exactement comme il s'y attendait, Marguerite s'en alla avec son père. Les rayons du soleil couchant se reflétèrent sur ses cheveux, qui formaient autour de sa tête un bandeau d'or pâle.

Voilà, c'était terminé, plus jamais il ne la reverrait.

4

Été 1306

Le ruban bleu était tellement délavé qu'il en était devenu gris. Avec le temps, les bords s'étaient effilochés.

— Tu souffres d'être séparé de Marguerite, lui avait dit Laren, la femme de son frère, quelques mois plus tôt. Tu trouverais certainement très poétique de l'enlever et de la ramener avec toi.

Poétique ? Où était-elle allée chercher une idée pareille ? Il n'avait rien à offrir à la fille d'un duc. Et ce dernier ne manquerait pas de le tuer sur-le-champ, s'il faisait une chose pareille.

Pour lui répondre, il avait tracé une ligne sur sa gorge.

— Oui, tu as raison, son père te tuerait.

Elle avait souri avant d'ajouter :

— Mais tu mourrais en homme heureux.

Un rire rauque avait alors fusé de sa gorge. Ce bruit inattendu l'avait choqué et il avait porté la main à sa gorge, l'air incrédule.

— Tu reparleras un jour, avait prédit Laren. Et je pense que tu auras encore plus de raisons de le faire, si tu la retrouves.

Les derniers mois avaient été frustrants car, malgré tout le temps qu'il avait passé à s'entraîner, il n'avait pas retrouvé la parole. Il avait fait tout son possible, mais plus il faisait d'efforts, plus les mots restaient piégés dans sa gorge. Pire encore, les membres du clan l'évitaient et le traitaient en infirme.

Dans les faits, c'était ce qu'il était. Bien sûr, il avait été torturé et avait frôlé bien souvent la mort mais, pour l'heure, les cauchemars auraient dû cesser. Or, ils n'avaient fait qu'empirer, au point de ne plus le laisser fermer l'œil de la nuit.

Il avait l'impression que son esprit volait en éclats, et plus il combattait ses souvenirs, plus la colère le rongeait de l'intérieur. Il détestait sa vie et son manque de motivation. La captivité avait rythmé si longtemps ses journées qu'il ne savait pas quoi faire de sa liberté. Et comment s'adapter à sa nouvelle existence, s'il était incapable de parler ?

Jour après jour, il s'isolait un peu plus de sa famille, ne pouvant pas communiquer avec eux. La fureur bouillonnait en lui et sa frustration prenait le pas à chaque seconde.

Un jour, Nairna le prit à part et s'adressa à lui d'une voix ferme et calme.

— La vengeance ne t'a pas apporté de repos, n'est-ce pas, Callum ?

Il la regarda fixement et elle sortit une flèche de son carquois.

— Tu t'es battu à nos côtés ces derniers mois. Tu nous as aidés à sauver la fille de Laren, lorsqu'elle a été enlevée, mais j'ai vu la rage qu'il y a en toi. Elle ne cesse de croître.

La compassion envahit ses yeux verts et sa voix s'adoucit.

— Marguerite te manque, c'est ça ?

Callum eut l'impression qu'elle lui plantait une lance dans le cœur. Marguerite était la seule personne qui ne l'avait jamais traité comme un simple d'esprit ou un moins que rien. À travers ses yeux, il était le guerrier qu'il avait toujours voulu être.

Mais elle était retournée à son ancienne vie, la vie qu'elle méritait.

— Marguerite s'est inquiétée pour toi durant ta captivité, continua Nairna, sans cesser de le provoquer. Si tu as été assez aveugle pour ne pas comprendre ce qu'elle ressentait pour toi, et si tu n'es pas prêt à te battre pour gagner son cœur, alors, tu mérites de la perdre !

Elle lui tendit une flèche et reprit d'une voix sèche et autoritaire :

— Soit tu pars la retrouver, soit tu arrêtes de broyer du noir !

Un sourire plus chaud lui étira les lèvres, signe de l'amour fraternel qu'elle lui portait et de sa propre frustration. Elle avait raison. Il avait tourné le dos à Marguerite et l'avait laissée s'en aller sans l'ombre d'une protestation. Il s'était comporté en lâche, et Dieu seul savait qu'il n'en était pas un !

Mais comment pourrait-il convaincre la fille d'un duc de s'enfuir avec lui ? C'était comme essayer de décrocher la lune.

La suggestion de Laren de l'enlever résonnait à présent dans sa tête comme une possibilité. Mais Marguerite accepterait-elle de quitter sa famille et l'aisance, les richesses dont elle avait bénéficié pendant toute sa vie ? C'était inimaginable.

Pourtant, Nairna venait de lui donner un but. Il allait arrêter de tourner en rond comme un animal en cage à

Glen Arrin à cause de son mutisme. Peu importait que sa tâche lui paraisse insurmontable. L'idée de revoir Marguerite atténuait déjà sa colère.

Il se mit donc en route.

Callum protégea ses yeux du soleil en observant la forêt devant lui. Elle s'étendait sur des kilomètres autour de Duncraig Castle, niché au creux des collines.

Il n'avait jamais voyagé dans cette partie de l'Écosse, mais avait appris grâce aux autres hommes de son clan que le duc d'Avignois avait hérité ces terres d'ancêtres normands. De grandes tours carrées pointaient au-dessus des arbres, et d'imposants remparts bordés de mâchicoulis.

En prenant la mesure du domaine du duc, Callum sentit un gouffre glacial s'ouvrir à ses pieds. Il n'appartenait pas à ce monde, et le doute vint presser son courage comme un étau.

Il avait envoyé Dougal interroger les clans voisins pour obtenir les réponses à ses questions. Heureusement, il n'avait pas été très difficile de remonter la trace d'un duc français ayant plus d'une centaine de domestiques sous ses ordres.

Callum conduisit Goliath, son cheval, en direction des bois. Il avait prévu d'installer son campement au cœur de la forêt, là où personne ne pourrait le trouver. Il ignorait combien de temps il allait rester. Tout dépendrait de Marguerite. Serait-elle là, tout d'abord ? Et désirerait-elle le voir ?

La partie sombre de son âme brûlait de l'enlever sur-le-champ et de l'emmener loin de son père et du luxe de son existence, pour la faire sienne. Mais cette idée avait beau être tentante, il devait lui laisser le choix. La période pendant laquelle ils avaient été séparés pouvait avoir changé beaucoup de choses.

Il étudia le chemin et évita les grandes routes, pour ne pas croiser les habitants du château. La forêt était plus dense à présent et freinait son avancée. Tandis que les ombres s'allongeaient et que le soleil brillait à l'ouest, il trouva un petit ruisseau où faire boire son cheval et dresser son campement pour la nuit.

Il se pouvait que sa présence ne soit pas bien accueillie, aussi décida-t-il de passer une journée en observation, pour s'assurer que Marguerite était heureuse et en sécurité. En outre, même s'il réussissait à l'approcher, il ne pourrait pas lui parler ni expliquer les raisons de sa présence. Elle ne comprendrait pas que, pendant ces derniers mois, les souvenirs qu'il avait gardés d'elle avaient hanté et tourmenté son esprit.

Une fois la nuit tombée, il quitta la lisière de la forêt pour étudier le château et ses défenses. Des douves encerclaient la structure, et d'épais murs de pierre, plus hauts qu'un homme, se dressaient tout autour. Deux tours carrées s'élevaient de chaque côté de l'entrée, et les deux portes étaient lourdement gardées.

Il traversa la cour intérieure sans se faire remarquer, tendit l'oreille et entendit… oui, c'était bien cela… de la musique.

Il n'en avait pas entendu depuis si longtemps que le son semblait se faufiler à travers les arbres et l'attirer irrésistiblement. Il resta tout près du sol, caché dans l'obscurité, jusqu'à atteindre une fente dans le mur assez grande pour voir à travers. À l'intérieur, des hommes et des femmes festoyaient, des chopes de bière à la main. Leurs rires montaient au milieu des notes mélodieuses. Callum posa la joue contre le mur et se reput de ce spectacle.

Cela faisait des années qu'il n'avait pas eu quelque chose à fêter. La vue de ces personnes souriantes lui donna envie de se joindre à elles, encore plus lorsqu'il aperçut la silhouette familière de Marguerite. Elle portait un voile sur ses longs cheveux blonds qui flottaient dans son dos, tandis qu'elle virevoltait en dansant avec les autres. Des hommes la regardaient et Callum fut saisi d'un élan possessif.

Le fait de la revoir après tant de mois eut l'effet d'un baume sur son esprit meurtri. Il fallait qu'il entre dans le château et qu'il satisfasse le désir qui le tourmentait depuis qu'il avait vu Marguerite s'en aller.

Le destin lui vint bientôt en aide, lorsqu'un groupe d'hommes et de femmes approchèrent du pont-levis. Il sortit alors de sa cachette près du mur, et ramena son capuchon sur la tête. Déguisé en villageois, il passa les portes.

Marguerite dansait avec les autres femmes, mais ses mouvements étaient moins énergiques, comme si elle n'avait pas envie de se trouver là. Il se reput de ce spectacle en mémorisant les beaux traits de son visage et sa façon de bouger.

La musique changea et prit des accents plus doux, plus plaintifs. Marguerite s'écarta des danseurs, les joues en feu. Tandis que tous se rassemblaient autour des musiciens, elle alla s'appuyer contre un mur.

Callum se faufila à travers la foule sans la quitter du regard, évitant la lueur des torches. Lorsqu'il se trouva à une longueur de bras de la jeune femme, la douceur de son parfum déclencha une douleur sourde dans sa poitrine. Comme il aurait aimé rester dans son ombre le reste de sa vie !

Marguerite se tourna vers lui et plissa les yeux. Il vit le moment où elle se rendit compte qu'elle n'était plus seule. Il aurait pu retirer son capuchon et dévoiler sa présence, mais le duc la regardait.

Elle posa les mains sur sa taille et fit un pas en avant. L'occasion de se montrer à elle venait de disparaître et il ne pouvait pas l'interpeller discrètement. Pourtant, il fallait à tout prix lui indiquer d'une façon ou d'une autre qu'il était là.

Lorsqu'un éclat de rire résonna parmi les noceurs, Marguerite fut distraite quelques instants. Il n'en fallut pas plus à Callum.

Avant de quitter les lieux, il pressa le ruban fané dans sa douce main.

Il était là. Il était revenu pour elle !

Marguerite avait tenu le ruban dans sa main toute la nuit, comme un souvenir effacé. Elle ignorait pourquoi Callum était venu à Duncraig, mais depuis qu'elle le savait tout près elle se sentait animée d'une excitation inattendue, qui avait créé une brèche dans son désespoir.

Elle n'avait jamais oublié Callum MacKinloch. L'Écossais farouche et silencieux avait hanté ses rêves et lui avait laissé les souvenirs troublants de son baiser. La nuit, elle imaginait sa bouche sur sa joue, sa gorge. Elle se rappelait les lignes dures de son corps ainsi que sa peau chaude et ferme.

— Marguerite…

Son père interrompit ses rêveries, posant sa coupe en argent sur la table à côté d'elle.

— Je pars demain pour l'Angleterre. Je reviendrai avec le comte de Penrith, pour ton mariage.

Elle hocha la tête en essayant de ne pas montrer la déception qu'elle ressentait. Malgré ses efforts, son déplaisir n'échappa pas à son père.

— Je sais que ces derniers mois ont été difficiles pour toi, continua-t-il. Mais n'aie crainte, ce sera un meilleur mariage pour toi, ma petite. Le comte possède une propriété ici, ainsi qu'une autre en Angleterre et une en Irlande. Il a les faveurs du roi d'Angleterre et je sais de source sûre qu'il s'agit d'un noble digne de devenir ton mari. Tu devrais être heureuse avec lui.

Et si elle ne l'était pas ? avait-elle envie de lui demander. *S'il s'avérait aussi terrible que Lord Cairnross ?*

Des mois plus tôt, il ne lui serait pas venu à l'esprit de remettre en question les ordres de son père. En tant que chef de famille, il était de sa responsabilité de lui choisir un mari, un noble capable de veiller au mieux sur elle. Ses désirs personnels ne comptaient pas. Pourtant, aujourd'hui, elle avait le sentiment d'être opprimée par les sangles de l'obéissance, qui l'étranglaient pour mieux la soumettre.

— Combien de temps serez-vous parti ?

— Deux semaines environ.

Il s'empara de sa main. Elle sentit sa lourde bague en or sur ses doigts lorsqu'il les pressa pour la rassurer.

— Il y a suffisamment d'hommes ici pour veiller sur ta sécurité. Bientôt, tu vivras en Angleterre et tu deviendras la lady de ton propre château.

Il lui décocha un sourire plein de chaleur, car il croyait que c'était ce qu'elle désirait depuis toujours.

Il n'avait aucune raison de penser différemment. Quelques mois plus tôt encore, elle souhaitait vraiment diriger sa propre demeure, un homme fort à ses côtés. Elle voulait devenir une épouse obéissante, construire un foyer chaleureux pour lui, et porter ses enfants.

Mais, depuis son séjour chez les MacKinloch, tout avait changé. Malgré les dangers qu'elle avait traversés et la terrifiante bataille, le miroir de sa vie surprotégée avait volé en éclats. Une autre femme vivait en elle, une femme courageuse. Une femme qui avait décidé de s'échapper seule de Cairnross.

Lorsque son père l'avait ramenée à Duncraig, elle avait espéré reprendre son ancienne vie, comme une ombre familière. Seulement, le passé était venu la hanter. Depuis, elle rêvait d'un guerrier silencieux qui avait brisé ses défenses et l'avait éveillée à la vie.

Un guerrier qui était de retour.

Elle en savait peu sur Callum et elle ignorait ce qu'il pensait d'elle. Pourtant, le besoin de le revoir était plus fort que tout, et envahissait son esprit de pensées interdites.

— Nous irons chasser, ce matin, déclara son père.

Un sourire chaleureux plana sur ses lèvres. De petites rides vinrent creuser sa peau de chaque côté de ses yeux.

— J'ai envie de passer un peu plus de temps avec ma plus jeune fille, avant qu'elle me quitte pour se marier.

Il appela ensuite un domestique et lui ordonna de préparer leurs chevaux.

— En mon absence, tu ne devras pas quitter le château, c'est bien compris ? ajouta-t-il.

Tu ne dois pas penser par toi-même, ni prendre de décisions qui contredisent les miennes, songea-t-elle amèrement.

Mais elle lui apporta la réponse qu'il attendait.

— Oui, mon père.

— Tu passeras ton temps à broder ou à prier. Ne te donne pas de mal à pourvoir aux besoins de la maisonnée. J'ai demandé à Lady Beatrice de s'occuper des domestiques et de te guider en mon absence.

Marguerite réprima un grognement. Même si elle était aimable en apparence, la sœur de sa mère prenait toujours un air de supériorité qui ne lui plaisait pas. Pendant les deux semaines qui allaient suivre, Marguerite allait devoir redoubler de patience.

— Il faudra lui obéir, Marguerite, insista-t-il.

Malgré ses dix-neuf ans, il la traitait encore comme si elle en avait sept. Marguerite cacha sa frustration et se leva en délaissant le reste de son plat. Voyant le regard inquisiteur de son père, elle lui fournit la réponse qu'il attendait.

— Si telle est votre volonté, papa.

Il prit un air approbateur avant de la congédier d'un geste.

— Va, maintenant. Nous partirons dans une heure.

Son père l'attendait près des écuries. Il l'accueillit par un sourire, tandis qu'elle montait sur son cheval.

— Les autres ne sont pas encore prêts pour la chasse. Si tu veux, nous pouvons faire une courte promenade ensemble, pour commencer.

Marguerite devina qu'il désirait s'entretenir avec elle

en privé. Elle acquiesça, avant de passer les portes du château avec lui.

Elle avait caché dans son corsage le ruban effiloché que Callum lui avait donné la veille. Elle frissonnait tant elle désirait le revoir. Pourquoi était-il revenu ? Savoir qu'il était là avait ouvert la boîte de Pandore de ses désirs interdits. Elle scruta les arbres autour d'eux en se demandant s'il était tout près.

Le duc l'emmena en bordure de la forêt, en direction des champs. Lorsqu'elle amena sa jument à côté de lui, il lui demanda :

— Veux-tu faire la course ? Tu prendras une courte avance.

Elle se doutait qu'il avait l'intention de la laisser gagner, comme il le faisait quand elle était plus jeune. Elle lui retourna son sourire, mais devina qu'il avait des nouvelles à lui livrer, et que celles-ci risquaient de ne pas lui plaire.

— Je n'ai pas besoin que vous me concédiez un avantage, riposta-t-elle en arrangeant ses jupes. Je peux très bien gagner sans cela !

Le défi qu'elle venait de lui lancer arracha un sourire à son père.

— Que veux-tu parier ? Un coupon de soie ? Une chaîne en or avec un pendentif assorti à tes yeux ? Ou encore, un manteau doublé de fourrure pour te tenir chaud l'hiver ?

Elle secoua la tête. Elle n'avait pas besoin de tout ce luxe. Il lui avait déjà offert tout cela par le passé.

— Je voudrais que vous me rendiez une faveur, lorsque je vous le demanderai.

Tout en tenant les rênes entre ses mains, elle ajouta :

— Que voulez-vous, si vous gagnez ?

Le visage de son père s'adoucit.

— Une visite de temps en temps. Tes sœurs viennent rarement me voir, maintenant.

L'espace d'un instant, elle perçut sa solitude. Il avait perdu son épouse depuis quelques années et ne s'était pas remarié, même si elle n'était pas assez naïve pour croire qu'il s'était privé de la compagnie des femmes pendant tout ce temps.

— D'accord, dit-elle. Nous partirons lorsque vous aurez donné le départ.

— Le but est d'atteindre la côte, précisa-t-il, en pointant du doigt le littoral au loin.

Puis il leva la main, et la surveilla du coin de l'œil pour s'assurer qu'elle était prête. Il donna le signal et tous deux galopèrent à bride abattue à travers la campagne. Marguerite se pencha pour lutter contre le vent, et constata que son père retenait son cheval pour lui permettre de prendre de l'avance. Il aimait chevaucher autant qu'elle, mais il s'était toujours montré clément pour la laisser gagner.

Il lui avait offert tout ce qu'elle avait désiré, qu'il s'agisse d'une robe en soie ou d'une bourse remplie d'or. Petite, elle l'adorait et croyait que son but, dans la vie, était de se plier à ses diktats. Mais ces derniers mois l'avaient perturbée, au point de remettre en question les décisions qu'il avait prises pour elle. Il n'était plus à ses yeux le guide bienveillant auquel elle obéissait sans discuter.

Soudain, elle ressentit le besoin pressant de le défier sur ses projets. Au dernier moment, juste avant de gagner la course, elle tira brutalement sur les rênes et laissa son père la dépasser.

Il fit faire demi-tour à sa monture, et lui lança un regard surpris.

— Tu as triché ! se plaignit-il.

— C'est vrai.

Elle lui adressa un sourire malicieux avant d'ajouter :

— Ne niez pas que vous étiez sur le point de faire la même chose.

Il haussa les épaules et vint se placer à côté d'elle.

— Un père peut bien accorder des faveurs à sa très chère fille, non ?

Marguerite lui prit la main.

— Je viendrai vous rendre visite en France, après mon mariage.

— Je te prends au mot ! répondit-il.

Mais ses traits étaient empreints d'inquiétude.

— Qu'est-ce que vous avez omis de me dire ? demanda-t-elle. Vous me cachez quelque chose.

Il soupira et l'invita à le suivre vers le château, pour rejoindre le reste du groupe.

— Rien de très important. Le comte de Penrith est un très bon ami du roi. Je suis sûr qu'il saura satisfaire tes moindres désirs.

Mais son sourire manquait de sincérité et Marguerite se sentit gagnée par la nervosité.

Elle le suivit vers les cavaliers qui les attendaient, l'esprit ailleurs. Qu'est-ce qu'il ne lui avait pas dit ?

Tandis qu'ils chevauchaient dans la forêt, en quête de gibier, elle s'efforça de se débarrasser de l'anxiété qui lui agitait l'esprit.

Les bois se fondaient dans la lueur dorée du soleil qui filtrait entre les arbres. Marguerite avançait avec les autres, mais elle était distraite, et n'avait pas du tout la tête à la chasse.

— Un sanglier ! cria soudain l'un des hommes, en désignant un endroit dans la forêt.

Tous accélérèrent, sauf Marguerite, qui resta en arrière, laissant son père prendre la tête du groupe. Même si elle ne doutait pas de la capacité des chasseurs, elle ne voulait pas croiser le chemin d'un sanglier. Ces animaux agressifs avaient de vilaines défenses et beaucoup d'hommes avaient déjà été encornés.

Elle regarda passer devant elle une douzaine d'hommes et de femmes, préférant demeurer en retrait. Ils étaient tellement absorbés par la chasse que personne ne parut remarquer son absence.

Entendant soudain un bruit de sabots dans son dos, elle fit pivoter son cheval et aperçut un deuxième sanglier, qui fonçait droit sur elle.

Mon Dieu ! Elle talonna sa monture pour s'enfuir, et s'enfonça plus profondément dans les bois pour échapper à l'animal. Son cheval se cabra et elle lutta de toutes ses forces pour rester en selle.

Des flèches fendirent alors l'air et atteignirent le sanglier. Marguerite braqua son regard sur elles et sentit les battements de son cœur s'accélérer en reconnaissant les plumes noires. Puis quelqu'un se laissa tomber d'un arbre derrière elle, et atterrit sur son cheval. L'homme l'enlaça, puis talonna la jument pour la pousser au galop. Marguerite eut envie de crier, mais son cri mourut dans sa gorge, car elle n'avait aucun doute sur l'identité de l'homme.

Lorsque la forêt devint si dense que le cheval ne put plus avancer, il mit pied à terre et la souleva pour l'aider à rejoindre le sol. Sous son capuchon, elle aperçut les yeux sombres de celui qui hantait ses rêves depuis des mois.

— Callum, murmura-t-elle, sans arriver à croire que ce soit vraiment lui.

Il ne répondit rien, mais lui prit la main et la guida à travers les bois sur une assez longue distance. Marguerite ne pensait à rien d'autre qu'à l'homme qui se trouvait avec elle en ces instants.

Il s'arrêta enfin et elle aperçut les restes d'un campement et les cendres d'un feu. Mais, avant que Callum puisse se pencher pour le ranimer, elle le prit dans ses bras. Il la serra très fort contre lui et enfouit le visage dans ses cheveux. Elle se pressa contre lui, incapable de réaliser qu'il était vraiment là.

— Cela fait si longtemps ! souffla-t-elle. Vous allez bien ? Et votre famille ?

Il la fixa sans lui donner de réponse. Elle comprit alors qu'il n'avait pas retrouvé la parole.

Mais il avait sa propre façon de s'exprimer, une façon qui la captivait.

Il glissa de nouveau les mains dans ses cheveux. Elle retint son souffle lorsqu'elles passèrent sur ses épaules, puis se posèrent sur ses hanches, et un long frisson la parcourut.

— Pourquoi êtes-vous venu ? demanda-t-elle à voix basse.

Il n'avait pas besoin de lui répondre pour qu'elle le sache. Malgré ces longs mois de séparation, entre eux, rien n'avait changé. Elle lui caressa la joue et s'émerveilla de le voir si différent. Il n'avait plus l'air d'un homme affamé. Ses joues s'étaient remplies. La force de ses bras et l'assurance qu'il dégageait étaient indéniables. Il avait gardé les cheveux longs et des mèches sombres tombaient sur ses épaules, comme l'Écossais farouche qu'il était.

Une bouffée de désir la saisit, de même que les pensées interdites qui la hantaient depuis qu'ils avaient partagé ces moments ensemble, plusieurs mois plus tôt. Elle se souvenait de la douceur de ses lèvres et des envies choquantes qu'elles avaient suscitées.

Prise d'une soudaine timidité, elle recula d'un pas. Callum en profita pour rallumer le feu. Elle ne pouvait pas rester très longtemps avec lui, mais elle était prête à voler autant de temps que possible.

Lorsque le feu se mit à crépiter, elle s'assit sur un tronc d'arbre et lui parla des mois qu'elle avait passés à voyager du nord de l'Écosse vers le sud-ouest.

— Mon père a arrangé un autre mariage, avoua-t-elle. Je vais bientôt épouser le comte de Penrith.

Il fallait qu'il le sache, qu'elle soit parfaitement honnête avec lui à propos de la tournure que sa vie avait prise ces derniers mois. Après cet aveu, elle vit les traits de Callum se crisper. Il s'empara d'un morceau de bois sec et le lança dans les flammes.

— Je suis heureuse que vous soyez venu. Je... j'ai souvent pensé à vous.

Son silence ne fit qu'intensifier la gêne qui s'était installée entre eux. Sans la parole, il ne pouvait rien lui dire du passé ou de ce qu'il pensait maintenant.

Elle essaya de songer à autre chose, mais une seule question lui vint à l'esprit :

— Votre dos a-t-il guéri ?

Il lui décocha un regard curieux et ôta sa tunique.

Lorsqu'il lui montra son dos, elle s'aperçut que les marques étaient encore très rouges, mais complètement cicatrisées. Elle tendit la main pour le toucher, et il fit la grimace.

— Je vous ai fait mal ? demanda-t-elle.

Il secoua la tête et lui prit la main pour l'inviter à le toucher de nouveau. Sous ses doigts, la peau était boursoufflée et striée, mais la souffrance endurée n'avait fait que le rendre plus fort. Lorsqu'elle suivit du bout des doigts ses cicatrices, il s'appuya contre elle, comme si sa paume avait le don de le guérir.

Elle fit courir ses mains sur les épaules de Callun, puis le long de ses côtes. Soudain, un rire fusa entre ses lèvres, comme s'il était chatouilleux. Surprise par sa réaction, elle murmura :

— J'ignorais que vous étiez capable d'émettre un son.

Serait-il capable de parler un jour ? Et, s'il le faisait, que lui dirait-il ?

Callum porta la main à sa gorge, sans la quitter du regard. Le contact si intime de ses doigts sur sa peau l'emplit de gêne et elle sentit qu'il attendait quelque chose d'elle.

Soudain, il redevint stoïque et remit sa tunique, avant de fouiller dans un petit sac. Il en sortit une chaîne en argent ornée d'un pendentif en verre couleur saphir. Marguerite le prit dans sa paume, fascinée par ses nuances changeantes. Callum le lui passa autour du cou et le bijou vint reposer sur sa poitrine.

— Il est magnifique ! s'extasia-t-elle. C'est Laren qui l'a fait, n'est-ce pas ?

Il hocha la tête.

— Merci beaucoup.

Elle toucha le collier, réitérant sa question :

— Pourquoi êtes-vous venu, Callum ?

Il braqua ses yeux sombres sur elle, avec l'intensité d'un homme qui attendait d'elle plus que ce qu'elle pouvait lui offrir. Il lui prit de nouveau la main et la serra doucement. Puis il ouvrit la paume pour qu'elle la retire, si elle le souhaitait.

Marguerite comprit la question qui animait son regard. Il était prêt à la laisser partir, si tel était son choix. Il suffisait qu'elle s'en aille.

Elle se rappela alors la nuit où il l'avait embrassée, et les désirs troublants qu'il avait suscités. Elle n'avait pas oublié ce qu'elle avait éprouvé, ni les violentes émotions qui avaient déferlé sur elle.

Son père avait déjà organisé son mariage. Callum MacKinloch n'avait pas de place dans sa vie, lui rappela la voix de la raison.

Elle le savait, tout comme elle savait que le reste de son existence serait décidé par les autres. Elle brûlait de s'insurger, de dire à son père qu'elle voulait faire ses propres choix, mais jamais il ne l'écouterait. Il lui rappellerait qu'il ne voulait que ce qui était le mieux pour elle, pour son avenir. Il était difficile de discuter avec lui, alors qu'il lui avait tant donné.

— Je dois rentrer, dit-elle enfin. Ils doivent être en train de me chercher.

Elle eut du mal à prononcer ces paroles, car elle se doutait que Callum serait parti le lendemain. Un immense sentiment de solitude l'envahit à cette idée.

Il baissa la main, le visage vide de toute émotion. Marguerite voulait ajouter quelque chose, lui faire comprendre à quel point elle avait peu de pouvoir. À la place, elle préféra se taire, de peur de le blesser avec cette vérité.

Callum la raccompagna, la sentant s'éloigner un peu plus de lui à chaque pas. Certes, elle avait été heureuse de le voir, mais ils savaient tous les deux qu'il n'appartenait pas à son monde. Pourtant, il avait espéré, malgré tout.

Au fond de lui, il cacha sa déception et accepta la décision de Marguerite. Vivre ces quelques instants avec elle était déjà bien plus que ce qu'il avait espéré. Il était évident que son père lui choisirait un autre mari, un homme avec du sang noble.

Pas un ancien prisonnier coupé du reste du monde, qui n'avait même pas un penny en poche.

La colère faisait rage en lui, mais sa fierté l'obligea à lâcher la main de Marguerite. Qu'importait la distance parcourue ; si elle avait fait son choix, il ne pouvait rien de plus.

Elle saisit le pendentif, ses prunelles azur remplies de larmes. Callum tourna les talons, aux prises avec une douleur brûlante. Peut-être valait-il mieux la laisser partir, après tout.

— Attendez...

La voix de la jeune femme contenait un tremblement qui le troubla. Elle réduisit en quelques instants l'espace qui les séparait.

Il se sentit faiblir en entendant sa supplique.

— Je ne veux pas que vous partiez, dit-elle dans un souffle.

Callum se sentit alors de nouveau gagné par l'espoir que Marguerite lui laisse sa chance. Il caressa son beau visage et elle se hissa sur la pointe des pieds pour l'enlacer.

Il la serra si fort contre lui que leurs corps fusionnèrent pour ne plus faire qu'un. Il voulait lui dire tellement de choses ! Il essaya de toutes ses forces de lui parler. Mais aucun mot ne sortit de sa bouche.

Après ce moment d'extase, il recula d'un pas pour mieux l'observer. Il laissa ses lèvres planer au-dessus des siennes en attendant son consentement. Elle leva la bouche vers lui et le désir physique le consuma.

Ce baiser évoquait tous les moments qu'ils avaient passés loin l'un de l'autre, et l'immense solitude qui avait rendu ses propres journées interminables. Il mit tous ses désirs et tous ses sentiments dedans, sans se soucier de rien d'autre. La femme de ses rêves était là, avec lui, et il avait la ferme intention de savourer ce moment interdit.

— Vous reverrai-je ? murmura-t-elle.

Il acquiesça et désigna le feu d'un signe de tête, à l'endroit où il avait dressé son campement. Elle pourrait le retrouver à n'importe quel moment, car il avait assez de jugeote pour comprendre qu'il valait mieux ne pas la chercher dans le château.

— Mon père s'en va en Angleterre demain, à l'aube, dit-elle. J'essayerai de venir dès qu'il sera parti.

Callum distingua une lueur d'inquiétude dans son regard, tandis qu'elle lui faisait cette promesse, comme si elle craignait que quelqu'un ne découvre leur secret. Pour sa part, il n'en avait cure, car elle venait de lui donner le brin d'espoir qu'il attendait.

Et, pour cela, il était prêt à prendre tous les risques.

5

— Bonjour, Marguerite.

Lady Beatrice, la sœur de sa mère, ouvrit les volets pour laisser entrer les rayons du matin.

Sa tante était une femme plantureuse, avec des cheveux aussi blonds que les siens. Une croix en argent reposait entre ses seins volumineux, certainement pour attirer l'attention sur son décolleté.

— Vous feriez mieux de vous dépêcher de descendre, pour faire vos adieux à votre père. Il part pour l'Angleterre dans une heure.

Marguerite s'assit dans son lit et murmura une réponse polie, tandis que son esprit était encore imprégné du cauchemar de la nuit. Sous les couvertures, ses poings étaient serrés et son cœur battait à tout rompre. Ce n'était qu'un rêve, mais assez réaliste pour l'effrayer. Elle s'était vue avec Callum qui l'embrassait profondément, puis la couchait dans l'herbe, et elle le prenait dans ses bras.

Mais les hommes de son père étaient arrivés et l'avaient tué pour avoir osé la toucher.

Une peur glaciale s'était emparée d'elle, car elle savait que cela pourrait se produire, si elle ne se montrait pas assez prudente. Il était dangereux de voir Callum ou de baisser la garde. Callum était un homme que son père n'approuverait jamais. Un homme farouche et rude. Un guerrier qui avait survécu à une vie tourmentée. Pourtant, elle ne pouvait nier le désir qu'il avait éveillé en elle. Même si elle souhaitait de tout son cœur sa présence, elle se demandait à présent s'il était judicieux d'aller le retrouver.

— Je vous ai apporté de la soie et du samit, ainsi que les mensurations du comte, continua sa tante. Vous pourrez commencer à coudre dès cet après-midi.

Coudre ? Comment cela ? Elle n'avait pas entendu la première partie de la conversation, et elle fronça les sourcils à la vue du tissu bleu.

— Sa tunique de mariage, lui rappela Beatrice. Votre père souhaite que votre mari voie vos talents de couturière. Et quelle meilleure façon de les lui montrer qu'en lui confectionnant de vos mains de nouveaux vêtements ?

Elle lui décocha un grand sourire et ajouta :

— Il sera fier de porter une pièce confectionnée par sa fiancée.

Sur ces mots, elle disposa les coupons de soie sur la petite table près de la fenêtre.

— Si vous travaillez tous les jours, vous aurez terminé lorsqu'il arrivera d'Angleterre. Le duc ne veut pas que vous vous ennuyiez en son absence.

D'ordinaire, Marguerite aurait trouvé agréable de consacrer plusieurs heures par jour à coudre, pour passer le temps. Mais, aujourd'hui, elle avait plutôt envie de pleurer de frustration. C'était la solution que son père avait trouvée pour la garder cloîtrée dans sa chambre.

Sauf que, ce matin, elle avait d'autres projets.

Elle laissa Beatrice l'aider à s'habiller, tout en regardant le soleil avec envie.

— Je ferai comme l'ordonne mon père, bien sûr, mentit-elle. Mais, après son départ, j'avais prévu d'aller me promener à cheval.

— C'est impossible ! riposta Beatrice en secouant la tête. Nous avons reçu l'ordre de vous garder en sécurité dans l'enceinte du château.

— Comme une prisonnière ? demanda Marguerite, l'air songeur.

Sa tante se rembrunit. Elle paraissait confuse.

— C'est pour votre bien, Marguerite. Nous ne voudrions pas que vous vous perdiez ou, pire encore, que vous soyez enlevée par un Écossais.

Elle frémit à cette idée et la saisit par les bras.

— Je n'imagine même pas ce que vous avez dû endurer avec eux !

Marguerite ne répondit rien. Beatrice ne pourrait jamais comprendre. Elle alla toucher le tissu et en examina l'épais tissage. Cette soie aurait pu nourrir le clan MacKinloch pendant un an, ce qui donnait à réfléchir.

Elle n'avait jamais cessé de penser à la manière dont la richesse de son père imprégnait toute sa vie, alors que la famille de Callum luttait pour se nourrir et se loger. Au cours de la bataille qui s'était déroulée plusieurs mois plus tôt, leur forteresse de Glen Arrin avait brûlé. Comment avaient-ils fait pour reconstruire leurs maisons ? Combien de personnes étaient mortes ?

Même si elle n'avait fait qu'un court séjour parmi eux, avant que Cairnross et Harkirk ne les attaquent, elle avait été acceptée comme l'une des leurs. Nairna et Laren avaient travaillé à côté d'elle, presque comme des sœurs. Et, cette liberté, jamais auparavant elle ne l'avait expérimentée. Ici, elle pouvait à peine descendre de sa chambre sans qu'un garde la suive. Vivre ainsi était étouffant.

Sa tante continuait ses bavardages, que Marguerite n'écoutait pas, l'esprit entièrement occupé à trouver un moyen de sortir quelques heures du château pour retrouver Callum. Une fois son père parti, une occasion se présenterait sûrement.

— Venez, Marguerite, insista Beatrice. Votre père vous attend en bas. Il veut que vous lui souhaitiez un bon voyage.

Marguerite accepta alors la main que sa tante lui tendait et la suivit, jetant un dernier regard sur la soie bleue et le samit. Il fallait qu'elle trouve à tout prix un moyen de s'échapper de cette chambre !

Elle arriva à pied. Sa robe safran brillait à travers les arbres comme une fleur dorée piégée dans la forêt. Callum l'attendait à côté de son cheval, attaché à un arbre. Il avait passé sur son épaule son arc et son carquois, pour les protéger en cas de danger.

Tandis qu'elle approchait, son pouls s'accéléra. Il était partagé entre l'envie de l'enlever et celle de découvrir comment gagner son cœur. Elle avait tenu sa promesse de revenir, mais il ne savait pas ce qu'elle pensait vraiment de lui.

Dès l'instant où il l'avait vue, un lien invisible l'avait relié à elle. Il était capable de tout pour la protéger et la rendre heureuse.

Malgré sa belle robe, qui lui rappelait qu'elle était la

fille d'un duc, il reconnut, en contemplant son visage, la femme qui l'avait sauvé de la mort. Jamais il ne pourrait renoncer à sa beauté tranquille.

Lorsqu'elle fut à ses côtés, il réprima l'envie de la serrer dans ses bras. À la place, il raffermit sa prise sur son arc, et la salua d'un signe de tête.

Marguerite lui adressa un sourire hésitant.

— Bien le bonjour, dit-elle.

Callum fit un geste en direction du feu pour lui demander si elle avait déjeuné. Elle aperçut les restes d'un sanglier cuit et secoua la tête.

— J'ai déjà mangé.

Elle se tordit alors les mains avant de saisir la chaîne en argent autour de son cou. Lorsqu'elle la sortit de son corsage, il vit le pendentif caché sous sa robe de soie. Ainsi, elle l'avait gardé…

Elle paraissait nerveuse, mais il fit un effort pour ne pas l'effrayer. Après tous ces mois, ils étaient de nouveau des étrangers l'un pour l'autre. Il faudrait du temps pour qu'elle apprenne à lui faire confiance.

Il l'invita à approcher et lui présenta son étalon noir. Elle tendit la main pour caresser Goliath, qui frotta son museau contre elle.

— C'est un très bel animal.

Elle croisa timidement le regard de Callum, qui remarqua ses joues roses. Puis elle murmura quelques mots au cheval, en lui caressant la tête pour se distraire et faire connaissance avec lui.

Elle avait l'air agitée, comme si elle ne savait pas quoi dire ou quoi faire. Il vint alors se placer entre le cheval et elle, puis lui prit la main. Elle était effrayée, mais cela n'avait rien d'étonnant. Il l'avait contrainte à sortir du château et à le retrouver ici, seule. Il devait faire tout ce qui était en son pouvoir pour l'aider à se détendre, pour qu'elle comprenne que rien n'avait changé entre eux.

Il porta la main à ses propres cheveux avant de l'abaisser dans une imitation de caresse. Marguerite lui sourit gentiment.

— Vous n'êtes pas un cheval, Callum !

Mais la tension entre eux se dissipa et elle rit doucement lorsqu'il frotta le nez contre sa paume. Ensuite, il lui saisit la taille et la hissa sur la selle, avant de la rejoindre.

— Où allons-nous ? demanda-t-elle.

Il désigna un point au-delà des arbres, au nord du château. Là où les hommes de son père ne pourraient pas les trouver.

Marguerite commença à protester, mais il ignora ses plaintes et fit avancer le cheval entre les arbres, vers le pré en contrebas. Il la tint fermement contre lui, tandis qu'il accélérait l'allure et laissait le cheval les emmener.

Une fois à découvert, il lança Goliath au galop, sans la lâcher. L'étalon aimait beaucoup la vitesse, et le paysage autour d'eux devint flou. Ils passèrent ensuite des collines, puis parvinrent à un petit lac aux couleurs argentées. Le cheval fut heureux de s'arrêter pour boire et Callum souleva Marguerite pour l'aider à descendre.

— Pendant quelques instants, j'ai cru que vous vouliez m'enlever et m'emmener à Glen Arrin, dit-elle en souriant subrepticement.

Était-ce ce qu'elle attendait ? songea Callum.

Contrairement à la plupart des hommes, il ne pouvait pas la flatter avec de belles paroles, ou exprimer le fond de sa pensée. Il ne pouvait que communiquer par des gestes et des actes, pour lui montrer ce qu'il désirait.

Les mains posées sur la taille de la jeune femme, il essaya de lui transmettre ses pensées.

Si je le pouvais, je vous emmènerais.

Ses mains remontèrent avec lenteur le long des bras de Marguerite, à la manière d'un amant. Il sentit sa peau se hérisser de frissons, mais elle resta parfaitement immobile, piégée par son regard.

— Je ne sais pas quoi vous dire, fit-elle à voix basse.

Il lui posa alors un doigt sur les lèvres. *Ne dites rien.* Puis il lui prit les mains et les plaqua sur son torse. Furtivement, elle mit les doigts sur son cœur, qui battait très fort.

— Je pense que votre cœur bat aussi fort que le mien, avoua-t-elle en lui saisissant les épaules, qu'elle explora du bout des doigts, avant de faire descendre ceux-ci le long de ses bras puis de remonter.

Callum ne bougea pas, remerciant le ciel qu'elle ait pu lire dans ses pensées. Il ne désirait rien d'autre que sentir ses mains sur sa peau nue.

— Je ne devrais pas être là, murmura-t-elle, mais cela m'est égal.

Il pensait la même chose. Le duc était parti, et ils avaient quelques heures devant eux, avant qu'on ne se mette à la recherche de Marguerite. Mais il l'aurait raccompagnée chez elle, en sécurité, bien avant.

Elle l'enlaça, lui passant les mains derrière le cou, puis les plongea dans ses cheveux. Ses caresses le tentaient irrésistiblement. Il brûlait de l'embrasser de nouveau, de goûter la douceur de sa bouche et de céder à ses propres désirs. Le plaisir aveuglant de ses mains le poussait chaque fois plus près du précipice. Avec un sourire espiègle, Marguerite lui caressa la tête comme elle l'avait fait plus tôt avec son cheval.

Il l'enlaça aussitôt, et lui ravit le baiser qu'il désirait. Il s'empara de sa bouche, sans lui laisser la moindre chance de s'échapper. Elle ne comprenait pas le pouvoir qu'elle détenait sur lui. Il lui retira son voile pour mieux glisser les doigts dans sa chevelure soyeuse.

Ne jouez pas avec moi.

Les lèvres de Marguerite étaient gonflées, et elle avait du mal à respirer. Mais elle savait certainement, à présent, qu'il n'était pas comme les hommes de son père, plus portés sur les flirts et les effleurements.

Son visage était pâle, mais il n'y avait pas de peur en elle, uniquement du désir, un désir qui répondait au sien. Il ne l'avait pas emmenée ici pour l'aguicher, il ne lui voulait aucun mal.

Il prit sa main dans la sienne et l'invita à s'asseoir sur un rocher qui surplombait le lac. Le soleil était maintenant haut dans le ciel, et répandait sur eux sa douce chaleur.

— C'est très beau, ici, dit-elle, en ramenant les genoux sous sa robe, le regard rivé sur les eaux argentées. Il y avait un lac à côté du château de mon père, en Avignois. Lorsque j'étais enfant, j'allais regarder mes sœurs nager. J'avais trop peur pour les rejoindre.

Il la questionna du regard et elle ajouta :

— Je n'ai jamais appris.

Il vit cependant une lueur d'intérêt dans ses yeux.

Elle se pencha pour enlever ses chaussures, et trempa les pieds dans l'eau.

— Elle n'est pas aussi froide que je le croyais.

Callum l'observa, tout en se demandant si elle lui ferait confiance. Ils étaient seuls ; personne ne viendrait les surprendre. Il ôta alors sa tunique et, sans se soucier de mouiller son pantalon, entra dans l'eau, qui lui arrivait au-dessus des genoux. Puis il vint se placer devant elle et lui tendit la main.

— Je ne peux pas, protesta-t-elle. Ma robe serait trempée.

Il ne la pressa pas, mais il lui fit un signe de tête pour l'inviter à le rejoindre. Elle le considéra d'un air méfiant.

— Je ne suis pas sûre que ce soit une bonne idée. Je suis terriblement peureuse.

Elle s'efforça de sourire, mais derrière son sourire hésitant Callum devina sa peur. Elle craignait sans doute l'eau, mais il se pouvait aussi qu'elle ait peur de s'approcher de lui, surtout après le baiser qu'il lui avait volé.

Il lui adressa un sourire à la fois malicieux et coupable. *Venez me rejoindre, Marguerite, si vous l'osez.*

Elle rassembla ses jupes et se leva, tout en le surveillant du coin de l'œil. Il plongea la main dans l'eau et l'aspergea. Elle poussa un petit cri, et rit en sentant les gouttelettes ruisseler le long de sa gorge.

— Ne faites pas cela ! Vraiment, je ne peux pas venir.

Il plongea de nouveau les mains dans l'eau et les remplit complètement. Puis il lui lança un regard espiègle et laissa planer la menace entre eux.

— Vous n'oserez pas !

Pour toute réponse, il lança l'eau vers elle et visa de manière à rater de peu sa robe.

Elle fit un bond de côté, ses jupes toujours serrées entre ses mains.

— Cela suffit, je me rends ! dit-elle en lui lançant un regard rieur.

Callum sortit du lac complètement trempé et vint se

placer devant elle. Elle contempla sa peau nue avec une lueur d'intérêt.

Elle l'avait déjà vu dévêtu et des souvenirs sensuels envahirent son esprit, lorsqu'il se rappela le moment où elle lui avait donné le bain.

Il tendit la main vers sa ceinture ornée de pierreries. Marguerite le fixa, le visage pâle, et posa la main sur la sienne tandis qu'il la défaisait.

Faites-moi confiance.

Il laissa tomber la ceinture au sol, et attendit qu'elle fasse son choix.

— Si j'étais encore une enfant, cela n'aurait pas d'importance, n'est-ce pas ? bafouilla-t-elle. Je pourrais essayer de nager, si je le voulais.

Il hocha la tête et s'avança pour défaire son surcot.

— Mon... Mon père ne m'a jamais laissée apprendre à nager. Il disait que je n'étais pas assez forte et que je pouvais me noyer.

Il lisait dans ses prunelles les sentiments conflictuels qui l'habitaient, comme si elle était déchirée par son indécision. Il posa alors une main derrière sa nuque et la sentit frissonner. Puis, de son pouce, il lui caressa doucement les lèvres, comme pour la tenter.

— Il s'est absenté pour deux semaines, continua-t-elle en lui tournant le dos. Il doit revenir avec l'homme qui va devenir mon mari.

Cet aveu attisa la jalousie de Callum et assombrit son humeur. Il était venu ici pour se battre pour elle, pour lui montrer qu'elle pouvait embrasser un autre destin, si elle le voulait. Il n'était pas prêt à la voir épouser un autre que lui. Pas s'il arrivait à la convaincre du contraire.

Elle ramena sa chevelure sur une épaule et dénuda sa gorge.

— Voulez-vous m'aider à retirer cette robe ? demanda-t-elle timidement.

Callum posa les mains sur sa peau et la laissa sentir sa chaleur. Lentement, il défit le surcot safran et l'aida à le retirer. La robe qu'elle portait dessous était étroitement ajustée à ses bras. Il posa les mains sur ses épaules et attendit de recevoir son autorisation. La peau hérissée de frissons, elle murmura :

— Puis-je emprunter votre couteau ?

Confus, Callum recula d'un pas et lui tendit sa lame. Marguerite la prit et s'en servit pour défaire les liens qui maintenaient ses manches en place.

— Je n'ai pas apporté de ciseaux, comme je le fais parfois, expliqua-t-elle. Mais, maintenant, nous pouvons la retirer.

Voyant son hésitation, elle leva les bras.

— Allez, dit-elle tout bas. Mais laissez-moi ma chemise.

Callum s'agenouilla et releva l'ourlet de la robe. Lorsqu'il remonta, ses mains effleurèrent la taille de Marguerite, ainsi que la courbe de ses seins. La chemise en coton était douce et lui couvrait à peine la peau. Il serra les dents pour réprimer le désir qui montait en lui. Une fois Marguerite libérée de ses vêtements, il ne put résister à l'envie de la toucher.

Les mains juste en dessous de ses seins, il posa la bouche sur la chaîne en argent, dont le pendentif reposait sensuellement entre ses seins.

Marguerite poussa un soupir et Callum déploya un effort surhumain pour ne pas la serrer contre lui et ôter les dernières barrières de tissu qui les séparaient. Son esprit le tourmentait en lui présentant des images dans lesquelles il la possédait, et où il se servait de sa bouche et de sa langue pour éveiller son désir.

Elle plaqua alors les paumes sur son torse, et le cœur de Callum s'accéléra.

— Apprenez-moi à nager, dit-elle.

Marguerite songea qu'elle jouait un jeu dangereux. Surprenant les émotions qui passaient sur le visage de Callum, elle craignit d'être allée trop loin. Il l'avait sans doute amenée ici afin qu'ils profitent ensemble de ce lieu paisible, et elle avait eu l'audace d'ôter ses vêtements devant lui. Sa chemise lui couvrait certes encore le corps, mais ses bras nus retenaient toute l'attention de Callum.

Il la prit par la main et tous deux entrèrent dans l'eau. Elle était froide, mais la température était supportable. À chaque pas, elle devenait de plus en plus profonde. Elle couvrit ses mollets, puis ses cuisses et, finalement, lui arriva à la taille. Callum continua de marcher à côté d'elle, le corps raide et tendu.

Il avait l'air d'un homme aux prises avec un combat intérieur, mais la noirceur de son regard la tentait plus qu'elle ne l'effrayait. Il lui avait déjà donné un aperçu de la chaleur qu'il était capable de lui faire ressentir. Son baiser avait été fougueux et implacable. Elle le désirait comme elle n'avait désiré aucun homme avant lui.

Ses paumes devinrent moites, mais Callum ne la lâcha pas. Lorsque l'eau atteignit ses seins, elle poussa un petit cri de surprise.

— Nous sommes allés assez loin, déclara-t-elle.

Elle croisa les bras sur sa poitrine pour cacher ses

tétons qui pointaient. Elle craignait que le mince tissu ne dévoile trop sa nudité.

Elle aurait très bien pu refuser d'entrer dans l'eau. Mais elle était là parce qu'elle l'avait voulu.

Callum l'obligea à lui faire face et elle vit l'eau lécher son torse musclé. Elle sentit alors monter en elle un violent désir de toucher cet homme, de se laisser consumer par lui. Plus rien ne suggérait qu'ils appartenaient à deux mondes différents. Il n'y avait que ce moment, et les sentiments inconnus qu'ils ressentaient.

Callum se pencha vers elle et la souleva avant de la serrer dans ses bras. Il posa les mains sous ses genoux, et un violent frisson secoua Marguerite. Lorsqu'il l'allongea dans l'eau, elle avait à peine conscience qu'il la tenait. Elle était captivée par ses prunelles sombres et ses mains sur son dos, qui la soutenaient.

Sans savoir comment, elle prit conscience qu'elle flottait. Sa chemise trempée lui collait à la peau. Callum pouvait aisément voir la sombre aréole de ses seins sous le tissu, et il ne fit aucun effort pour détourner le regard. Il la détailla comme un homme incapable de s'arrêter. Il ajusta ensuite son étreinte pour la tenir avec une seule main et, de l'autre, il suivit la courbe de sa joue, avant de descendre vers sa gorge. Le contraste entre la chaleur de ses mains et l'eau glacée la paralysait.

Chaque parcelle de son corps désirait qu'il aille plus loin, qu'il caresse ses seins douloureusement tendus, qu'il la touche partout.

Les clapotis de l'eau la maintenaient à flot, et elle résista à l'envie de s'agripper aux bras de Callum. Lentement, il vint se placer derrière elle, avant de la lâcher complètement. Elle flottait maintenant toute seule, sans rien pour la tenir au-dessus de l'eau. Prise de panique, elle essaya de s'asseoir et battit des bras, jusqu'à ce que Callum la rattrape et guide son buste vers la surface. Une fois de plus, il l'aida à s'allonger dans l'eau et ajusta sa position, de sorte qu'elle ait les mains tendues et les jambes bien droites.

Il lui maintint l'arrière de la tête et resta à côté d'elle, puis plaça les bras sous ses épaules. Elle avait une conscience aiguë de sa force. C'était un archer, un homme capable d'envoyer voler une flèche en bandant simplement la corde de son arme. Ces mêmes bras puissants la tenaient avec délicatesse, mais également avec l'assurance tranquille que lui conférait la puissance de sa stature.

Elle leva les yeux vers lui. De sa position, elle le voyait à l'envers. Son regard calme lui rappela qu'il était là pour elle. Rien n'allait lui arriver. *Je vous protégerai*, semblait-il lui dire.

Elle le contempla, désirant bien plus que ce simple contact.

— Embrassez-moi, murmura-t-elle.

Aussitôt, Callum se pencha vers elle et s'empara de ses lèvres.

Que Marguerite en ait conscience ou pas, sa demande attisait les désirs qu'il cherchait à contenir. La vue de son corps mince sous le tissu fin et transparent de sa chemise en coton l'excitait au plus haut point, tout comme la courbe et l'aréole foncée de ses seins. Heureusement, il était debout dans de l'eau froide !

Il l'embrassa tout d'abord doucement, puis glissa la langue entre ses lèvres.

Elle ne put s'empêcher de retenir son souffle et, lorsqu'elle ouvrit la bouche, Callum en profita pour approfondir son baiser. Elle s'alanguit dans ses bras et tendit les mains vers lui. Son baiser devint alors le préambule de toutes les façons dont il désirait apprendre à la connaître.

La langue de Marguerite glissa sur la sienne en une longue caresse et il laissa leur baiser s'embraser. Son corps et son âme brûlaient pour elle ! L'eau lui léchait la peau de la même manière qu'il rêvait de caresser chaque parcelle de son corps. Marguerite toucha sa joue et ferma les yeux.

Je rêve de couvrir votre corps et de sentir votre peau sous la mienne.

Il passa les mains sous ses genoux et la rattrapa avant qu'elle ne coule. Le tissu mouillé de sa chemise collait sur ses seins durs et tendus. Il s'imaginait pencher la tête pour les goûter, enrouler la langue autour de leur pointe, jusqu'à entendre Marguerite gémir de plaisir.

Elle se cramponna à lui et se blottit dans ses bras, s'agrippant à son cou. L'eau était trop profonde pour qu'elle se redresse complètement, si bien qu'elle plaqua son corps contre le sien. Son instinct l'invitait à soulever les hanches et à enrouler les jambes autour de sa taille, afin qu'il puisse la pénétrer d'un seul coup de reins.

Soudain, elle le contempla avec des yeux pleins de désir. Le pli de sa bouche s'adoucit tandis qu'elle l'observait.

— Callum ? dit-elle tout bas.

C'était à la fois une question et une supplique.

Mais il ne pouvait accéder à sa requête. Pas maintenant, alors qu'elle ignorait ce qu'elle attendait véritablement de lui.

À la place, il avança vers la terre ferme et la ramena à

un endroit où elle avait pied. Il interrompit leur baiser et plongea loin d'elle. Son corps fendit l'eau en quelques brasses.

Il avait besoin d'exercice physique, poussé par l'envie de s'infliger une punition. Marguerite était innocente, elle ne comprenait pas ce qu'il attendait d'elle.

Il progressait avec rage, comme pour fuir l'homme qu'il était.

Tu ne la mérites pas, railla une petite voix. *Elle est beaucoup trop bien pour toi.*

Il nagea à en perdre le souffle, jusqu'à ce que l'eau froide lui engourdisse le corps. Lorsque, finalement, il revint vers elle, elle l'attendait debout sur la berge en tremblant. Il lut de l'inquiétude sur son visage.

— Ai-je fait quelque chose de mal ? lança-t-elle.

Il s'approcha, laissant une myriade de gouttelettes couler sur lui. Non, c'était sa faute à lui. Il sentit ses pieds s'enfoncer dans le sable.

Marguerite ignorait l'effet qu'elle lui faisait, mais il voulait lui signifier qu'il était revenu à la raison.

Une fois devant elle, il tendit la main vers une mèche de cheveux mouillée et la fit glisser derrière son oreille. Il laissa ses yeux parler pour lui, tout en lui caressant doucement la joue.

Ce n'est pas votre faute. Jamais.

Elle le regarda d'un air troublé, puis couvrit sa main de la sienne.

— Je sais qu'elle est froide, murmura-t-elle, mais accepteriez-vous de me ramener dans l'eau, juste quelques instants ?

Callum avait beau être glacé, il acquiesça.

Une fois qu'ils furent en eau profonde, il l'allongea sur le ventre. Il avait passé les mains sous ses seins et ses jambes pour l'aider à garder l'équilibre et à se maintenir à flot.

Elle se tourna légèrement vers lui pour le regarder.

— Ne me laissez pas tomber !

Il la tranquillisa d'un signe de tête.

Jamais.

Le contact de son corps mince sur ses bras était comme un présent, et il resserra son étreinte pour la rassurer.

Il ajusta sa position et la tint d'une seule main, pour lui montrer comment bouger les bras. Marguerite essaya, mais elle ne savait pas comment faire pour les jambes.

Il lui toucha alors les cuisses et les écarta légèrement, tout en lui soulevant les jambes l'une après l'autre, dans un mouvement de battement.

Sa peau était froide et ferme sous ses mains. Lorsqu'il s'avança pour mieux la guider, Marguerite plongea sous l'eau tête la première. Aussitôt, il l'aida à remonter à la surface. Elle toussa, tout en s'agrippant fermement à lui, puis se redressa.

— Je... suis désolée, s'excusa-t-elle. J'aurais dû me servir de mes bras, mais j'ai eu trop peur.

Il écarta les mèches qui s'étaient échappées de sa natte, et prit son visage en coupe.

N'ayez pas peur.

Pour toute réponse, elle se cramponna à lui et posa la joue contre son torse. Il l'enlaça, et la douleur resserra plus fort son étau autour de lui.

— J'ignore ce qui se passe entre nous, dit-elle dans un souffle. Et je ne devrais pas venir vous voir, alors que je suis fiancée à une autre personne. Mais il le fallait.

Il entendit de la culpabilité dans sa voix : elle pensait

qu'elle trahissait sa famille. Il posa le front contre le sien. Ils tremblaient tous les deux.

Plus rien n'avait d'importance. Ni son clan, loin, au nord-est, ni l'étranger qu'elle était censée épouser. Seul comptait cet instant.

— Pouvez-vous faire du feu ? demanda-t-elle.

Il hocha la tête et l'aida à sortir de l'eau, puis à s'asseoir sur un grand rocher. Il alla ensuite chercher du bois, tout en se protégeant du vent mordant. Marguerite grelottait. Il s'empressa d'empiler les brindilles et gratta du silex jusqu'à obtenir une petite flamme.

Lorsqu'il lui fit signe, elle vint s'installer aussi près de lui qu'elle l'osa.

— Nager est plus difficile que je le croyais, reconnut-elle, en posant le menton sur ses genoux. Mais je vous remercie d'avoir essayé de m'apprendre.

Elle resta ainsi quelques instants, simplement assise à côté de lui. Aucun d'eux ne parlait, mais cela ne les gênait pas. Ce moment de silence partagé était si doux ! Puis elle leva les yeux vers lui et rougit, comme si elle se rappelait soudain leur baiser. Enfin, elle passa ses cheveux sur une épaule et les essora, avant de glisser dedans ses doigts en éventail pour les sécher.

Ce geste attira l'attention de Callum, et l'envie de la garder près de lui, de la voir pendant ces moments d'intimité, devint oppressante.

Il enfouit les mains dans le sable lorsqu'elle s'agenouilla pour tirer sur sa chemise mouillée, afin de la faire sécher. Il ramassa un bout de bois dans l'intention de le lancer dans le feu, mais il traça à la place des motifs sur le sable, sans cesser de monter la garde.

Marguerite fronça les sourcils, puis l'observa avec intérêt.

— Est-ce que vous savez écrire ? demanda-t-elle.

Il secoua la tête et, soudain, une idée lumineuse surgit. Il ne savait ni lire ni écrire, elle pouvait lui apprendre.

Et, si elle le faisait, il aurait ainsi le moyen de communiquer plus facilement avec elle.

L'idée fit son chemin dans son esprit, en même temps que le violent désir de partager avec elle ses pensées et de se libérer de sa prison silencieuse.

Il lui tendit le bout de bois et attendit, dans l'espoir de ne pas s'être trompé.

Il referma la main sur la sienne et guida le bâton dans le sable. Il la désigna alors Marguerite, puis le sol.

Apprenez-moi ce que vous savez.

Elle commença à tracer des signes arrondis, tout en le regardant d'un air incertain.

— C'est mon prénom, expliqua-t-elle. Marguerite.

Callum lui prit le bout de bois. Puis il pressa sa main sur la sienne et traça d'une main maladroite les lettres qu'elle venait de former.

— Vous voulez que je vous apprenne ?

Oui.

Si seulement elle savait à quel point il avait faim de mots, d'un moyen d'exprimer ses pensées ! Si seulement elle pouvait lui apprendre quelque chose, elle lui ferait un cadeau d'un prix inestimable !

— Les hommes qui savent lire sont rares. Et il faut de nombreuses années pour apprendre à écrire. Ce n'est pas uniquement une question de lettres.

Il secoua la tête et la força à poser la main sur la sienne. *J'ai besoin d'apprendre*, lui dit-il en silence. Puis il s'efforça d'écrire de nouveau son nom, même si l'une des lettres, celle qui descendait, lui échappait.

— Dans quelle langue voulez-vous apprendre ?

Un rire inattendu jaillit de sa gorge. La question était certainement sérieuse, mais cela lui était égal, en fait. N'importe quelle langue valait mieux que le silence infini auquel il était réduit.

Il la montra du doigt, puis se montra, lui.

— Les deux ?

Il acquiesça et lui reprit le bout de bois des mains. Elle l'aida à le saisir convenablement, comme on saisissait une plume.

— Je peux essayer, mais cela demande du temps. Plus que celui dont nous disposons.

Il se moquait du temps qu'il lui faudrait. Il s'entraînerait jusqu'à ce que ses doigts soient en sang, s'il le fallait.

Mais Marguerite se rembrunit.

— Ils me surveillent, Callum. Je ne vais pas pouvoir venir aussi souvent que je le voudrais.

Il l'aida à se redresser et prit son visage en coupe. Elle ne recula pas, et recouvrit ses doigts des siens. Puis elle ferma les yeux et il posa le front contre le sien.

— Je ferai ce que je peux pour vous aider, promit-elle.

— Où étiez-vous passée ? demanda Lady Beatrice, lorsque Marguerite rentra au château.

Marguerite ne trouva rien à lui répondre. Ses cheveux étaient encore mouillés et elle savait sa robe froissée et humide. Elle ne lui donna aucune explication, se contenta de traverser la grande salle et de monter l'escalier en colimaçon qui conduisait à sa chambre.

Une fois à l'intérieur, elle trouva des morceaux de soie taillés et les posa sur son lit. Devant la preuve matérielle de son prochain mariage, elle sentit son estomac se serrer. Elle ne voulait pas être donnée à un homme comme une offrande. Elle ne voulait pas s'allonger docilement sur son lit de noces, et laisser un étranger lui prendre sa virginité.

— Vous avez quitté le château, l'accusa Beatrice en fermant la porte derrière elle, et ce malgré les ordres de votre père !

Marguerite s'empara d'un peigne et entreprit de démêler ses cheveux. Sa tante pouvait gronder autant qu'elle le voulait.

— Vous semblez croire que vous pouvez faire tout ce qui vous chante, souligna cette dernière, en verrouillant la porte. Mais vous vous trompez. En l'absence de votre père, c'est moi qui commande, ici !

Ses yeux brillaient de fureur.

— Vous n'avez pas le droit de vous opposer à moi, Marguerite.

Un sourire pincé lui étira les lèvres et elle ajouta :

— Vous serez punie pour votre comportement.

Le peigne se coinça dans un nœud et Marguerite répondit d'une voix calme :

— Vous ne pouvez pas me battre. Mon père ne le permettrait jamais.

— Non, reconnut Beatrice, mais il existe d'autres moyens de vous soumettre. Le duc est trop mou quant à la discipline. Dire que vous avez quitté la forteresse de Cairnross pour partir vivre avec ces Écossais !

Un rictus de dégoût lui déforma le visage, comme si Marguerite était allée habiter avec les rats.

— Il aurait dû vous punir pour cela. Mais son cœur

a toujours été trop faible. Je ne me montrerai pas aussi indulgente avec vous.

Marguerite posa les mains sur ses genoux et opposa à la fureur de sa tante un regard impassible. Jamais elle n'avait vu la sœur de sa mère dans une telle colère. Elle se demanda si elle devait chercher une autre cause à sa mauvaise humeur.

— Votre porte sera gardée. Vous passerez le reste de cette journée et celle de demain à coudre. Si vous essayez de sortir, les gardes recevront cinquante coups de fouet chacun.

— Pourquoi menaceriez-vous des hommes innocents pour mes actes ?

Elle ne comprenait pas pourquoi Beatrice ferait une chose pareille.

— Il ne leur arrivera rien tant que vous resterez dans votre chambre.

Marguerite la dévisagea fixement, tandis qu'un long frisson lui parcourait le dos. Elle se moquait d'être punie, mais elle ne pouvait pas permettre qu'une autre personne souffre à cause d'elle. Il était clair que sa tante l'avait compris.

— De plus, vous ne mangerez rien jusqu'à demain. Votre faim vous permettra de vous rappeler votre devoir.

C'en était trop ! Marguerite se leva et se dressa face à elle.

— Qu'est-ce qui vous donne le droit de me refuser de la nourriture ? Je le dirai à mon père, si vous le faites !

— Il se peut qu'il n'approuve pas mes méthodes mais, lorsqu'il reviendra, il sera trop tard, n'est-ce pas ?

Marguerite la regarda partir, un sombre sourire aux lèvres. Elle courut jusqu'à la porte, l'ouvrit et tomba nez à nez avec deux hommes armés de lances. Ils lui barrèrent le chemin et elle s'aperçut que l'un d'eux était un homme âgé. Il ne pourrait pas survivre à cinquante coups de fouet.

À contrecœur, elle referma la porte. Comment allait-elle faire pour sortir de sa chambre ?

6

Une journée entière s'était écoulée et Callum n'avait reçu aucun signe de vie de Marguerite. Il avait exploré le moindre recoin de la forêt en se demandant si elle était absente par choix ou par nécessité.

Le deuxième jour, il avait surveillé de loin les portes du château mais, à la fin de la matinée, il n'avait toujours aucune nouvelle d'elle. À la fin de la journée, voyant qu'elle ne venait toujours pas, il commença à s'inquiéter. Son absence devait avoir une raison.

Il se pencha nonchalamment et saisit une brindille qu'il essaya de tenir comme une plume. Il avait passé une grande partie de la nuit précédente à s'entraîner et à mémoriser les lignes et les courbes qui formaient le nom de Marguerite.

Il fallait qu'elle lui en montre plus. Cela faisait presque deux ans qu'il ne pouvait plus parler, et il était impatient de trouver un moyen de communiquer. Même si aucun de ses frères ne savait lire, lui pouvait très bien apprendre.

C'était un moyen comme un autre de percer ce maudit silence. S'il arrivait à dire à Marguerite ce qu'il voulait… S'il pouvait le lui faire savoir avec des paroles écrites, il réduirait la distance qui les séparait.

Il avait donc une bonne raison de la chercher. Une raison d'être avec elle tous les jours. Elle avait le pouvoir de briser ce silence. Le pouvoir de lui redonner sa voix, en quelque sorte.

Il invoqua mentalement les doux traits de son visage, et le bleu éclatant de ses prunelles. Il ne s'expliquait pas la force qui l'attirait vers elle, ni les liens invisibles qui les reliaient.

Il était prêt à tout pour elle.

Ce jour-là, il observa le château pendant des heures. L'après-midi venait de laisser place au crépuscule. Il désirait plus que tout au monde voir Marguerite, et s'assurer qu'elle allait bien. En l'absence de son père, il ignorait ce qui l'empêchait de sortir du château.

« Ils me surveillent », lui avait-elle dit. Était-ce pour cette raison qu'elle n'était pas venue le retrouver ?

Callum imagina une centaine de façons d'entrer dans la forteresse, mais quelle que soit celle qu'il adoptait il risquait d'être démasqué. Il ignorait combien d'hommes le duc avait laissés derrière lui. La première fois qu'il s'était introduit à l'intérieur de l'enceinte, la foule était assez dense pour qu'il se cache. Mais, ce soir-là, il serait trop exposé.

Soudain, la chance lui sourit. Il aperçut un homme qui conduisait un chariot chargé de tonneaux de vin. Il se faufila habilement entre les arbres, s'agrippa au bord de la carriole et se glissa dessous. Il se servit de sa force pour s'accrocher tout près des roues. Une fois devant la porte, le marchand salua les soldats, qui l'autorisèrent à entrer.

Callum resta cramponné sous le chariot, tandis qu'ils se dirigeaient vers la cuisine. L'effort était rude. Lorsque le marchand s'arrêta et commença à décharger le vin, Callum en profita pour se laisser tomber au sol. Des serviteurs vinrent prêter main-forte au marchand pour emporter les tonneaux à l'intérieur. Callum attendit le bon moment et se joignit à eux. Il plaça un petit fût sur son épaule pour dissimuler son visage.

Les hommes empilèrent les tonneaux dans la cave et, à leur départ, Callum trouva un endroit où se cacher. Le temps était devenu son allié.

Les heures passaient. Callum attendit d'être certain que tout le monde dormait pour sortir de sa cachette. Il monta l'escalier et se dirigea vers la grande salle. Les tréteaux étaient poussés contre le mur et les hommes dormaient à même le sol. Callum trouva un reste de pain et de viande sur une table, qu'il dissimula sous sa tunique pour les manger plus tard.

Dos au mur, il avança prudemment vers l'escalier, à l'autre bout de la pièce. Il passa sans faire de bruit devant les hommes assoupis, puis monta les marches sur la pointe des pieds. Marguerite se reposait certainement dans sa chambre, à l'écart des autres.

Protégé par l'obscurité, le dos toujours plaqué contre le mur en pierre, il progressait, à l'affût de la moindre menace, un poignard à la main. Bientôt, il aperçut deux hommes postés devant une chambre. Il les étudia longuement en se demandant si Marguerite se trouvait à l'intérieur de la pièce. Comment passer devant eux ? Même s'il arrivait à les distraire, il n'avait aucun moyen de savoir si la jeune femme était bien dans cette chambre.

Pourtant, il fallait essayer.

La porte venait de s'ouvrir. Marguerite se redressa dans son lit, réprimant son envie de crier. Soudain, elle aperçut Callum debout devant elle. Les gardes gisaient sur le sol. Ils n'étaient pas morts, grâce à Dieu, car l'un d'eux gémissait en se tenant la tête.

Marguerite repoussa les couvertures et traversa la pièce en courant pour se jeter dans les bras de Callum.

— Je suis désolée, je ne pouvais pas venir vous rejoindre. Je suis enfermée dans ma chambre depuis deux jours.

Elle le serra très fort et huma son parfum. Étrangement, il sentait le pain. Son estomac vide gargouilla, car sa tante ne lui avait rien donné à manger ce jour-là, à l'exception d'un bol de soupe et d'un verre de vin aigre. Sa punition avait duré plus longtemps qu'annoncé, et le manque de nourriture lui donnait le vertige.

Les traits de Callum se teintèrent de colère et il la serra plus encore contre lui. Puis il détailla sa tenue, et Marguerite réalisa qu'elle ne portait que sa chemise. Elle ouvrit une malle et choisit une cotte rouge, mais Callum secoua la tête et désigna une robe bleu foncé. Il l'aida à la passer, lui prit la main et l'emmena à l'extérieur de la chambre.

Elle hésita. Elle avait envie de s'échapper, mais elle avait peur pour les gardes. Beatrice mettrait-elle ses menaces de les fouetter à exécution ? Pourtant, il était clair qu'ils ne l'avaient pas laissée partir de leur plein gré. Les paroles de sa tante n'étaient que des mots en l'air, rien de plus, songea-t-elle. Et, quoi qu'il en soit, elle n'était pas disposée à rester sa prisonnière plus longtemps.

Callum l'entraîna dans l'escalier, en direction de la grande salle, mais l'un des chiens leva la tête et grogna. Marguerite s'avança vers lui et lui caressa la tête pour qu'il sente son odeur. L'animal lui lécha alors le poignet et entreprit de la suivre. Elle le repoussa doucement et lui demanda à voix basse de rester.

Son cœur battait très vite et son pouls pulsait dans ses veines sous l'effet de l'appréhension, tandis qu'elle suivait Callum.

— Nous risquons d'être vus, murmura-t-elle. Je ne pense pas qu'il existe un moyen de sortir.

Il ne paraissait pas du tout inquiet. Il lui prit la main, et ils passèrent la première enceinte, avant de s'avancer vers les soldats. Marguerite ne comprenait pas ses intentions, mais elle ne pouvait que le suivre.

Il attendit quelques instants, le temps de laisser les gardes passer devant l'entrée. Marguerite retint son souffle avant de courir derrière lui vers la porte.

Il prévoyait simplement de sortir. En levant la tête vers la guérite, elle comprit soudain pourquoi. L'attention des soldats était tournée vers la forêt, à l'affût d'un éventuel envahisseur. Ils ne regardaient absolument pas ce qui se passait derrière eux.

Callum passa un bras autour de ses épaules, et l'emmena de l'autre côté des remparts. Marguerite veilla à rester plaquée contre le mur pour se cacher dans l'ombre. Callum avança doucement, jusqu'à atteindre le coin. Puis il se mit à plat ventre et rampa dans l'obscurité, vers le fossé.

C'était de la folie, songea Marguerite en le suivant. Sa longue robe entravait son avancée. Elle entendait le bourdonnement des insectes autour de son visage, tandis qu'elle se laissait glisser sur le sol pour imiter Callum. Lorsque ce dernier atteignit le fossé, il entra dans l'eau jusqu'aux cuisses. Puis il la souleva de ses bras puissants, traversa, et la déposa de l'autre côté.

Marguerite continua d'avancer à genoux jusqu'à la lisière de la forêt. Une fois à l'abri, ils s'enfoncèrent dans les bois. Ils longèrent un ruisseau, afin que les chiens ne puissent pas suivre leurs traces.

Elle se sentait misérable. Elle était mouillée, elle avait froid et faim, mais elle se força à le suivre. Elle marcha jusqu'à ce qu'épuisée elle soit prise de vertige. La voix du doute lui rappela qu'elle venait de commettre une grave erreur. Tante Beatrice lancerait des recherches pour la retrouver et Callum en pâtirait.

Il lui fallait faire demi-tour tant qu'il était encore temps ! Seulement, la faim l'avait trop affaiblie, et le désespoir qui s'était emparé d'elle ces deux derniers jours eut raison de sa volonté.

Lorsqu'ils atteignirent enfin le campement de Callum, il alluma du feu pour elle. Elle se recroquevilla tout près, et essaya de cacher ses larmes, causées par l'épuisement et la faim. Callum vint s'asseoir à côté d'elle et lui retira ses chaussures. Il lui sécha les pieds à l'aide de sa tunique, puis les posa sur ses propres genoux, afin que les flammes les réchauffent.

Marguerite avait la gorge nouée et peinait à ravaler ses larmes. Pourquoi était-elle partie ? C'était de la folie, et c'était dangereux. Quelle grave erreur ! Tant de personnes risquaient de pâtir à cause d'elle. Quel droit avait-elle de désobéir à sa famille ? Son refus de se plier aux ordres de son père ne causerait rien d'autre que des souffrances.

Le feu craqua dans le lourd silence de la nuit. Callum toucha ses pieds nus et les massa pour les soulager, comme pour s'excuser en silence du cauchemar de leur fuite. La sensation de ses mains sur sa peau déchirait le cœur de

Marguerite, car elle était partagée entre son désir de le toucher à son tour et l'inquiétude d'être surprise.

Callum lui proposa du pain et de la viande qu'il sortit de son manteau, et elle faillit l'attaquer comme une sauvage. Elle savoura le pain moelleux et la croûte croustillante avec appétit.

Voyant qu'il la regardait bizarrement, elle expliqua :

— Ma tante m'a punie d'avoir quitté le château en me privant de nourriture. Je n'ai presque rien mangé depuis deux jours.

Il parut tellement en colère en l'apprenant qu'elle devina les pensées qui faisaient rage dans son esprit. Il se leva, fouilla dans ses sacs de provisions, avant de revenir avec un gros morceau de viande soigneusement enveloppé. Marguerite eut envie de pleurer de bonheur en le voyant, mais elle se força à le manger lentement.

Il la nourrit jusqu'à ce qu'elle soit rassasiée, puis elle ferma les yeux, appuyant le menton sur ses genoux relevés. Callum lui arrangea un endroit où dormir. Il lui fit signe de venir s'allonger sur la couverture qu'il avait installée pour elle. Marguerite se coucha. Il se plaça alors derrière elle, et pressa son corps chaud contre le sien. Elle se sentait en sécurité, ainsi blottie contre lui, elle ne doutait pas qu'il soit capable de faire n'importe quoi pour prendre soin d'elle. Il tira son manteau et les couvrit tous les deux.

Marguerite se laissa glisser dans le sommeil, tâchant de repousser ses peurs. Que se passerait-il le lendemain matin, quand les gens du château auraient constaté sa disparition ?

Tenir Marguerite dans ses bras était le tourment le plus doux qu'il ait jamais connu, et un présent qu'il n'aurait jamais espéré. Son corps mince reposait contre le sien, et ses cheveux emmêlés lui chatouillaient le menton.

Il y aurait une grande agitation au château, lorsqu'ils s'apercevraient qu'elle était partie. À l'heure qu'il était, il se pouvait même qu'ils soient déjà à sa recherche. Mais, lorsqu'il avait appris qu'elle avait été enfermée, il avait perdu la raison et l'avait aidée à s'enfuir. S'il avait su qu'elle avait été privée de nourriture, il aurait été capable de commettre un crime plus impensable encore. Comment pouvait-on maltraiter cette femme ? Il n'en revenait toujours pas.

Dans son sommeil, Marguerite s'était enfouie sous son manteau. Il sentait le bas de son dos contre son sexe tendu. Il avait essayé de contenir son excitation, en vain. Il la désirait violemment, mais ne pouvait pas la déshonorer en cédant à ses envies.

Il n'y avait qu'en pensée qu'il pouvait lui ôter sa robe, lui dénuder la peau… prendre ses seins entre ses mains tout en l'embrassant. Il sentit son pouls s'accélérer en se souvenant de ses seins dressés, lorsqu'il l'avait emmenée nager, quelques jours plus tôt. Sa chemise blanche en coton moulait ses formes et lui avait révélé la beauté de sa nudité.

Il s'imaginait lui embrassant les seins, la touchant partout. Comme un mari le ferait.

La lame acérée de la réalité vint hélas briser ses rêves. Un autre que lui allait bientôt partager son lit et lui faire des enfants. Il lui donnerait la vie que lui-même ne pouvait lui offrir.

Sauf s'il arrivait à la convaincre de tout abandonner. Mais il ignorait si elle était seulement prête à y réfléchir.

Il s'assit et ajusta son manteau sur elle, afin qu'elle puisse continuer de dormir au chaud. Puis il s'empara de son arc et de son carquois. Il était pris du besoin de chasser, afin de calmer sa frustration par de l'exercice physique.

Il avança doucement dans la forêt à la recherche de gibier. Tout en se faufilant entre les arbres, il se demanda ce qu'il allait faire. Personne ne savait qu'il était là, à l'exception de Marguerite. Il pouvait la ramener à Glen Arrin, si elle désirait partir.

Mais pourquoi le suivrait-elle ? Il n'avait rien à lui offrir. En vivant avec lui, elle serait à peine plus qu'une hors-la-loi. Elle ne méritait pas de vivre de cette façon, en se cachant de sa famille. Cette triste réalité ne fit que lui rappeler son impuissance.

Pourtant, la partie la plus farouche de son être lui intimait de l'enlever et de faire fi des conséquences. Après tout, elle était là, avec lui, dans les bois... S'il passait toutes ses nuits avec elle, il ne résisterait pas longtemps. L'odeur de sa peau, la douceur de son corps contre le sien avaient attisé son désir, au point de l'obliger à s'éloigner du campement. Si elle restait, il ferait d'elle son amante, apprendrait à connaître son corps.

Il serra son arc pour calmer la bouffée de désir qui menaçait de le submerger. En entendant des bruits de pas, il fit volte-face, prêt à réagir.

— Ne tirez pas, chuchota Marguerite.

Il baissa son arc. Une mèche de cheveux retombait sur son épaule, et de petites boucles dorées lui encadraient le visage. Il était fasciné par ses prunelles azur, mais garda la tête froide.

— Vous allez bien ?

Il hocha sèchement la tête. Il avait l'impression qu'elle voulait lui dire beaucoup de choses, mais qu'elle ignorait par où commencer. Pire encore, il lut la défaite dans son regard.

Sans lui laisser le temps de poursuivre, il passa son arc sur son épaule et réduisit la distance qui les séparait. Il prit alors son visage entre ses mains et l'embrassa, pour lui rappeler la nuit qu'ils venaient de passer ensemble. Ses lèvres étaient douces et tentantes tandis qu'il essayait de la convaincre sans l'appui des mots de passer toutes les autres nuits avec lui.

Mais elle baissa finalement la tête.

— Je n'ai pas bien dormi, avoua-t-elle. Je n'ai pas arrêté de penser à ce qui risquait de se passer, quand nous serons pris.

Pas *si*, mais *quand*, avait-elle dit. Comme si elle avait déjà capitulé.

— Je dois retourner au château, continua-t-elle. Sinon, trop de gens vont en pâtir.

Il s'attendait à cette réponse, mais il rechignait à la laisser retourner dans un endroit où elle allait être retenue prisonnière. Ses arguments restèrent bloqués en lui et, il eut beau bouger les lèvres, aucun son ne sortit.

Marguerite lui caressa la joue.

— Je pense que je n'aurais pas dû vous suivre, hier soir.

Pour toute réponse, il l'embrassa de nouveau et la serra contre lui, comme pour se fondre avec elle. Sous le choc, Marguerite avait ouvert la bouche, mais il ne voulait pas la lâcher, attendant qu'elle réagisse à son baiser.

Il n'avait pas de mots pour exprimer ce qu'il ressentait, mais il préférait être damné que de la laisser s'en aller.

Aucun homme ne vous touchera jamais comme je le fais. Jamais vous ne ressentirez cela dans les bras d'un autre.

Elle vint à la rencontre de ses lèvres avec autant de désespoir que lui, et l'embrassa en retour, se cramponnant à lui pour garder l'équilibre. Callum la plaqua contre un arbre et plaça le genou entre ses jambes, de manière à l'asseoir sur lui.

— Que faites-vous... Oh ! souffla-t-elle.

Elle bascula la tête en arrière et il l'embrassa de nouveau, envahissant sa bouche. Il se frotta contre elle et, soudain, elle fut parcourue d'un long frisson. Lorsqu'il s'écarta, il vit dans son regard son plaisir naissant. Sa première intention était de l'aider à garder l'équilibre, mais la réponse secrète du corps de la jeune femme à la pression de sa cuisse le fascinait.

Il fit glisser les mains le long de son dos, puis sur ses hanches. Marguerite rouvrit alors les yeux, et il se sentit happé par leur bleu vif.

Sa respiration s'accéléra et, les joues empourprées, elle commença à se frotter d'elle-même sur sa cuisse. Il se pencha pour lui embrasser la gorge. Son excitation ne faisait qu'accroître son propre désir et il la souleva plus haut, avant de lui faire placer les jambes autour de sa taille. Il agissait d'instinct, tout en sachant qu'il poussait cette étreinte trop loin.

Mais il s'en moquait. Comme les mots ne pouvaient pas lui servir d'armes, il n'avait aucun scrupule à utiliser les caresses. Il voulait séduire Marguerite, et lui donner tant de plaisir qu'elle ne songerait jamais à le quitter.

— Je n'ai jamais rien ressenti de semblable, haleta-t-elle,

tout en l'attirant vers elle pour l'embrasser encore. Je vous désire d'une façon que je ne comprends pas.

Son corps trembla contre le sien, ses cuisses se raidirent. Brûlante et passionnée, Marguerite continua de se frotter en rythme, appuyant les hanches contre son érection. Il appuya son dos contre un arbre, tandis que sa respiration s'accélérait.

Il oublia bientôt toute idée de se contrôler. Il la soutint d'une main et passa l'autre sous ses jupes. Il brûlait de la toucher. Il atteignit enfin ses fesses nues et Marguerite changea légèrement de position.

— Callum..., murmura-t-elle.

Sa voix n'était pas une protestation, mais une supplique. Fou de désir, il trouva le courage de glisser les doigts entre ses cuisses et, lorsqu'il caressa ses boucles humides, elle poussa un grognement rauque.

— Dieu ! haleta-t-elle.

Il caressa alors ses chairs tendres, explora son intimité, comme s'il voulait y laisser son empreinte et la faire sienne. Elle trembla. Ses lèvres étaient gonflées par ses baisers et il comprit qu'elle allait exploser, lorsque son souffle devint saccadé.

Il la caressa lentement, car il ne voulait pas lui faire mal. Pourtant, elle se comportait comme s'il la torturait. Ne sachant pas s'il devait poursuivre ou non, il s'immobilisa.

— S'il vous plaît, le supplia-t-elle. Encore.

Il plongea alors les doigts entre ses plis humides, et Marguerite se mit à trembler. Elle était exquise, si serrée contre sa main. Il la pénétra doucement avec les doigts, et elle grogna contre sa bouche.

Il comprenait maintenant pourquoi certains hommes étaient prêts à tuer par jalousie. Le besoin viscéral et primitif de posséder Marguerite, de s'assurer qu'elle ne désirait que lui, lui emplissait les veines. Il se consumait pour elle et rêvait de devenir l'homme qui lui ravirait son innocence.

Brusquement, elle convulsa contre lui, son corps fut secoué de vifs soubresauts. L'espace d'une seconde, il craignit de lui avoir fait mal, avant de remarquer ses traits alanguis de plaisir.

Lentement, il se pencha vers elle. Elle posa la joue contre son torse et l'enlaça. Lui se sentait tendu à l'extrême. La frustration physique en était douloureuse. Mais il se contenta de lui caresser les cheveux, tout en la tenant dans ses bras.

— Je devrais avoir honte pour ce que j'ai fait, lui confia-t-elle à voix basse, mais ce n'est pas le cas.

Ses prunelles azur brillaient encore de désir. Elle soutint son regard.

— J'en voulais plus, avoua-t-elle encore.

Elle se sentait ébranlée par cette expérience, mais elle tenta de rassembler ses esprits. Son corps était mou et ses jambes semblaient ne pas vouloir la porter. Rester près de Callum était dangereux car, avec lui, toutes ses inhibitions disparaissaient.

Elle voulait qu'il devienne son amant. Elle voulait s'allonger avec lui et sentir l'intimité de son corps dans le sien.

Pourtant, si elle osait prétendre à un autre avenir que celui qui lui était réservé, son père n'hésiterait pas à se servir de son pouvoir contre le clan MacKinloch. Elle était son pion et n'avait pas voix au chapitre, quant à son mariage. Or, chaque instant passé en compagnie de Callum accentuait son ressentiment. Elle suffoquait. Le duc n'était pas prêt à lui permettre d'épouser un étranger et de l'accueillir dans son lit. Il se moquait de ce qu'elle pouvait désirer. Il était question de renforcer des alliances politiques, et d'accroître la richesse de la famille, non de satisfaire ses désirs.

Restait à savoir si elle oserait se battre pour ce qu'elle voulait, même si ses efforts se révélaient vains. Il était trop tard pour empêcher son père de revenir avec le mari qu'il lui avait choisi. Mais peut-être existait-il un moyen de lui lancer un appel, et de lui faire comprendre qu'il pouvait également trouver des avantages à s'allier à un clan écossais.

Interrompant le fil de ses pensées, Callum lui prit la main et la ramena vers le feu. Il s'agenouilla, saisit une brindille, puis traça dans la terre quelque chose avant de se lever. Marguerite vit qu'il avait écrit son prénom. Avait-il passé ces derniers jours à s'entraîner ? Elle ne l'avait écrit qu'une seule fois devant lui. Les lettres n'étaient pas parfaites, mais elles étaient lisibles.

— Vous apprenez vite, dit-elle, surprise des progrès accomplis.

Elle accueillit avec bonheur cette distraction et lui enseigna d'autres lettres. Ainsi, elle évitait de penser au plaisir renversant qu'il lui avait donné, ou à son avenir incertain.

Callum la conduisit ensuite vers un rondin de bois. Il avait le visage d'un homme agité et tendu, d'un homme qui n'avait pas pu se soulager. Prise de honte, elle aurait aimé faire quelque chose pour lui.

Lorsqu'elle découvrit toutes ses tentatives pour écrire

de nouveau son nom dans la terre, elle comprit qu'il l'avait emmenée là pour d'autres raisons.

Elle s'assit. Il avait dû s'exercer presque cinquante fois. Elle était émue de constater qu'il s'était entraîné aussi longtemps. Il balaya la terre à l'aide d'une branche de pin et lui tendit une fois de plus la brindille. Elle la tint quelques instants en l'air avant de lui dire :

— Ce n'est pas suffisant. Même si je vous apprends les lettres, je ne pense pas que vous pourrez...

Il l'interrompit d'un geste impatient, posant un doigt sur ses lèvres. Puis il guida sa main vers la terre. Son regard était déterminé. Jamais elle n'avait vu une telle soif d'apprendre chez un homme.

C'était son seul moyen de communiquer, songea-t-elle. La seule façon de faire sortir sa voix. Elle le comprenait, même s'il ignorait à quel point ce qu'il lui demandait était difficile.

— Je peux essayer, mais je ne sais pas si j'aurai assez de temps.

Il lui avait fallu des années pour maîtriser l'écriture, et elle craignait que ses efforts ne servent à rien.

Callum pressa la brindille entre ses mains et lui fit signe de commencer.

Il apprenait plus vite que toutes les personnes qu'elle avait connues. Elle n'avait jamais rien vu de pareil. Elle avait écrit les lettres de l'alphabet, et Callum s'était entraîné à en reproduire chaque forme, s'acharnant sur les cursives.

Il avait travaillé aussi dur qu'il le pouvait, s'évertuant à délier ses doigts.

Elle lui avait fait écouter la sonorité de chaque lettre et lui avait appris quelques mots simples. Pendant toute la leçon, il n'avait pas quitté le sol du regard. Il luttait pour lier les lettres ensemble. Et, même si son orthographe était désastreuse, il commençait à comprendre comment transcrire les sons.

« Encor », écrivit-il.

Elle le corrigea en ajoutant un *e* et écrivit tous les mots auxquels elle pensait, jusqu'à ce que ses doigts soient écorchés par la branche.

— Vous vous débrouillez très bien, le complimenta-t-elle.

Il avait écrit et récrit les mots au moins une douzaine de fois. Il s'était entraîné, encore et encore, comme si sa vie en dépendait.

Et cela pourrait très bien être le cas, s'il restait trop longtemps ici.

Marguerite massa ses doigts douloureux et se leva.

— Je pense que c'est assez pour l'instant. Je dois rentrer au château. Ils doivent être en train de me chercher.

Les rayons du soleil levant striaient l'horizon de traînées rouges et or. Elle ne pouvait s'attarder.

Callum se pencha et traça péniblement quelques lettres. Puis il se leva et s'écarta pour la laisser lire. « Non », avait-il écrit.

— Je ne peux pas rester, vous le savez, lui fit-elle remarquer calmement. Ils vont vous accuser de m'avoir enlevée, quoi que je dise pour vous défendre.

Il posa la brindille, le regard empli de frustration. Mais il fallait qu'il admette la justesse de son argument. Elle avait déjà passé beaucoup trop de temps seule avec lui. S'ils étaient surpris ensemble, il serait fait prisonnier, cela ne faisait aucun doute. Or, elle ne pouvait permettre qu'une chose pareille arrive.

— Si je peux revenir vous voir, je le ferai, lui promit-elle. Cela ne sera sans doute pas pour tout de suite mais... j'essayerai.

Elle lui sourit faiblement.

— Vous avez beaucoup de lettres avec lesquelles vous entraîner, en attendant.

Il était fort probable que sa tante décide de l'enfermer et qu'elle ne puisse plus sortir du château jusqu'au retour de son père. Elle ne manquerait pas d'être punie pour ce qu'elle avait fait, mais elle n'avait aucun regret.

Callum tendit la main vers elle, puis il la saisit par la nuque et posa le front contre le sien.

— Je ne sais pas ce qu'il va advenir de nous, dit-elle à voix basse. Si seulement...

Les mots moururent sur ses lèvres, car les souhaits ne valaient rien. À la place, elle ferma les yeux et serra Callum contre elle. Pour l'heure, elle ne pouvait que se raccrocher à ces moments passés avec lui, et qui glissaient entre ses doigts.

Callum prit sa main et la posa sur son propre torse. Son assurance et sa force l'ébranlèrent profondément.

Si elle le lui demandait, il l'attendrait certainement toute sa vie. Et ce ne serait pas juste.

7

Les aboiements des chiens résonnaient dans la forêt et s'approchaient de leur emplacement. Callum plaça une flèche dans son arc et se tint devant elle.

— Ils vont nous trouver, si nous restons ici plus longtemps, dit Marguerite.

Même si elle avait raison, cela ne voulait pas dire qu'il allait s'éloigner d'elle et les laisser l'enfermer de nouveau. Il avait déjà connu la prison et la torture, et il était prêt à endurer encore ces supplices pour la protéger.

Mais elle se tourna vers lui et l'obligea à baisser son arc.

— Je dois les affronter seule, déclara-t-elle d'une voix légèrement tremblante.

Il secoua la tête.

— S'ils vous voient, vous serez puni à ma place.

Elle lui sourit tristement et ajouta :

— La seule façon pour moi d'être libre est de pouvoir parler à mon père.

Elle lui caressa la joue.

— Restez caché, Callum. Laissez-moi me battre pour ce que je veux.

Il comprenait son besoin, mais il n'avait pas l'intention de la laisser seule face à cette épreuve. Comment pourrait-il se cacher comme un lâche et la laisser subir leur colère ?

— Ils ne me feront aucun mal, lui assura-t-elle, sûre d'elle. Et, s'ils refusent de me donner de la nourriture, je parlerai aux domestiques. Ils m'aideront sûrement, surtout s'ils savent qu'ils seront récompensés par mon père.

Elle avança vers lui et passa les mains derrière sa nuque. Ses cheveux étaient emmêlés, mais son visage était encore rose de la satisfaction qu'il lui avait donnée. Il ne la laisserait jamais s'en aller seule.

Il pouvait la surveiller de loin, sans qu'elle le sache. Il pouvait s'infiltrer dans le château et veiller sur elle du mieux qu'il le pouvait, jusqu'à ce qu'elle obtienne de son père l'autorisation de revenir vers lui.

Cela n'arrivera jamais, le nargua une petite voix. *Le duc n'acceptera jamais un homme brisé comme toi.*

Il fit taire la voix de la raison et serra Marguerite de toutes ses forces dans ses bras. Lorsqu'il s'écarta, il vit des larmes briller dans ses yeux, malgré son sourire qui se voulait rassurant.

— Tout va bien se passer.

Il n'en était pas si sûr, mais il lui fit signe de s'en aller.

D'abord, elle se hissa sur la pointe des pieds pour lui donner un dernier baiser, doux comme un adieu. Lorsqu'elle lui tourna le dos, il eut un mauvais pressentiment, comme si, malgré tous ses efforts, leurs rêves de vie à deux ne se réaliseraient jamais.

Il monta en haut d'un grand chêne et se dissimula dans le feuillage. Il regarda Marguerite avancer en direction des chiens qui aboyaient. Elle marchait la tête haute, comme une femme qui ne s'excuserait pas pour ses actes. Lorsque les cavaliers la rattrapèrent enfin, ils la soulevèrent et la firent monter sur un cheval, avant de l'emmener loin de lui.

— J'aurais dû vous faire battre pour votre désobéissance, dit froidement Lady Beatrice. Je ne vous ai jamais vue vous comporter de la sorte. Je vous promets que votre père en entendra parler !

Le dos bien droit, Marguerite garda le silence. Elle avait décidé de ne répondre à aucune question, et de ne pas s'excuser pour ce qu'elle avait fait. Comme Callum, elle resterait muette.

— Vous avez causé à tout le monde beaucoup de soucis, continua sa tante.

Elle prit Marguerite par le poignet et le serra si fort qu'elle aurait certainement un bleu.

— Je n'arrive pas à comprendre pourquoi vous êtes partie dans la forêt. Et je refuse de croire que vous y avez été emmenée contre votre gré.

La tenant toujours, elle la traîna dans l'escalier et la força à remonter dans sa chambre. Une fois devant la porte, Beatrice s'immobilisa.

— Les gardes qui se tenaient devant votre chambre ont dit qu'ils avaient vu un homme vous emmener. Un Écossais, paraît-il.

Elle lui lança un regard sournois.

— Est-ce que je me trompe ?

— Et où aurais-je trouvé un tel homme ? riposta Marguerite, incapable de garder le silence plus longtemps. Je ne connais personne parmi les clans voisins.

Elle leva les yeux vers sa tante.

— Peut-être me suis-je libérée toute seule. Et ces hommes ont eu bien trop honte d'admettre qu'ils ont été vaincus par une femme.

— Vous espérez que je vous croirai ?

Non, mais elle refusait de mettre Callum en danger en admettant qu'il était impliqué dans sa fuite. D'après ce qu'elle savait, seuls les gardes l'avaient croisé et son mensonge pouvait fonctionner. C'était tout ce qu'elle avait.

— Je n'espère pas que vous croirez une seule de mes paroles.

Elle traversa la pièce et s'assit à côté du feu pour se réchauffer les mains.

Sa tante referma la porte derrière elle ; elle était dans une fureur noire. Elle prit une profonde inspiration, comme pour mieux se contrôler.

— Vous avez passé la nuit à l'extérieur du château. *Vous*, qui pouvez à peine vous habiller toute seule, encore moins vous occuper d'une maison. Votre père m'a confié Duncraig Castle et m'a donné des instructions claires vous concernant, notamment celle de ne pas vous laisser sortir !

— M'emprisonner, vous voulez dire ? répliqua Marguerite en se levant pour lui faire face. Je ne suis pas aussi incapable que vous semblez le penser.

— Vous n'avez jamais rien fait à part tenir une aiguille et sourire gentiment à votre père. Il a cédé à tous vos caprices après la mort de votre mère.

— Je pleurais sa perte.

— Moi aussi, dit Beatrice sur un ton sec. C'était mon unique sœur.

Son visage se crispa de frustration.

— À la mort de mon mari, le duc aurait pu m'emmener

chez lui, mais je ne voulais pas rester dans un pays barbare comme celui-ci. Bientôt, je le convaincrai de retourner chez moi, en France.

Sa tante lui sourit d'un air calculateur.

— J'ai ses faveurs, vous savez.

À ces insinuations, Marguerite comprit exactement quels genres de faveurs elle dispensait au duc, et cela lui retournait le cœur de les imaginer ensemble.

— Il ne peut pas vous épouser, souligna Marguerite. Ce serait contraire aux lois de l'Église.

— Il peut subvenir à mes besoins de nombreuses façons, répondit Beatrice, en croisant les bras sous sa voluptueuse poitrine. Et croyez-moi quand je vous dis qu'il fera tout ce que je lui demanderai ! Vous feriez mieux de rester dans votre chambre pendant les deux semaines à venir, si vous ne voulez pas que je lui dévoile vos secrets.

— Je n'ai pas de secrets.

— Menteuse ! répliqua sa tante en lui prenant le menton. Même si cela n'est pas arrivé ces deux derniers jours, je sais qu'un homme vous a touchée. Vous avez peut-être même pris un amant. Que croyez-vous que dira votre fiancé, s'il découvre que vous n'êtes plus vierge ?

Malgré tous ses efforts, Marguerite ne put s'empêcher de rougir. Elle n'aurait pas dû laisser Callum la toucher comme il l'avait fait. Elle avait cédé à la tentation, et le poids de la culpabilité pesait à présent sur ses épaules.

— Mais je suis toujours vierge, dit-elle calmement.

Elle avait cependant conscience que, si elle était restée avec Callum, elle n'aurait pu préserver sa vertu. Elle le désirait plus qu'aucun autre homme. Et elle ignorait comment rompre les fiançailles qui la liaient au comte de Penrith.

— Sortez de ma chambre ! ordonna-t-elle à sa tante. Et cessez de me traiter comme une prisonnière !

— Jusqu'au retour de votre père, vous serez gardée en permanence.

Beatrice traversa la pièce et s'arrêta devant la porte.

— Quant à vos anciens gardes, sachez qu'ils ont reçu cinquante coups de fouet à cause de vous, Marguerite.

Son ton était chargé de venin.

— Souvenez-vous de qui a le pouvoir ici, conclut-elle.

Après le départ de sa tante, Marguerite ferma les yeux. D'une manière ou d'une autre, il fallait qu'elle trouve sa propre façon d'exercer le pouvoir.

Callum resta caché à l'abri des arbres, loin derrière Duncraig Castle. Même si Marguerite lui avait demandé de ne pas la suivre, il l'avait surveillée de loin, tout en réfléchissant à un moyen d'entrer dans le château pour la protéger.

Tu ne la mérites pas, se moquait une petite voix dans sa tête. *Il n'y a pas de place pour toi ici.*

Il le savait, mais il n'était pas prêt à se terrer entre les arbres comme un animal. Il ne voulait pas abandonner Marguerite, malgré les dangers qu'il courait lui-même.

Les derniers rayons du soleil effleuraient le sommet des collines qui projetaient leurs ombres sur les murs du château. Callum chassa les doutes qui assaillaient son esprit, et carra les épaules. D'après la taille de la forteresse et le nombre d'hommes qu'il avait croisés lors de sa première visite, il avait à faire à une grande place, où œuvraient beaucoup de domestiques. Une paire de bras supplémentaire serait certainement utile. Et, même s'il ne pouvait pas parler, il pouvait leur prouver qu'il était assez fort pour accomplir de nombreuses tâches. Parfois, les actes valaient plus que des mots.

Il ralentit le pas en approchant du pont-levis. Près des portes, il aperçut les soldats qui montaient la garde. Ils croisèrent leurs lances pour lui barrer l'entrée.

Au début, ils s'adressèrent à lui en français, mais il secoua la tête, car il ne comprenait pas cette langue.

— Que veux-tu ? demanda l'un d'eux dans un anglais au très fort accent.

Ils observèrent avec attention son cheval, qui montrait qu'il n'était pas un mendiant. Callum soutint leur regard sans ciller et tendit vers eux ses mains vides. Puis il toucha sa bouche pour leur faire comprendre qu'il ne parlait pas.

Ils le regardèrent sans comprendre. Frustré, Callum descendit de cheval. Il essaya de toutes ses forces de dire quelque chose, mais sa gorge était prise dans un étau et empêchait les mots de sortir. Rien ne vint, pas un son.

— Si tu n'as rien à dire, alors va-t'en ! ordonna le premier soldat.

Callum le fixa. Ce dernier le prenait manifestement pour un simple d'esprit. Pour un bon à rien. Il sentit monter sa colère d'un cran. L'idée de les écarter de son passage lui paraissait bien meilleure que d'essayer de leur faire comprendre ce qu'il voulait.

Il serra la bride de son cheval et s'efforça de se calmer. Il devait y avoir un autre moyen d'entrer. Il leva les yeux et aperçut alors un homme qui approchait. À sa mise, il devina qu'il s'agissait d'un Écossais, comme lui.

L'homme le scruta avec attention en arrivant près de lui, juste derrière les gardes. Puis il remonta ses manches.

Ses poignets présentaient des cicatrices rouges comme les siennes.

Il interpella alors les gardes.

— Il est inoffensif, les amis. C'est mon cousin, il arrive du nord.

Callum garda une expression neutre, même s'il ignorait pourquoi cet homme avait envie de l'aider. Il chassa ses doutes et ne fit rien pour le contredire.

— Ton cousin, vraiment ? demanda le garde. Et pourquoi est-il ici ?

— Après tous les raids qui ont eu lieu, je pense qu'il cherche un nouvel endroit où s'installer. J'ai raison ? demanda-t-il en se tournant vers Callum, qui s'empressa d'acquiescer.

Les soldats le laissèrent alors entrer à contrecœur, et l'homme le conduisit vers les écuries.

— Tu peux attacher ton cheval avec les autres, pour l'instant.

Il lui lança un long regard en biais et murmura dans sa barbe :

— Tu es un MacKinloch, n'est-ce pas ?

Callum hocha la tête et l'homme lui sourit.

— C'est ce que je me disais. J'ai bien connu ton frère, Bram. Tu étais un enfant quand je t'ai vu pour la dernière fois. Tu t'appelles Collin, c'est bien ça ?

Comme il ne pouvait pas le corriger, Callum se contenta de hausser les épaules. Ce prénom n'était pas très éloigné du sien.

— Je m'appelle Iagar Campbell.

Ce nom ne lui disait rien, mais les cicatrices autour de ses poignets indiquaient clairement qu'il ne mentait pas. Iagar ne sembla pas remarquer qu'il le détaillait. Il ajouta d'une voix calme :

— J'étais à Cairnross.

L'homme responsable des écuries commença à parler tellement vite en français que Callum ne comprit rien de ce qu'il disait. Iagar répondit à sa place et, après quelques instants, l'homme grommela, mais n'en conduisit pas moins Goliath vers un box.

— Si tu es à la recherche d'un emploi, tu ne trouveras pas mieux. Les autres pensent que nous ne sommes bons qu'à nettoyer les écuries, dit Iagar en accompagnant ses propos d'un clin d'œil. Mais il existe des moyens d'obtenir ce que tu veux si tu sais comment le demander.

Il lui passa une pelle et l'emmena vers un box, ajoutant en gaélique :

— Mets-toi au travail. Nous parlerons plus tard. Les murs ont des oreilles, ici.

Puis il quitta les lieux après lui avoir donné une tape amicale dans le dos.

Callum contempla le cheval devant lui et comprit qu'il s'agissait de la jument de Marguerite. Elle avait une robe gris pâle et le museau fin. Lorsqu'il lui caressa le museau et lui fit sentir son odeur, elle souffla, puis baissa la tête pour boire dans un abreuvoir.

Il travailla sans s'arrêter jusqu'à la tombée de la nuit.

Jean, le responsable des écuries, ne le quitta pas une seconde des yeux mais, lorsqu'il eut constaté qu'il avait honorablement fait son travail, il changea significativement d'attitude.

— Tu ne peux pas parler, je me trompe ? demanda-t-il en passant finalement à l'anglais.

Callum secoua la tête et posa un doigt sur ses lèvres. Jean l'observa attentivement.

— Tu as mérité un bon repas, après tout le travail que tu as accompli. Tu dois avoir faim, je me trompe ?

Callum hocha la tête et Jean l'emmena à l'extérieur.

Des torches accrochées aux murs projetaient leurs flammes orange et vacillantes dans l'obscurité. Callum veilla à garder la tête baissée pour ne pas attirer l'attention. Les gardes qu'il avait attaqués la nuit où il avait libéré Marguerite n'auraient pas manqué de le reconnaître en voyant son visage.

Il suivit Jean dans la cuisine, où il aperçut des hommes et des femmes rassemblés devant une immense cheminée.

— Tu pourras récupérer quelques restes ici, lui indiqua Jean. Et dormir dans la grande salle, avec ton cousin.

Il avait lourdement insisté sur ce dernier mot, indiquant qu'il ne croyait pas un seul instant à leur lien de parenté.

Après son départ, Callum trouva un tonneau d'eau de pluie et s'aspergea le visage, puis se frotta soigneusement les mains jusqu'à ce qu'elles soient propres. Avec l'odeur qu'il dégageait, personne ne voudrait lui donner à manger.

Il attendit plus d'une heure avec les autres. Son ventre vide criait famine. Il avait pour habitude de chasser pour se nourrir, mais il ne pouvait pas retourner dans la forêt. Pourtant, l'idée de mendier quelques restes ne lui plaisait pas beaucoup.

La cuisinière était encore occupée à préparer un repas léger composé de viande émincée, de saumon cuit, de fromage et d'un assortiment de pains pour la famille du duc. En voyant tous ces mets exotiques, Callum sentit l'eau lui monter à la bouche. Comme la vieille femme se démenait pour soulever un chaudron d'eau qui paraissait peser très lourd, il le lui ôta des mains et le suspendit au-dessus du feu.

Elle le regarda fixement et plissa les yeux.

— Merci, dit-elle.

Puis elle prit un croûton de pain, y déposa un morceau de saumon qu'elle nappa d'une sauce épaisse. L'estomac de Callum gronda de faim. Il accepta la nourriture et hocha la tête en signe de remerciement. Lorsqu'il mordit dans le poisson chaud, il sentit son goût délicieux et se crut au paradis. Il n'avait jamais rien mangé d'aussi bon. Il croisa le regard de la cuisinière et lui décocha un sourire.

Elle s'adressa de nouveau à lui en français, mais il secoua la tête pour lui indiquer qu'il ne la comprenait pas. Elle lui demanda alors en anglais :

— Ça te plaît ?

Il dévora la nourriture, puis se leva pour s'approcher d'elle. Elle avait les cheveux gris et des ridules au coin des yeux. Il lui prit la main et l'embrassa pour la remercier.

— Petit diable d'Écossais ! glousssa-t-elle, en retirant vivement sa main. Si tu crois que je te donnerai plus de nourriture si tu flirtes avec moi…

Elle lui tourna le dos et commença à fouiller dans un autre endroit de la cuisine. Callum attendit. Elle revint avec une tarte de la taille de sa paume, qui dégoulinait de cerises.

— … tu aurais bien raison ! conclut-elle.

Son visage se fendit d'un large sourire et Callum mordit à pleines dents dans la pâtisserie. Le jus des cerises lui inonda la bouche. Jamais il n'avait rien mangé de tel de toute sa vie. Après s'être léché les doigts, il embrassa la cuisinière sur la joue.

— Rends-toi utile en portant cela dans la grande salle.

Elle désigna le lourd plateau contenant du saumon aux herbes.

— Suis les autres et, si tu tiens à la vie, ne renverse pas une seule miette. Si tu y touches avant de l'avoir apporté, tu seras fouetté.

Callum emboîta alors le pas aux autres domestiques, en faisant bien attention à ne pas renverser la sauce.

La grande salle était immaculée, avec des joncs frais sur les dalles. Son lourd plateau sur les bras, Callum regarda tout autour de lui, à la recherche de Marguerite. Si elle était enfermée de nouveau dans sa chambre, il ferait le nécessaire pour la libérer.

Mais, bientôt, il l'aperçut à l'autre bout de la pièce. Elle était assise à côté d'une femme plus âgée. Son visage était fermé. Elle portait un surcot rubis et une cotte crème qui tombait jusqu'au sol, avec des manches drapées étroitement ajustées. Un voile retenu par un bandeau doré ornait sa tête. Autour de sa gorge, Callum aperçut la chaîne en argent et le pendentif en verre bleu qui se détachait sur sa robe écarlate.

Elle paraissait sereine, mais il percevait son agitation intérieure. Il s'arrêta près d'elle avec le plateau, attendant qu'elle le remarque. Lorsqu'elle leva les yeux vers lui, elle serra les doigts autour de sa coupe de vin, l'air paniqué. Elle s'était figée et ne semblait pas du tout heureuse de sa présence. Il eut soudain l'impression d'avoir envahi son monde, menacé sa sécurité, lui, l'invité indésirable qu'elle ne pourrait jamais présenter à sa famille. Elle accepta de prendre un morceau de saumon sans jamais lever les yeux vers lui.

Il ne réagit pas face à son désarroi, continuant à se glisser dans le rôle d'un domestique anonyme. La colère et la frustration bouillonnaient en lui, car il ne savait plus si elle voulait de lui ou non.

Lorsqu'il reprit avec les autres le chemin de la cuisine, il croisa son regard affligé, et la défia. Il avait réussi à s'infiltrer dans le château pour la voir. Maintenant, c'était à elle de venir à lui, si elle en avait le courage.

Marguerite attendit des heures avant d'échapper à la surveillance des gardes pendant leur distraction du soir. Absorbés par le conteur, ils ne s'aperçurent pas de son absence. Mais, tôt ou tard, il la remarquerait. Elle n'avait que quelques instants pour rencontrer Callum.

Elle le trouva devant les écuries. Il avait ôté sa tunique et venait visiblement de s'asperger d'eau fraîche. L'air du soir était chaud, et sa peau hérissée, comme s'il avait froid. Elle vit également les cicatrices rouges qui lui striaient le dos et les muscles puissants qui tendaient ses avant-bras et son torse.

Elle se rappela alors son contact, le goût de ses lèvres fermes qui lui faisaient perdre l'esprit et lui coupaient le souffle.

— Vous ne pouvez pas rester ici, Callum, murmura-t-elle. S'il vous plaît. Vous devez vous en aller.

Ne comprenait-il pas que, si on les surprenait ensemble, sa vie était en danger ? Beatrice détestait les Écossais. Elle n'hésiterait pas à le punir, ou pire encore à le tuer.

— S'ils vous trouvent avec moi...

Sa voix se brisa, tandis qu'il l'entraînait dans l'obscurité. En l'absence de lumière, Marguerite ne voyait rien, pas même le visage de Callum.

— Non, ne faites pas cela, chuchota-t-elle. J'essaye de vous protéger. Si jamais il vous arrivait quelque chose...

Il l'attira plus près de lui et elle vit briller ses prunelles sombres. Elle avait commis une terrible erreur en le laissant la toucher comme il l'avait fait dans la forêt, car il avait entrevu les désirs secrets que cachait son cœur.

Il prit ses mains et les posa sur ses propres épaules en une invitation manifeste à l'enlacer. Elle caressa sa gorge et sentit son pouls qui battait très vite. Son propre cœur battait tout aussi fort ; elle était prise au piège sans savoir quoi faire. Comme pour un fruit défendu, elle ne pouvait résister à la tentation à laquelle il la soumettait.

Callum plaqua Marguerite dos contre le mur, et étouffa ses protestations sous son souffle chaud.

Ainsi, elle a des sentiments pour moi, songea-t-il.

Il sentait sa détresse, mais il n'était pas prêt à la laisser partir. Pas depuis qu'il savait que les gens du château l'avaient maltraitée.

— Je ne peux plus vous voir, Callum. C'est trop dangereux. Mon père va bientôt revenir et avec lui... mon nouveau fiancé.

Il se figea. Un froid glacial courut dans ses veines et se mua en colère. Était-elle en train de capituler ?

— Je vous suis reconnaissante de m'avoir protégée, et je suis heureuse que vous ayez guéri de vos blessures. Mais nous devons mettre un terme à notre histoire.

Non. Il ne voulait pas se retirer et laisser sa peur leur

dicter leur avenir. Il lui prit la main et la porta de nouveau à sa gorge pour lui rappeler qu'il ne pouvait pas parler, mais que cela ne l'avait pas arrêté dans son projet de la retrouver.

Elle était à lui, et il était prêt à se battre pour elle.

Il posa les deux mains sur sa tête, les pouces sur les tempes. Il voulait lui communiquer ses pensées. Il lui caressa ensuite les joues, qui étaient mouillées par ses larmes.

— Je ne veux plus vous voir ici, Callum.

Dans la chaleur moite qui les séparait, il devina qu'elle mentait. Elle essayait de le faire partir pour le protéger, lui. Ne comprenait-elle donc pas qu'il était prêt à tout pour elle ?

Un pincement de frustration, qu'il ne chercha pas à cacher, irrita sa fierté. Si elle voulait être avec lui, il pouvait l'enlever sur-le-champ. Mais elle était en train de flancher. Il le voyait à ses hésitations. Elle ne savait pas si elle pouvait tourner le dos à sa famille et vivre avec lui. S'il la laissait, il serait trop simple pour elle d'oublier ce qu'il y avait entre eux.

Elle se débattit doucement pour se dégager de son étreinte, mais Callum l'ignora, et continua de la serrer contre lui. Sous ses mains, il sentait son pouls battre furieusement. Il posa les lèvres sur la veine frémissante au creux de son cou, et Marguerite enfonça les doigts dans ses cheveux.

Oui, il ne s'était pas trompé. Elle lui avait menti. Il le sentait à son geste, à sa volonté de l'attirer plus près d'elle encore. Il lui mordilla la gorge et remonta le long de son menton, avant de s'emparer de ses lèvres.

Elle lui répondit avec désespoir, sans plus chercher

à se dégager. Elle l'embrassa en retour lorsqu'il prit possession de sa bouche. Non, jamais il ne laisserait un autre homme lui prendre ce qui lui appartenait ! Il ne s'abaisserait pas devant un duc et ne se cacherait pas dans l'ombre, pétri de peur !

Il l'embrassa durement, attisant le brasier qui avait toujours brûlé entre eux. Il passa les mains entre leurs deux corps, juste sous les seins de Marguerite. Et, lorsqu'il effleura leurs pointes dressées pour lui rappeler la façon dont il lui avait donné du plaisir, elle haleta contre sa bouche.

Ne nie jamais ce qui existe entre nous, voulait-il lui dire.

Puis, brusquement, il la lâcha et s'en alla. Il n'était pas prêt à la quitter, pas après tout ce qu'il avait enduré.

Marguerite sentit son cœur chavirer en le voyant s'éloigner. Un immense sentiment de vide s'empara d'elle. Il venait de lui lancer un défi, et l'avait invitée à se battre. Elle revint dans la grande salle en ravalant ses larmes.

Certes, elle le désirait désespérément mais, tant qu'elle n'aurait pas convaincu son père de mettre un terme à ses fiançailles avec Lord Penrith, elle n'avait aucun espoir de pouvoir vivre avec Callum.

Or, Guy de Montpierre ne manquerait pas d'être furieux, si elle refusait le mari qu'il lui avait choisi. Il lui avait offert une vie de privilèges, et elle lui reconnaissait le droit de décider de son avenir.

En niant soudain ce droit, en se rebellant face à lui, elle donnerait d'elle l'image d'une fille ingrate et égoïste.

La fille gentille et aimante qu'elle était se hérissait à l'idée de lui faire cette demande, alors que la femme qui avait passé la nuit dans les bras de Callum ne désirait rien d'autre que vivre tous les jours avec lui. Envers et contre tout.

Elle pouvait très bien échouer... Mais elle devait tout d'abord prendre son courage à deux mains et essayer.

8

— MacKinloch ?

L'appel, chuchoté, venait de surgir depuis le fond de la grande salle.

— Viens avec moi.

Callum aperçut alors Iagar Campbell qui lui faisait signe. Il se leva et l'accompagna à l'extérieur. Il était tard, et la plupart des habitants du château étaient endormis. Il suivit avec peine Campbell jusqu'aux écuries, car les torches étaient plus rares dans cette partie du château. Même s'il ignorait si d'autres personnes se trouvaient là, il supposa qu'il ne risquait rien à écouter ce que cet homme avait à lui dire.

Ils s'arrêtèrent dans l'embrasure de la porte. Iagar desserra alors les liens qui retenaient sa tunique et lui montra les marques rouges autour de son cou. Puis il leva les poignets et dévoila des cicatrices que seuls des fers avaient pu lui laisser.

— J'ai été libéré il y a plusieurs années, expliqua-t-il. Mais je me souviens de ce qu'ils t'ont fait, à Cairnross.

Callum observa ses marques. Il était fort possible que Campbell ait été retenu prisonnier avec lui, mais il ne le reconnaissait pas. Dans le doute, il attendit qu'il continue.

— Je me souviens de toi enfant, poursuivit Iagar, en s'adossant contre le mur d'un box. Ton frère a accepté d'être puni à ta place.

La colère déforma légèrement ses traits, et il serra les poings.

— Rien de tout cela n'aurait dû nous arriver ! lâcha-t-il d'une voix furieuse et amère. Jamais.

Cet homme avait-il perdu une personne proche de lui, en captivité ? Probablement...

— Mais, maintenant, nous nous battons contre les Anglais.

Ses yeux brillaient d'une ambition nouvelle.

— Nous sommes en train de constituer un groupe d'hommes pour reprendre les terres qu'ils nous ont volées. Et pour mettre un terme aux souffrances de nos semblables.

Callum croisa les bras sur la poitrine. Iagar lui demandait de prendre part à leur rébellion. Il comprenait leur objectif, leurs motivations, mais il n'avait nullement le désir d'y être mêlé.

— Tu ne dis rien, MacKinloch ?

Callum garda une expression neutre. Il était venu pour Marguerite, et non pour se lancer dans un nouveau combat contre les Anglais.

— Rejoins-nous, proposa Iagar. Nous avons une petite hutte, en bordure du château, et nous pouvons y accueillir un autre Écossais. Un autre homme en qui nous pouvons avoir confiance.

Callum commença à secouer la tête, mais Iagar ajouta très vite :

— Prends le temps de réfléchir, d'accord ?

Puis il contempla quelques instants les cicatrices que Callum avait aux poignets.

— Il reste encore quelques prisonniers, pas très loin d'ici. Tu te souviens certainement de ce que c'est que de vivre prisonnier des Anglais ? Nous allons aller les libérer, à n'importe quel prix.

Pendant les jours suivants, Callum ne demeura jamais bien loin de Marguerite. Durant les repas, il lui servait sa nourriture. Le matin, elle le voyait sous sa fenêtre, tandis qu'il amenait les chevaux aux chasseurs. Et à cet instant précis, tandis qu'elle traversait le jardin, elle vit son prénom écrit dans la terre, à côté des plantes qu'elle cultivait. Elle avait l'impression qu'il la défiait à sa façon.

Je ne vais pas partir, semblait-il lui dire.

Elle s'agenouilla et effleura l'endroit où il avait inscrit « Marguerite ». La vue de son écriture maladroite lui rappela le moment où elle lui avait appris l'alphabet. La culpabilité l'assaillit alors, car elle ne lui avait pas donné d'autres mots pour communiquer. Elle était déchirée. Son cœur penchait du côté de Callum, mais son esprit était ici. Elle ignorait comment répondre à la façon dont il se battait pour elle. Jusqu'au retour de son père, elle était impuissante.

Elle balaya la terre et entreprit d'écrire « Callum » au même endroit. Peut-être reconnaîtrait-il pas ce mot, mais il comprendrait qu'elle avait répondu à son message silencieux.

— Que faites-vous, Marguerite ?

La voix de sa tante était toute proche, derrière elle.

Marguerite s'agenouilla aussitôt pour cacher l'inscription avec ses jupes.

Elle tendit la main pour arracher une mauvaise herbe et répondit :

— Je pense que c'est assez évident.

— Vous devriez être dans votre chambre, à coudre la tunique de mariage de votre fiancé ! Il est attendu dans quelques jours et vous êtes loin de l'avoir terminée.

Parce que je n'ai pas envie de l'épouser. Parce que je dois trouver un moyen de raisonner mon père.

Mais elle garda le silence. Au bout de quelques instants, Beatrice lui prit le bras et l'obligea à se lever.

— Répondez-moi quand je vous parle, ou je vous enfermerai de nouveau dans votre chambre !

Indignée et furieuse, Marguerite se libéra violemment de son emprise.

— Essayez et vous verrez ce que les autres penseront de vous ! Ils vous détestent déjà pour ce que vous avez fait aux deux soldats qui gardaient ma porte.

Elle ne les avait pas vus, mais songer à la manière dont ils avaient souffert après sa fugue la remplissait de tristesse.

— C'était votre faute, objecta Beatrice. Si vous étiez restée dans votre chambre et que vous m'aviez obéi, cela ne serait jamais arrivé.

Marguerite était tellement stupéfiée par la suffisance de sa tante qu'elle ne répondit rien. Il n'y avait pas la moindre trace de remords sur le visage de cette dernière.

— Il ne serait pas judicieux de faire de moi votre ennemie, Marguerite, reprit Beatrice d'une voix calme. Je vous attends dans votre chambre dans une heure.

Marguerite la regarda s'éloigner, les épaules fièrement

rejetées en arrière, et se demanda combien de dégâts cette femme avait causés en l'absence du duc. Elle s'était fait du souci pour Callum, mais pas un seul instant elle n'avait songé aux habitants du château.

Deux gardes arrivèrent soudain derrière elle et l'encadrèrent, comme si elle était sur le point de s'enfuir.

— Venez, leur dit-elle.

Ils étaient différents des deux premiers soldats affectés à la garde de sa porte, mais elle était certaine qu'ils avaient les réponses dont elle avait besoin.

— J'aimerais savoir ce qui est arrivé à vos prédécesseurs, ajouta-t-elle.

Le plus grand d'entre eux portait la barbe et avait les cheveux coupés court.

— Ils ont été fouettés, milady.

— Ont-ils survécu ?

Le deuxième homme hocha la tête.

— Thomas ne s'en est pas encore relevé. Il était trop vieux pour recevoir cinquante coups de fouet. John en a reçu vingt de plus à sa place.

Marguerite frémit à cette pensée. Elle prit une inspiration et demanda :

— Ont-ils rejeté sur moi la responsabilité de ce qui leur est arrivé ?

Le garde barbu secoua la tête.

— Ils savent que c'est à cause de cette *peau de vache* !

Marguerite aurait dû le châtier pour avoir comparé Beatrice à une vache, mais elle ne releva pas l'insulte.

— J'aimerais voir ces hommes, si c'est possible.

— Elle ne le permettra pas, répondit le premier homme.

— Ne croyez-vous pas qu'ils méritent une compensation, pour ce qu'ils ont enduré ?

Elle effleura les perles qui ornaient son corsage, comme pour se rappeler sa richesse. Les gardes échangèrent un regard inquiet, alors, elle insista :

— Mon père ne permettrait jamais que l'on me refuse de la nourriture, ni que des innocents soient punis. Beatrice a outrepassé ses droits et j'ai bien l'intention de faire en sorte que cela cesse.

Elle tendit la main vers le garde barbu.

— Donne-moi ton couteau.

Il obéit. Marguerite s'en servit pour détacher quatre perles de son corsage. Elle leur en donna deux chacun et ajouta :

— C'est envers moi que vous devez vous montrer loyaux, non envers elle.

Tous deux l'écoutaient attentivement, à présent.

— Devant ma tante vous me suivrez partout. Mais dès qu'elle aura le dos tourné...

Elle coupa deux autres perles et les leur donna.

— ... vous me laisserez aller et venir à ma guise.

Ils hochèrent la tête en signe d'obéissance.

— Oui, milady. Et, si vous le désirez, nous pouvons vous conduire auprès des deux gardes blessés afin que vous puissiez vous entretenir avec eux.

Elle acquiesça et commença à revenir vers la tour, suivie par les deux hommes. Lorsqu'elle traversa les écuries, elle aperçut Callum, à l'autre extrémité, tenant les rênes de l'un des destriers de son père. Elle sentit son regard sur elle, même s'il avait la tête tournée. Sa rébellion silencieuse l'agaçait, d'autant plus qu'elle avait en permanence en tête la force de ses bras et sa bouche conquérante sur la sienne.

Lorsqu'elle passa devant lui, son corps frémit, conscient de la façon dont il l'avait éveillé avec ses caresses.

Quelque chose céda alors en elle. Quel bien y avait-il à repousser l'homme qu'elle désirait, et à se comporter en lâche ? Il lui restait encore un temps précieux, avant le retour de son père. Ne valait-il pas mieux voler tous les moments qu'elle pouvait ?

Tandis qu'elle suivait les gardes vers les soldats blessés, son esprit bouillonnait.

À l'aube, Callum vit Marguerite entrer dans l'écurie.

— Préparez mon cheval ! ordonna-t-elle. Je vais faire une promenade.

— Mais, Lady Marguerite, que dira votre tante ? protesta Jean. Je croyais que vous aviez l'ordre de ne pas quitter le château, en l'absence de votre père ?

— Les gardes sont postés devant la porte de ma chambre, prêts à assurer que je suis à l'intérieur, occupée à coudre, répondit Marguerite en souriant. J'emmènerai l'un de vos hommes pour m'escorter.

Elle feignit de chercher autour d'elle, puis désigna Callum d'un signe de tête.

— Celui-ci fera l'affaire.

« Celui-ci » ? Il lui décocha un long regard en coin, en se demandant ce qu'elle avait derrière la tête. Elle se comportait comme si elle ne l'avait jamais vu. Elle ne lui accorda pas d'autre regard et, lorsque le maître des écuries se remit à protester, elle glissa quelque chose dans sa main.

— Cela fait des jours que je suis retenue prisonnière.

Si je m'absente quelques heures, personne ne le saura. Et vous serez récompensé pour votre silence.

Jean inclina la tête.

— Vos désirs sont des ordres, milady.

Callum termina de seller le cheval de Marguerite et sa propre monture, puis ils sortirent ensemble de l'écurie. Il l'aida à se mettre en selle, et elle passa les portes du château, tandis qu'il la suivait de près.

Il la laissa les guider. Au lieu de prendre la direction de la forêt, comme il le pensait, elle se dirigea vers l'ouest et la mer. Ce qui lui permit de se rendre compte qu'ils étaient très proches des côtes.

Marguerite marqua un arrêt pour permettre aux chevaux de boire, avant de continuer en direction de l'océan. Elle ne lui adressa pas une seule fois la parole, et il ignorait pourquoi elle l'avait amené à cet endroit. Manifestement, elle ne voulait pas prendre le risque que quelqu'un entende leur conversation.

Lorsqu'elle tira sur les rênes de sa jument, il aperçut l'eau grise de la mer et les nuages noirs qui planaient au-dessus.

Des mouettes survolaient en cercles les rochers, et le pied des collines s'étendait jusqu'au sable.

Marguerite descendit de sa monture et la laissa paître. Callum l'imita et la suivit. Voyant qu'elle se dirigeait vers la plage à grandes enjambées, il lui prit la main.

Pourquoi ? demanda-t-il en silence.

Elle sortit de son corsage la chaîne en argent et le pendentif en verre.

— Vous n'êtes pas parti, alors que je vous l'ai instamment demandé.

En guise de réponse, il lui caressa le menton et prit

son visage en coupe. Ses cheveux blonds flottaient sur sa gorge et elle tendit la main vers son voile, avant de l'ôter et de le jeter sur le sable.

— J'ignore ce qui arrivera au retour de mon père. J'ai peur de ce dont il est capable, s'il découvre notre liaison.

Elle posa la main sur la sienne et continua :

— Mais il me reste quelques jours avec vous, et je n'ai pas envie de les gâcher avant l'heure.

Ses paroles soulevèrent en lui un espoir qu'il n'osait plus nourrir. Il s'empara de sa main et l'entraîna vers la mer. Marguerite posa la tête sur son épaule tandis qu'ils marchaient.

Sous ses airs calmes, il sentait son agitation. La tension, mêlée de défi, tendait ses traits. Elle l'avait amené ici dans un but précis, mais il ignorait lequel.

Une fois au bord de l'eau, elle lui lâcha la main. Du bois flotté et des coquillages jonchaient le sable, un tronc d'arbre y était partiellement enfoui.

Callum suivit Marguerite, qui se pencha pour ramasser deux bouts de bois.

— Je vous avais promis de vous apprendre d'autres mots, dit-elle, en lui en tendant un.

Il ne le saisit pas. À la place, il la fixa, une main posée sur sa joue, tout en espérant pouvoir lire dans ses pensées. Quelque chose la rendait nerveuse, quelque chose qu'elle ne voulait pas lui confier.

— Si vous le voulez, je peux vous apprendre à écrire, dit-elle très vite. Ou alors, vous pourriez me donner une autre leçon de natation ?

Sa voix était tendue, sa nervosité de plus en plus manifeste. Même si elle pensait que nager était une façon de passer du temps ensemble, ce n'était pas une bonne idée.

Dès qu'il verrait son corps frêle, mouillé par les vagues, il aurait envie de la toucher. Et que Dieu lui vienne en aide, s'il le faisait, il ne pourrait plus s'arrêter !

L'air était frais, et il lui fit signe de l'attendre quelques instants. Il leur fit un feu et, dès que celui-ci se mit à brûler, il reprit le bâton et alla s'asseoir à côté d'elle.

— Montrez-moi les lettres dont vous vous souvenez, dit-elle.

Il écrivit l'alphabet, qu'il avait passé des heures à mémoriser. Certaines formes lui échappaient encore, mais sa main était plus sûre, avec l'entraînement.

Elle se pencha pour l'aider à tracer la lettre *s* en posant la main sur la sienne. Lorsqu'elle s'approcha de lui, son parfum délicat l'enveloppa. Il rêvait de la coucher sur le sable, et de caresser son corps nu jusqu'à découvrir comment la faire sangloter de plaisir.

À cette évocation, le bâton faillit lui glisser des mains ; il s'efforça de se concentrer de nouveau.

— Vous avez appris vite, lui fit remarquer Marguerite, en s'agenouillant à côté de lui. Il m'a fallu des années pour en faire autant.

Il écrivit le prénom de la jeune femme, puis le sien.

— Vous l'avez vu ! Je l'ai écrit pour vous dans le jardin, dans l'espoir que vous le trouveriez.

Croisant son sourire timide, il posa le bâton pour lui faire face. Elle plaqua alors les mains sur ses épaules, et appuya la joue contre lui, avant de le serrer doucement contre elle.

— Je suis navrée pour ce que je vous ai dit, il y a quelques jours. Mais j'avais peur que vous soyez en danger, si jamais vous restiez.

Il le savait, mais l'entendre le lui dire lui donna envie de la serrer plus fort. Les mots se bousculaient au fond de sa gorge, des mots qu'il n'arrivait toujours pas à faire sortir.

Toutefois, il disposait d'un autre moyen. Il s'écarta de Marguerite, reprit le bâton en main, et réfléchit quelques instants. Il fouilla sa mémoire pour retrouver les formes des lettres et la bonne orthographe.

Finalement, il écrivit dans le sable « mienne ».

Le visage de Marguerite s'adoucit.

— Oui, je suis à vous. Aussi longtemps que cela sera possible.

Ce n'était pas la promesse qu'il espérait. Il la voulait pour toujours.

Cependant, ses paroles dévoilaient une vérité qu'il redoutait. Malgré le lien puissant qui existait entre eux, elle restait la fille de son père. Sa loyauté envers sa famille était plus forte que tous les sentiments qu'elle nourrissait pour lui.

Il était glaçant de se dire qu'il lui demandait de choisir entre son père et lui.

Juste à ce moment-là, elle se pencha pour l'embrasser. Ses lèvres étaient douces et, à la façon dont elle les pressa contre les siennes, il comprit qu'elle venait de prendre une décision. Elle avait trouvé un moyen de venir à lui. Qu'importe combien de temps il leur restait, il était bien décidé à en profiter autant qu'il le pouvait.

Un soupir haché s'échappa de ses lèvres lorsqu'il se pencha à son tour pour embrasser sa joue, puis la peau délicate de sa gorge.

— Je veux passer cette journée avec vous, Callum. Quelques heures sans personne pour nous interrompre, personne pour me dire quel homme je devrais épouser.

Elle planta son regard dans le sien et rougit fortement.

— J'ai envie de ressentir de nouveau ce que j'ai ressenti quand vous m'avez caressée, il y a quelques jours.

Elle jouait avec le feu de son désir et Dieu seul savait où cela allait les mener.

Callum la contempla sans chercher à lui cacher à quel point il avait envie d'elle. Elle lui prit les mains pour les plaquer dans le dos de sa robe.

— Aidez-moi à l'enlever.

Il défit les lacets, et elle leva les bras. Puis il ôta chaque couche de vêtements et vit sa peau se couvrir de frissons.

Lorsqu'elle n'eut plus que sa chemise, il s'arrêta, ne sachant pas jusqu'où elle désirait aller.

— Laissez-la pour l'instant, dit-elle alors, et apprenez-moi à nager. Ensuite…

Vaincue par la timidité, elle laissa ses paroles en suspens.

Callum ne pouvait pas se permettre de réfléchir au sens de ces mots. À la place, il ôta sa tunique et emmena Marguerite avec lui dans l'eau. Les vagues la ballottaient et elle s'accrocha à lui pour ne pas perdre l'équilibre.

— Elle est p-plus froide que l-le lac, vous ne trouvez pas ? bégaya-t-elle.

Lorsqu'ils atteignirent une profondeur où l'eau lui arrivait au-dessus de la taille, il la souleva et l'allongea sur le ventre. Elle se débattit contre les vagues, s'essayant de nouveau à nager. Tandis qu'elle battait des bras et des pieds, il la lâcha sans crier gare. Elle resta en suspension dans l'eau. Ses gestes n'étaient pas particulièrement fluides ou puissants, mais elle arrivait à nager.

— Regardez ! cria-t-elle. Je ne coule pas !

Il lui sourit et se déplaça de sorte à la forcer à avancer vers lui. Lorsqu'il s'arrêta enfin, elle s'agrippa à sa taille et se redressa.

— Ce n'était pas si mal, cette fois. Au moins, je me suis souvenue de bouger les bras et les pieds.

Elle claquait des dents et il la réchauffa en la serrant contre lui. Un sourire haletant éclairait son visage, et elle l'enlaça en tremblant de froid. Lorsqu'il désigna la mer pour lui demander si elle souhaitait continuer, elle secoua la tête.

— J'ai envie que vous m'aidiez à me réchauffer, maintenant, dit-elle à voix très basse.

Elle était serrée contre lui et il se demanda si elle savait ce qu'elle exigeait de lui. Les vagues s'écrasaient sur eux et il l'aida à sortir de l'eau. Le sable forma une croûte sur ses jambes. Elle s'agrippait à lui, frémissante.

Il la ramena près du feu pour qu'elle se réchauffe, et ajouta du bois pour le faire crépiter plus fort. Il prit ensuite le manteau de Marguerite et l'étala devant, lui faisant signe de s'asseoir. Elle l'ignora et resta debout devant les flammes, les bras tendus. Elle paraissait distante, soudain, comme perdue dans ses pensées.

Puis elle se tourna vers lui, le regard animé d'une question.

Ses traits trahissaient son indécision, ainsi que de la peur. Il soutint fermement son regard. Quoi qu'il arrive, il resterait à ses côtés. Elle était celle qui avait pris tous les risques pour le soigner, le sauver, celle qui l'avait ramené à la vie, alors qu'il se trouvait à la lisière de la folie. Celle pour laquelle il était prêt à mourir.

Marguerite ôta alors sa chemise et se tint devant lui, entièrement nue, à l'exception du pendentif en verre qu'il lui avait donné.

9

Le désir brillait dans le regard de Callum, tandis que, dans la tête de Marguerite, un millier de voix s'élevaient, lui criant de ne pas faire ce qu'elle s'apprêtait pourtant à faire. Elle était promise à un autre homme : elle n'avait pas le droit de trahir son futur mari.

Mais l'idée de laisser un étranger lui ravir sa virginité lui paraissait inenvisageable. Callum était l'homme qui possédait son cœur et elle voulait être avec lui. Si son nouvel époux découvrait qu'elle n'était pas vierge, il pourrait la répudier. Ou refuser de l'épouser, si elle l'en informait avant la cérémonie.

C'était une façon de rompre les fiançailles.

Céder à Callum, le laisser devenir son amant, était dangereux et pouvait les détruire tous les deux. Mais, si ses efforts pour échapper à son mariage avec le comte échouaient, elle aurait au moins donné cela à celui qu'elle aimait.

— Vous pouvez enlever le reste de vos vêtements, murmura-t-elle. Nous les ferons sécher près du feu.

Il se plaça devant elle, son regard s'attardant sur sa peau nue, se repaissant du spectacle qu'elle lui offrait. Elle se sentait pourtant gênée d'être ainsi exposée devant lui, mais elle n'esquissa aucun geste pour se couvrir. Elle le contempla, elle aussi, pendant qu'il finissait de se dévêtir.

Une fois qu'il fut nu devant elle, elle se sentit frappée par la puissance de son corps, par les lignes fortement marquées de ses muscles épais et de sa peau. C'était un archer ; ses bras étaient fins et musclés. Elle brûlait de le toucher, de découvrir comment lui donner le même plaisir que celui qu'il lui avait fait ressentir.

Il n'avait pas esquissé le moindre geste pour s'approcher d'elle, et elle comprit qu'il attendait sa permission. Elle lui prit donc les mains et les posa sur ses seins, qui remplissaient parfaitement ses paumes. La chaleur de ce contact déclencha en elle un nouveau frisson. Il passa les pouces sur leurs pointes, qui s'érigèrent sous l'effet de cette caresse.

Elle sentait à peine la fraîcheur du vent, hypnotisée par son regard. Ses cheveux noirs retombaient sur ses épaules et dans son dos. Il n'y avait rien de timoré en lui. On aurait dit au contraire une créature sauvage qui rêvait de la posséder.

Elle posa les mains sur son torse ferme, l'explora, notant la façon dont son visage se transformait. Il lui prodigua la même caresse, effleurant ses seins tendus. Puis il l'allongea sur le manteau, l'installa confortablement, et se coucha à côté d'elle, le regard noir, brûlant…

Lui soulevant les mains au-dessus de la tête, et les maintenant fermement, il se pencha vers elle pour goûter la pointe de son sein. Une bouffée de désir la submergea aussitôt, et se nicha entre ses cuisses. Son entrejambe devint humide. Elle sentait le sexe dur de Callum contre sa cuisse, et se demanda l'effet que cela lui ferait, de l'accueillir en elle.

Il abandonna ses seins pour s'emparer du pendentif en verre et le frotter sur leurs pointes dressées. Cette sensation était inconnue pour elle. Il poursuivit, se servant également de sa langue pour la tourmenter un peu plus.

Il aspira fortement l'un de ses tétons, et lui arracha un cri rauque de plaisir. Elle enroula alors les doigts autour de son sexe. Il prit une courte inspiration, abandonna son sein pour l'observer, tandis qu'elle explorait son membre viril. Il recouvrit ensuite sa main de la sienne, et lui montra comment la bouger en rythme.

Son sexe grossit encore sous l'effet de la caresse, et elle vit les traits de Callum se modifier, tandis que le plaisir montait en lui. Soudain, il s'écarta d'elle et elle sentit la brise fraîche sur sa peau. Il descendit vers ses cuisses pour la goûter de sa bouche et la tourmenter. Il caressa ses plis intimes, puis introduisit doucement un doigt en elle et commença à la caresser, la faisant trembler tout entière.

Sa bouche se posait partout sur ses cuisses ; elle se sentait terriblement vulnérable. Elle s'arc-bouta, tremblant toujours, tandis que son désir pour lui s'emparait de tout son être.

Callum s'assit et l'invita à s'asseoir sur lui, à califourchon. Il l'embrassa et fit onduler ses hanches sur son sexe lourd. Elle le prit entre ses doigts et l'approcha de son intimité. Elle brûlait de le sentir profondément en elle, d'être prise, conquise par lui.

Le visage de Callum était tendu par le désir. Il lui agrippa les hanches tandis qu'elle descendait sur lui. Le passage était trop étroit pour l'accueillir ; elle le laissa rester une fraction de seconde seulement en elle. Mais, lorsqu'il la souleva et l'invita de nouveau à s'abaisser vers lui, il la pénétra plus profondément.

Elle comprit alors ce qu'elle devait faire. Lentement, elle souleva les hanches et l'accueillit un peu plus loin. Elle trouva un rythme lent, et son corps sembla s'ajuster à sa taille, et s'humidifier toujours plus à chaque pénétration.

Il prit alors ses fesses en coupe et la força à augmenter la cadence. Elle se sentait de plus en plus excitée, et de plus en plus tendue. Son souffle devint plus haletant à mesure qu'elle remuait sur lui et qu'elle se sentait remplie.

Il ralentit et se redressa pour prendre son sein dans sa bouche. Il le caressa avec la langue, tout en la maintenant immobile, le temps qu'elle s'habitue à sa présence. Elle se redressa, elle aussi, et savoura la sensation, tandis qu'il se délectait de ses seins.

Il posa ensuite une main dans le bas de son dos, tandis que l'autre se perdait entre eux. Elle sentit alors ses doigts caresser la chair si sensible à l'entrée de son sexe, et une onde de choc la parcourut. Elle gémit doucement et il retira vivement la main.

— Ne vous arrêtez pas, murmura-t-elle.

Il recommença alors, et elle lui montra où la caresser, jusqu'à ce qu'elle en tremble de plaisir. Il était vraiment gros et dur en elle, mais restait immobile.

La double pression de sa virilité et du mouvement de ses doigts la poussa à remuer les hanches pour trouver le plaisir brûlant qu'elle recherchait.

— C'est si bon !

Callum ne diminua pas le rythme, maintenant la pression de sa main jusqu'à ce qu'elle s'arc-boute et se frotte contre lui, pour faire écho à ses délicieuses caresses.

Une forte chaleur monta en elle, une immense vague

de plaisir s'abattit sur elle, et elle explosa contre sa main. Elle sentit son sexe se contracter autour du sien. À ce moment précis, il la saisit aux hanches et la pénétra avec vigueur. L'intensité de son orgasme la fit convulser, encore et encore.

Callum l'allongea sur le manteau, sans cesser de la pénétrer. Elle souleva les genoux pour l'accueillir plus profondément. Les coups de reins de Callum étaient à présent impitoyables, et exigeaient qu'elle se livre entièrement à lui. Lorsqu'il se cambra dans un dernier effort et qu'il jouit à son tour, il grogna, tout en continuant de la pénétrer jusqu'à ce qu'elle s'agrippe à lui, perdue dans une tempête de sensations.

Il se coucha enfin sur elle, peau contre peau, et elle l'entendit murmurer :

— Marguerite...

— Vous avez parlé, Callum ! Vous avez prononcé mon nom !

Il n'était conscient de rien, seulement de l'immense satisfaction de son corps, après s'être uni à elle. Avait-il vraiment parlé ? Il essaya de remuer les lèvres, de prononcer de nouveau son prénom... Mais rien ne se passa.

Une fois encore, il lutta pour faire sortir les mots : une barrière invisible l'en empêchait.

— Vous avez parlé, j'en suis sûre !

Elle passa ses bras nus autour de son cou et le serra très fort contre elle. Un sourire étira ses lèvres, puis elle glissa les mains dans ses cheveux.

— J'ai envie de l'entendre de nouveau.

Il lutta, une fois encore, pour prononcer « Marguerite »,

mais plus elle le regardait, plus il se sentait gêné. Si elle disait vrai, il avait parlé sans le vouloir. Spontanément.

Il s'écarta d'elle, contrarié de ne pouvoir satisfaire une requête aussi simple. Il s'empara de sa chemise et la lui apporta. Il aperçut alors un vaisseau à l'horizon. À la vitesse à laquelle le vent le poussait, en moins d'une demi-heure, il serait près du rivage, et ses occupants pourraient le voir ainsi que Marguerite.

Très vite, il jeta du sable sur le feu pour l'éteindre et enfila ses vêtements. Ce brusque changement d'humeur inquiéta Marguerite.

— Je ne comprends pas, dit-elle. Que se passe-t-il ?

Il désigna le bateau qui approchait et la vit pâlir.

— C'est peut-être mon père.

Elle passa à la hâte sa chemise en coton et se dépêcha de s'habiller. Callum l'aida à remettre sa cotte et son surcot, et lui tendit son voile pour couvrir ses cheveux mouillés.

Elle avait à peine fini de mettre ses chaussures qu'il l'entraînait déjà vers les chevaux qui les attendaient. Il prit les rênes de sa jument dans une main et aida Marguerite à se mettre en selle.

Elle s'apprêtait à l'attendre, mais il donna une claque sur les flancs de sa monture pour l'inviter à avancer. Il n'y avait pas une minute à perdre. Il pourrait la surveiller de loin, mais il fallait qu'elle retourne rapidement au château.

Si c'était le duc qui arrivait, elle devait être à l'abri, dans sa chambre, avant que quiconque ne découvre son absence. Il ignorait cependant si elle y parviendrait, car il leur restait très peu de temps.

Il poussa son cheval au galop et resta à courte distance derrière elle. Tout en chevauchant, il songea au futur mari qui avait voyagé avec le duc. Une rage sourde l'empêchait de réfléchir, la raison occultée par la jalousie. Si, au moins, il possédait des terres et un titre, il pourrait demander la main de Marguerite ! Il pourrait faire d'elle sa femme et la conquérir, comme il venait de conquérir son corps.

Le laisser lui faire l'amour était le présent le plus précieux qu'elle pouvait lui donner. Et l'idée qu'elle partage cette expérience avec un autre, qu'elle laisse un autre que lui la posséder, lui transperçait le cœur. Non, il ne pouvait pas renoncer à elle. Il ne pouvait que prier pour qu'elle fasse le bon choix et décide de laisser derrière elle sa vie actuelle pour partir avec lui.

Arrivée aux écuries, Marguerite confia sa jument à Jean. Ses gardes observèrent ses cheveux emmêlés et sa mise débraillée sans rien dire. La gêne lui empourprait les joues et elle avait le sentiment que tout le monde savait à quoi elle avait occupé les heures précédentes.

Lorsque Callum arriva à son tour, il disparut aussitôt dans les écuries, sans doute pour s'occuper des chevaux. Elle ignorait ce qu'il pensait de leur étreinte ; quant à elle, son corps tremblait encore sous l'effet des violentes sensations qu'il avait su éveiller en elle.

Lady Beatrice lui lança un regard noir, lorsqu'elle pénétra dans la grande salle, mais elle l'ignora et passa devant elle sans mot dire. Elle fila dans sa chambre et demanda qu'on lui prépare un bain. Elle croyait que son père voyagerait à cheval, mais le navire qu'elle avait aperçu était assez grand pour transporter sa suite et ses chevaux. Il était tout à fait possible qu'ils soient revenus plus tôt, surtout s'ils avaient voyagé par la mer et non la terre.

Pendant que ses domestiques l'aidaient à se laver, elle songea à la façon dont Callum avait prononcé son premier mot, après tant d'années. Parmi tous ceux qu'il connaissait, il avait choisi son prénom.

Elle sentit son cœur fondre à ce souvenir. Elle ne pouvait s'imaginer partager la vie d'un autre homme que lui. Pourtant, elle avait très peur d'affronter son père. Le duc ne comprendrait pas pourquoi elle abandonnerait la richesse dont elle était entourée, pour épouser un simple guerrier écossais.

Quoi qu'il en soit, Callum était l'homme qui faisait battre son cœur et qui lui avait donné le goût interdit de l'amour. L'homme qu'elle aimait.

Elle effleura le pendentif en verre en finissant de prendre son bain. Les domestiques ne dirent rien en l'aidant à passer une robe bleue et un surcot propres. Une fine ceinture dorée ornée de saphirs lui ceignait la taille. Elles tressèrent ses cheveux et les cachèrent sous un voile.

Soudain, un bruit de sabots dans la cour attira son attention.

— Le duc ! cria quelqu'un.

Une grande clameur monta parmi les soldats, tandis qu'ils se réunissaient pour accueillir le maître des lieux.

Ainsi, son père était bien revenu plus tôt...

Marguerite se força à descendre l'escalier en colimaçon, le cœur battant. Elle craignait qu'il ne lise sa culpabilité sur son visage ou, pire encore, que quelqu'un ne lui dise qu'elle avait de nombreuses fois quitté le château.

À chaque pas, elle sentait le froid la gagner un peu plus. Bientôt, elle arriva dans le hall et se posta sur le seuil, pour observer la cour. Callum sortit des écuries et, lorsque les premiers hommes arrivèrent, s'occupa de leurs chevaux. Pas une seule fois, il ne leva les yeux vers elle, le visage exempt de toute expression. Il le faisait pour les protéger tous les deux, elle le savait, mais cela ne l'en contraria pas moins.

Elle sentit son ventre se serrer en voyant son père approcher, mais plaqua un sourire de bienvenue sur son visage. Il chevauchait à côté d'un homme d'une stature équivalente à la sienne. Elle se douta qu'il s'agissait du comte de Penrith. Il avait des cheveux blonds, comme les siens, et la salua d'un léger sourire. Il était impeccablement habillé d'un pourpoint de soie bleu nuit, de chausses gris-brun et d'une cape noire. Une épée sertie de pierreries ornait son flanc et Marguerite se demanda s'il savait s'en servir.

Son père avait choisi pour elle un homme que la plupart des femmes auraient considéré comme beau et fort. Elle aurait dû être heureuse de ce constat mais, pour l'heure, elle avait surtout envie de pleurer.

Surtout, ne pas se trahir, se morigéna-t-elle. Elle devait se comporter comme la fille du duc.

Ce dernier s'avança vers elle, accompagné de son hôte.

— Marguerite, permets-moi de te présenter Peter Warrington, comte de Penrith.

Elle l'accueillit par une révérence et il lui adressa de nouveau un sourire aimable. Puis il lui prit la main et l'effleura d'un baiser.

— Je suis très heureux de ces fiançailles, milady.

Lorsqu'il la lâcha, elle eut la sensation que ses entrailles s'étaient transformées en pierre. Le simple fait de se tenir devant cet homme lui donnait l'impression de trahir Callum. Comme elle ne trouvait pas de mots pour lui souhaiter la bienvenue, elle se contenta de hocher la tête et de reculer d'un pas.

— Nous rédigerons les documents nécessaires ce soir, nous les signerons et les ferons viser demain, déclara son père.

Puis il s'adressa à elle :

— Commande un bon repas aux cuisines, et que l'on nous serve du vin !

Marguerite indiqua par un murmure qu'elle avait entendu. L'esprit tourmenté, elle était plus qu'impatiente de les laisser tous les deux. Avant de retourner à l'intérieur, elle aperçut Beatrice qui s'approchait du duc. Son père ne la salua pas, mais elle remarqua une lueur d'intérêt fugace dans son regard. Il était fort possible que sa tante soit à même de l'influencer, et il ne faisait aucun doute pour Marguerite qu'elle ne manquerait pas de rebattre les oreilles de son père de son mauvais comportement.

Heureusement, il ne pouvait pas la punir devant le comte.

Tandis qu'elle donnait des ordres en vue du repas, elle aperçut Lord Penrith, debout à l'entrée de la grande salle, qui l'observait. Après avoir parlé aux domestiques, elle lui décocha un regard, en se demandant s'il était le genre d'homme à comprendre ses souhaits.

Elle se sentait nerveuse, et ne savait pas quoi lui dire. Il traversa la pièce et, lorsqu'il arriva à ses côtés, il demanda :

— Voulez-vous me faire visiter le château ? Nous avons un peu de temps avant que le repas ne soit prêt.

Elle hocha doucement la tête et sortit avec lui. Elle n'avait pas envie de passer du temps en sa compagnie, ni de le pousser à croire qu'ils pourraient faire un mariage heureux.

Il avança dans la cour intérieure et lui offrit son bras, qu'elle accepta.

— J'ai l'impression que je vous fais peur, dit-il. Il n'y a aucune raison, je vous assure...

— Nous venons tout juste de nous rencontrer, et je ne vous connais pas du tout.

Il s'arrêta de marcher et la regarda.

— Votre père m'a parlé de votre beauté et de votre vertu. Je croyais qu'il exagérait, comme tous les pères le font. Mais il semblerait qu'il avait raison.

Pas au sujet de ma vertu ! songea Marguerite. Comme pour répondre à ses pensées, Callum apparut, conduisant un cheval à l'écurie. Il arborait encore une expression neutre, comme s'il ne se souciait pas de savoir si elle était là ou non. Cela la piqua au vif, et elle se demanda s'il savait qu'elle n'avait pas le choix. Les filets invisibles de sa captivité se refermaient sur elle, et elle ignorait comment s'en défaire.

— L'année a été difficile, reprit-elle à l'intention du comte. Lord Cairnross, à qui j'ai été un temps fiancée, était un menteur et un meurtrier.

— Ainsi qu'un homme puissant, ajouta Lord Penrith. Mais il était facile de voir qu'il était cruel.

— Contrairement à vous ? le provoqua-t-elle.

Il lui décocha un sourire chagriné.

— Je suis un homme complexe, mais je ne suis pas cruel. Et j'ai la ferme intention de traiter mon épouse avec le plus grand respect.

Son ton avait beau être léger, elle sentit qu'il ne lui disait pas tout.

Elle leva les yeux vers lui et lut de l'amitié dans son regard, rien de plus. Il ne la considérait pas avec lubricité, ni comme un homme prêt à la posséder. Elle souffla doucement, songeant qu'il était malgré tout préférable de réserver son jugement, jusqu'à ce qu'elle le connaisse mieux.

Tandis qu'ils continuaient à se promener, elle resta extrêmement consciente de Callum. Même s'il comprenait qu'elle devait se montrer courtoise avec l'invité de son père, elle percevait son accusation silencieuse. Et elle sentait sa jalousie brûler en elle avec une fureur qui la bouleversait.

Elle ne pouvait pas laisser le comte croire qu'elle deviendrait sa femme. C'était une infamie de se tenir à ses côtés, et lui mentir par omission faisait d'elle une personne qu'elle n'était pas.

Lorsqu'ils arrivèrent dans le jardin, elle s'arrêta tout net, prenant son courage à deux mains, en espérant qu'il comprendrait.

— Lord Penrith, commença-t-elle, je dois être honnête avec vous.

— Ai-je dit quelque chose qui vous ait offensé ? demanda-t-il en plissant les yeux.

— Non.

Elle chercha les mots justes pour se faire comprendre.

— Vous avez fait un long voyage, mais je ne pense pas que je ferai une bonne épouse pour vous.

— Et pourquoi cela ?

Il la regarda attentivement et, avant qu'elle puisse lui répondre, il continua :

— Avez-vous des sentiments pour un autre homme ?

Elle hocha lentement la tête.

— Vous méritez une femme qui vous aime, dit-elle.

Il esquissa un demi-sourire.

— Je m'intéresse peu à l'amour, Lady Marguerite. Peu importe que nous éprouvions ou non des sentiments l'un pour l'autre. Beaucoup de mariages solides sont fondés sur l'amitié.

Elle ne sut comment répondre à cet argument, et ce n'était pas le bon moment pour lui avouer qu'elle s'était donnée à un autre.

Les propos du comte l'avaient désarçonnée, car elle croyait qu'il se mettrait en colère ou s'offusquerait qu'elle en aime un autre. En réalité, il ne semblait pas y accorder d'importance.

Ils terminèrent leur promenade et, lorsque Marguerite passa devant les écuries, elle ne put s'empêcher de chercher discrètement Callum.

Il n'était plus là.

Une fois devant l'entrée de la forteresse, elle croisa le regard inquisiteur de sa tante.

— C'est une jolie fille, déclara Iagar, un peu plus tard dans la soirée.

Callum se tenait au fond de la grande salle avec d'autres hommes. Il mangeait un gros morceau de pain que la cuisinière lui avait donné. Il n'avait pas besoin de demander à Iagar de qui il parlait, et choisit d'ignorer sa remarque.

— Tu es parti un moment avec elle, continua ce dernier avec un regard sournois. Lady Marguerite s'est-elle entichée de toi ?

Callum le prit par le cou et le plaqua contre le mur. La rage animait chaque parcelle de son être à l'idée que cet homme puisse faire des insinuations à l'égard de Marguerite. Même si elles étaient vraies.

Il le maintint ainsi juste assez longtemps pour le mettre en garde, avant de le reposer au sol. Iagar toussa en se massant la gorge. Un éclair de colère traversa son visage.

— Tu devrais utiliser ta force à d'autres fins, MacKinloch. Nous partons demain soir pour attaquer la garnison qui se trouve un peu plus au sud.

Il baissa le ton avant d'ajouter :

— Tu pourrais nous aider à libérer les prisonniers.

Callum se crispa en l'entendant mentionner des captifs. Il ne désirait pas s'impliquer dans cette action, ni s'attirer des ennuis avec les Anglais. Pourtant, il gardait encore le souvenir cuisant de toutes les souffrances qu'il avait endurées à cause d'eux. Du sentiment terrible que personne ne viendrait jamais le délivrer. Qu'il mourrait enfermé et loin du monde.

Marguerite se tenait sur l'estrade, assise à côté de son fiancé. La jalousie referma ses griffes sur lui. Il n'aimait pas la façon dont cet homme la contemplait et semblait fasciné par elle.

L'idée que le comte puisse la toucher fit monter en lui une bouffée de colère. Il saisit son couteau sans vraiment y songer. Ses pulsions primitives lui donnaient envie d'enlever Marguerite, et de l'emmener au nord, là où personne ne pourrait les retrouver.

Elle lui appartenait. Elle seule avait su briser des années de silence et l'amener à parler de nouveau. Et, après la matinée qu'il avait passée dans ses bras, il n'était pas prêt à renoncer à elle.

Le voyant distrait, Iagar insista :

— Viens nous rejoindre chez Sileas, lorsque tout le monde sera couché. Nous pourrons parler plus longuement.

Il commença à s'éloigner, puis se retourna.

— Tu te souviens de ce que c'était, MacKinloch… Espérer que quelqu'un vienne nous libérer. Et, mois après mois, rester enchaînés.

Ces paroles ravivèrent en lui le cauchemar de ses années de captivité. Il se rembrunit, car il se rappelait en effet très bien ce que c'était que de prier pour recevoir une aide qui ne venait pas. Chaque jour de souffrance était comme une cicatrice qui lui avait à jamais marqué l'esprit.

Mais il refusait de répondre à la requête de Iagar, car il était venu pour Marguerite. Il resta debout contre le mur pendant des heures, à la regarder. Il ne regagna les écuries que lorsqu'elle se retira et qu'il la vit monter l'escalier qui menait à sa chambre.

10

L'esprit de Callum était aux prises avec des rêves enchevêtrés.

Il se tenait en haut d'une tour de pierre, et regardait son frère Alex se battre pour sauver la vie de sa fille. Lord Harkirk avait fait de la fillette son otage, et essayait de les appâter, afin de pouvoir tuer à la fois Alex et Bram.

Il se sentait maladroit avec son arc entre les mains, même s'il n'avait jamais cessé de s'entraîner. À la distance où il se trouvait, il ne pouvait tirer sur Harkirk sans prendre le risque de blesser l'enfant.

En contrebas, ses frères se battaient, tandis qu'il attendait la bonne occasion de tirer. Le regard de Harkirk était celui d'un homme qui se complaisait dans la torture et la mort.

Puis Lady Harkirk apparut ; la douleur déformait ses traits. Elle était prise au piège de son mariage, tout comme lui de ses chaînes, à la merci de son mari. Mais elle l'avait sauvé et avait convaincu Harkirk d'accepter sa récompense et de le relâcher.

Son courage lui rappelait celui de Marguerite. Sans l'once d'une hésitation, il décochait alors sa flèche qui transperçait l'homme responsable de tant de souffrances. Au moins, ce bourreau était mort.

Son corps roula. Sauf qu'à la place de son visage sans vie Callum découvrait l'expression figée de Lord Penrith.

Il se réveilla, bouleversé. Il avait tué Harkirk plusieurs mois plus tôt, comme il avait juré de le faire. Mais au lieu de l'avoir libéré de tous ses cauchemars cette mort le harcelait pour des raisons qu'il ignorait.

Pourtant, de là à imaginer tuer Penrith... Quel genre d'homme était-il devenu ? Voir Marguerite se promener avec le comte, la main sur son bras, l'avait mis dans une fureur noire. Ils étaient tous les deux riches et beaux, et formaient un couple incontestablement remarquable. Lord Penrith posait sur Marguerite les yeux d'un homme qui appréciait ce qu'il voyait.

Callum avait été contraint de les regarder ainsi, et il s'était demandé s'il pourrait rester au château, sans savoir si Marguerite allait trouver un moyen d'échapper à ce mariage. La violence et l'agitation bouillonnaient en lui, au point qu'il pourrait bien provoquer une bagarre, s'il les voyait de nouveau ensemble.

Il fallait qu'il trouve un moyen d'apaiser sa hargne, avant de commettre un acte qu'il pourrait regretter.

Le lendemain matin, alors qu'elle sortait pour une promenade à cheval avec son père, Marguerite découvrit Callum qui l'attendait devant l'écurie.

Son visage était à moitié caché, mais elle remarqua son air fatigué, signe qu'il avait très peu dormi. Il portait son carquois et son arc, comme s'il se préparait à réagir à une menace. Il tenait les rênes de leurs montures et les fit avancer vers eux, avant de s'écarter de quelques pas.

Le duc observa son arc, puis, tout en attrapant les rênes de son cheval, reporta sur lui son œil inquisiteur.

— Vous ne faites pas partie de mes hommes, dit-il.

— Pardonnez-moi, monsieur le Duc, intervint le maître des écuries, en avançant vers eux. Il s'agit d'un cousin de Iagar. Il avait besoin d'un travail. Il nous aide à entretenir les écuries depuis une quinzaine de jours, et il travaille très bien.

Callum regarda calmement le duc dans les yeux. Marguerite se demanda alors si elle devait intervenir en sa faveur. Mais son instinct lui intima de se taire, malgré les regards en coin qu'il lui lançait.

— Votre visage me dit quelque chose, poursuivit son père. Je vous ai déjà vu quelque part...

Comme Callum ne lui répondait pas, il insista :

— Eh bien, tu n'as donc rien à dire ?

— Il ne peut pas parler, monsieur le duc, intercéda le maître des écuries. Nous pensons qu'il a eu la langue coupée.

— Vraiment ? demanda le duc, en observant attentivement Callum.

Son regard se durcit lorsqu'il se tourna vers Marguerite.

— Le connais-tu ?

Elle ne sut quoi répondre, dans sa crainte de les trahir tous les deux. Elle n'avait jamais menti à son père, mais elle connaissait aussi son côté impitoyable. S'il apprenait ce qui s'était passé entre eux, Callum le payerait de sa vie.

— Non, répondit-elle alors d'une voix calme. Je ne le connais pas.

Callum lui tendit les rênes de sa jument, et l'aida à se

mettre en selle. Le contact de ses mains sur sa taille lui rappela la manière dont il avait agrippé ses hanches nues, la veille. Elle s'était abandonnée dans ses bras, tandis que ses caresses interdites la remplissaient de bonheur et qu'elle l'accueillait en elle.

Les joues en feu, elle était incapable de le regarder. Avait-elle fait le bon choix en mentant à son père ? Elle l'ignorait.

L'expression impavide de Callum, en réaction à sa réponse, ne lui échappa pas. Il ne croisa pas une seule fois son regard et se comporta comme un simple domestique.

Cela lui brisait le cœur. Il n'appartenait certes pas à son monde, mais il était un guerrier, comme ses frères. Il n'était le serviteur de personne et elle ne pouvait supporter qu'il soit traité comme tel.

Il n'appréciait pas plus qu'elle la situation, d'ailleurs. Partirait-il du château, comme elle le lui avait demandé quelques jours plus tôt ? Ou bien resterait-il, la forçant à le voir et lui rappelant ce qu'elle allait perdre ?

Une fois son père et elle à cheval, ils quittèrent l'enceinte du château, et prirent la direction de la côte. Marguerite savait que cette promenade n'était pour lui qu'un prétexte pour pouvoir s'entretenir seul avec elle. Elle se sentait extrêmement nerveuse, imaginant déjà de quoi il allait lui parler.

Lorsqu'ils furent suffisamment loin des portes du château, son père ralentit et vint chevaucher à côté d'elle.

— Que penses-tu du comte de Penrith ? demanda-t-il d'une voix neutre. Nous avons terminé de rédiger le contrat de fiançailles, hier soir. Nous le signerons devant témoins aujourd'hui, si tu es d'accord.

Comment pouvait-elle réagir à cela ? Si elle lui avouait qu'elle n'avait nullement l'intention d'épouser le comte, il lui en demanderait les raisons. Or, le courage lui manquait pour entrer dans une telle discussion et elle préféra l'esquiver, se contentant d'une remarque plus neutre.

— Lord Penrith est toujours un étranger pour moi. Je ne peux qu'espérer qu'il soit meilleur que Lord Cairnross.

— Cairnross ne t'a jamais maltraitée, que je sache, répliqua son père, sur la défensive.

Il paraissait irrité de ses accusations.

Marguerite tira sur les rênes de sa jument pour l'arrêter et le regarda.

— Il a tué Trinette ! Je me suis enfuie de la forteresse parce que je n'y étais plus en sécurité.

— Il n'aurait pas osé te faire du mal, riposta son père, écartant ses objections.

Sa façon de se justifier ne fit qu'accroître sa colère.

— Je ne pouvais pas le savoir. Et vous étiez à Édimbourg. Il a donc fallu que je prenne toute seule des décisions.

Le visage de son père se figea.

— Tu t'es comportée de manière inconsciente et dangereuse ! Tu as suivi des étrangers et un chef de clan que tu ne connaissais pas. Ils auraient pu te violer ou...

— Ils ne m'ont fait aucun mal, l'interrompit-elle avec brusquerie.

— Il n'en reste pas moins que tu as vécu avec un groupe de sauvages, comme une simple paysanne.

Elle le dévisagea avec incrédulité.

— Est-ce donc ce que vous pensez des MacKinloch ?

Ils m'ont offert un abri, au prix de leur propre vie. Moi, une femme qu'ils ne connaissaient pas.

Elle était indignée qu'il puisse avoir cette opinion d'eux.

— J'ai parlé en leur faveur au roi. J'ai payé les dettes de leur clan. Nous sommes donc quittes.

Sa voix se radoucit, mais demeura ferme.

— Beatrice m'a dit que tu avais désobéi à ses ordres et que tu avais passé une nuit seule dans la forêt.

Marguerite ne chercha pas à nier, tandis que la peur commençait à refermer ses griffes sur elle.

— Elle m'avait enfermée dans ma chambre. J'étais en colère, argua-t-elle.

— Elle cherchait à te protéger et à respecter les consignes que je lui avais laissées.

— Elle m'a privée de nourriture pendant plus d'une journée ! Je devais sortir du château.

Elle avait les joues en feu et s'efforçait de trouver le bon argument pour justifier ses actes.

Il l'observa d'un œil suspicieux.

— Une rumeur court, selon laquelle un homme t'aurait aidée à t'échapper.

Il se raidit et son regard devint perçant.

— Que ce soit vrai ou non, continua-t-il, je pense que tu me comprends parfaitement, Marguerite. Tu dois te marier aussi vite que possible. C'est la raison pour laquelle j'ai choisi un homme qui ne se soucie pas de savoir si son épouse est vierge ou non.

Marguerite se sentit rougir d'humiliation. Il n'en restait pas moins que son père approchait de la vérité. Elle s'était donnée de son plein gré à Callum, et sans l'ombre d'un regret. Jamais elle n'avait vécu une expérience aussi belle que lorsqu'elle avait fait l'amour avec lui et, à sa grande honte, elle avait envie de recommencer. Elle rêvait de se réveiller dans ses bras, de partager sa vie avec lui et de porter ses enfants.

Mais, avant qu'elle puisse parler, son père reprit :

— Tu dois savoir que certains nobles ont refusé ta main à cause de tes accointances avec le clan MacKinloch.

— Alors, ce ne sont pas des hommes honorables, répondit-elle. Je dois beaucoup à ce clan.

Son cœur se serra, tandis qu'elle pensait, une fois encore, à Callum.

— Je ne regrette nullement les choix que j'ai faits, mon père.

Il soupira et immobilisa son cheval.

— Tu as toujours eu le cœur tendre, Marguerite, comme ta mère.

Un léger sourire plana sur ses lèvres et elle sentit s'évanouir sa frustration.

Il demeurait cet homme qui l'avait assise sur ses genoux pour lui raconter des histoires. Il était le seul parent qu'elle ait jamais connu, car sa mère était morte alors qu'elle n'avait que deux ans.

Même si elle avait été envoyée en Navarre pour y être élevée dans une autre famille, ils avaient toujours été proches. Il était souvent venu lui rendre visite, et lui apportait des cadeaux.

— Ne crains pas ce mariage. Penrith peut t'apporter tout ce dont tu as besoin.

Elle essaya de sourire, mais il lui avait tenu le même discours lorsqu'il avait arrangé son mariage avec Cairnross.

— Ne pouvez-vous pas... reporter un peu plus longtemps ces fiançailles ? demanda-t-elle. Je veux être certaine qu'il est un homme bon.

Une fois leur accord formalisé, il deviendrait impossible de le rompre.

Son père tendit la main vers elle et lui prit le menton.

— Comme je te l'ai déjà dit, nous ne reporterons rien.

Sur ces mots, il fit faire demi-tour à son cheval pour retourner au château. Marguerite le suivit en restant légèrement en retrait.

Dès que les portes de la forteresse furent en vue, elle constata, déconcertée, qu'arrivaient déjà des amis venus assister à ses fiançailles.

Un léger bruit attira alors son attention et, lorsqu'elle se retourna, elle aperçut Callum, sur son propre cheval, qui l'observait à courte distance, depuis les arbres. Que faisait-il là ?

Il lui fit signe. Elle jeta un coup d'œil nerveux à son père. Il se mettrait à sa recherche, s'il découvrait qu'elle n'était plus là. En revanche, elle pouvait consacrer quelques minutes à Callum.

La curiosité l'emportant, elle se dirigea vers lui. Il prit les rênes de sa monture et les entraîna dans la forêt, afin qu'ils soient à l'abri des regards.

Puis il mit pied à terre et l'aida à descendre de sa jument.

— Que se passe-t-il ? souffla-t-elle.

Le regard de Callum brillait d'un éclat farouche. Il prit son visage en coupe et elle sentit la chaleur de ses mains contre ses joues.

— Mienne ! dit-il durement.

Puis il posa les lèvres sur les siennes, en un baiser possessif qui lui bouleversa les sens. Elle l'embrassa en retour et savoura la bouffée de désir qui montait en elle. Callum lui caressa le dos et posa les mains sur ses fesses. Elle le serra dans ses bras, jouissant de son corps pressé contre le sien.

Lorsqu'elle s'écarta enfin, ses lèvres étaient humides et gonflées.

— Oui, je suis à vous, Callum.

Entendre le son de sa voix était un présent inespéré. Un millier de questions se bousculaient dans son esprit, mais elle craignait de le frustrer en les lui posant, s'il ne trouvait pas ses mots pour lui répondre. Il semblait vouloir lui dire tant de choses, mais il ne réussit qu'à proférer :

— Venez. Maintenant.

Il voulait qu'elle parte sur-le-champ avec lui, à Glen Arrin, comprit-elle, en remarquant alors les vivres pour plusieurs jours accrochés à sa selle. Même si elle était tentée de le suivre, elle ne pouvait pas abandonner son père et son foyer sans aucune explication. Le duc était capable d'envoyer une armée de soldats à leurs trousses, et ils n'auraient pas le temps de se mettre à l'abri.

— Je ne peux pas, dit-elle. Je dois d'abord persuader mon père.

Callum ne paraissait pas convaincu.

— Si je m'enfuis avec vous, ils finiront par nous retrouver.

Elle posa la main sur sa joue.

— Ils vous feront du mal, ainsi qu'à votre famille. Je ne peux pas le permettre.

Callum lutta pour parler de nouveau et elle attendit, dans l'espoir qu'il réussisse. Mais il finit par refermer la bouche et l'aider à remonter en selle.

Elle chevaucha vers le château, tandis qu'il restait en retrait, et qu'elle sentait l'intensité de son regard dans son dos.

Voir Marguerite en compagnie du comte de Penrith faisait à Callum l'effet d'un poison lent qui diffusait dans ses veines le venin de la jalousie. Il passa le reste de la journée à s'occuper d'une multitude de tâches pour se distraire et ne pas les imaginer ensemble. Il avait écouté parler les domestiques du comte, en quête du moindre témoignage de cruauté de sa part.

Mais la plupart d'entre eux étaient de bonne humeur, et se comportaient comme s'ils étaient bien traités. Ils étaient là pour servir Penrith au château et lorsqu'il ramènerait sa fiancée en Angleterre. Mais Callum ne le permettrait pas. Il préférait l'enlever.

L'attente mettait sa patience à rude épreuve. Il ne croyait pas Marguerite capable de se libérer de l'autorité de son père, ni d'échapper à ce mariage. Il n'était pas encore passé à l'acte, ignorant ainsi ses propres désirs, pour ne pas la blesser. Elle aimait son père et lui était loyale, tout comme lui-même était proche de ses frères.

Mais chaque minute qui s'écoulait poussait Marguerite dans le piège qui lui était tendu. Il ne pouvait rien faire pour l'arrêter, et la frustration plantait en lui ses griffes comme un monstre épouvantable. Il brûlait de s'emparer de son arc et de ses flèches et, à la fin de l'après-midi, il céda à son envie. Une heure d'entraînement l'aiderait à se calmer.

Il passait les portes du château pour se diriger vers la forêt, lorsqu'il entendit des voix devant lui. Il reconnut celle de Iagar Campbell, lequel était accompagné de plusieurs hommes. Tous armés.

Iagar lui avait dit vouloir libérer des prisonniers. Il ne connaissait pas les détails de cette expédition, mais peu lui importait, en cet instant. Il rêvait de combattre, d'utiliser ses armes et de se libérer de l'agitation qui l'habitait. Il éprouvait des réticences à se joindre à eux, mais il n'y avait pas pour lui de meilleure cause pour se battre qu'aider un Écossais à retrouver la liberté.

Il fit exprès de marcher sur un bout de bois sec, afin d'attirer l'attention sur lui.

— MacKinloch ! lança Iagar.

Les autres le regardèrent avec méfiance et cessèrent leur conversation.

— Tu as enfin décidé de te joindre à nous ?

Callum se contenta de hocher la tête, et brandit son arc en réponse.

Sileas, le plus vieux d'entre eux, semblait le plus réticent à sa venue.

— Pourquoi aurais-tu besoin de cet homme ? demanda-t-il à Iagar. Il est un peu simple d'esprit, non ?

Une colère froide s'empara de Callum. Si cet homme avait été plus jeune, il aurait laissé libre cours à sa fureur et lui aurait montré qui des deux était simple d'esprit. Il se contenta à la place d'avancer lentement vers lui et de le menacer en silence.

Iagar intervint en s'interposant.

— Je connais les MacKinloch, dit-il. Ils sont loyaux à notre cause.

Le doute et la suspicion s'étaient installés entre eux, et les divisaient.

— Nous pouvons avoir besoin d'un archer, leur rappela-t-il encore.

Puis il adressa un regard interrogateur à Callum.

— Si cela te convient.

Participer à ce combat n'était pas sans danger : il ne connaissait pas ces hommes et ignorait tout de l'endroit où ils allaient. Mais il ne pouvait pas non plus rester au château et observer Marguerite avec son futur époux. S'il ne trouvait pas une occupation, la jalousie et la folie auraient raison de lui.

Il hocha la tête en signe d'assentiment.

Mais, avant que Iagar reprenne la parole, un autre homme intervint :

— Nous ne le connaissons même pas !

Il le considéra durement, puis ajouta :

— Il pourrait très bien informer le duc du raid.

— Il ne peut pas parler, rétorqua Iagar. Il n'y a rien à craindre.

Les yeux de Sileas étincelèrent, et un léger sourire éclaira son visage.

— Dans ce cas, il ne pourrait pas nous trahir, même s'il le voulait.

Callum ne fit aucun effort pour lui prouver qu'il se trompait. Il avait prononcé quelques mots devant Marguerite, même s'il l'avait fait au prix d'un effort surhumain. Il ne savait pas ce qui l'empêchait de parler mais, la matinée où il l'avait faite sienne, quelque chose s'était apparemment débloqué. Maintenant, il se battait pour chaque parole, en espérant retrouver un jour suffisamment sa voix pour convaincre Marguerite de partir avec lui. Sa présence le métamorphosait et guérissait les blessures de son emprisonnement.

Tandis que les hommes continuaient à débattre de leurs projets d'attaquer la garnison voisine, située plus au sud, il songea à toutes les nuits qu'il avait passées à se demander si quelqu'un viendrait le sauver. Il avait été fait prisonnier à l'âge de douze ans et ses années de captivité l'avaient transformé. Il ne savait pas vivre comme un homme normal, ni comment se construire sa propre vie.

Cette idée lui déchira le cœur comme une lame impitoyable, et le remplit de frustration. Il avait besoin d'un objectif. Il devait trouver un moyen de subvenir à ses besoins pour obtenir la femme qu'il voulait. Mais tenir un arc et se battre aux côtés de ses frères était tout ce qu'il savait faire. Cela ne pouvait suffire.

— Il possède un cheval, pas vrai ?

Ces paroles inattendues sortirent Callum de ses rêveries et le ramenèrent à la réalité. Avant que quiconque ne puisse donner son avis, il secoua la tête en signe de refus. Personne ne lui prendrait Goliath !

— Nous arriverons plus vite avec des chevaux, MacKinloch, protesta Iagar. Nous avons besoin du tien.

Son étalon était le seul moyen dont il disposait pour retourner chez lui, à Glen Arrin, et il n'était pas prêt à le leur laisser, au risque de le perdre pendant l'attaque. Il dégaina sa dague en un sombre avertissement, et secoua de nouveau la tête pour indiquer son refus.

Iagar leva les mains en un geste de renoncement.

— Ce n'était qu'une suggestion. Restons-en là, si tel est ton souhait.

Mais ses paroles contenaient une pointe de colère, partagée par les autres hommes, qui paraissaient irrités par son refus.

Callum baissa sa dague et la glissa dans sa ceinture en ignorant leurs marmonnements. Mieux valait laisser son cheval en sécurité dans l'écurie, plutôt qu'avec ces hommes.

Il resta en arrière, tandis que les autres disparaissaient dans l'obscurité. Iagar vint se placer à côté de lui.

— Je suis heureux que tu te joignes à nous, MacKinloch. Plus nous serons nombreux, plus nous aurons de chances de réussir.

Callum serra les doigts autour de son arc, suspendu à son épaule. Les traits de Iagar s'adoucirent. Une fois à bonne distance du château, ils s'arrêtèrent pour allumer un feu et des torches.

Cette attaque était très imprudente mais, s'ils parvenaient à libérer quelques prisonniers, cela valait la peine de se joindre à eux.

Callum lança un regard en arrière, en direction du château, espérant de tout son cœur ne pas faire d'erreur.

11

Il leur fallut plus d'une heure pour atteindre la garnison. Callum se demanda comment ils allaient s'orienter, mais Sileas, l'aîné du groupe, les guida jusqu'à la rivière, où ils éteignirent leurs torches. La forteresse en bois était de petite taille, avec tout au plus une dizaine de gardes. Il s'agissait à peine d'un avant-poste, qui ne représentait une menace pour personne.

Soudain, Callum se sentit très mal à l'aise. Pourquoi ces hommes avaient-ils choisi une cible de si petite taille ? Cette forteresse abritait-elle vraiment des prisonniers ?

Il retint Iagar, lui montra les cicatrices à ses poignets, puis le bâtiment.

— S'il y a des prisonniers ici, nous les libérerons, je te le promets, répondit Iagar en le prenant par l'épaule, avant d'ajouter : Reste ici. Nous aurons besoin que tu couvres nos arrières.

Callum ralentit le pas et vint se poster derrière eux.

— Aucun des soldats anglais ne doit pouvoir s'échapper, le prévint Sileas. Sinon, ils reviendront avec des renforts.

Callum hocha la tête mais, en son for intérieur, il n'aimait pas la tournure que prenaient les événements.

Il ne devait pas y avoir plus de un ou deux prisonniers dans un avant-poste de si petite taille.

Il logea une flèche dans son arc tandis que Iagar, Sileas et deux autres hommes se dirigeaient en rampant vers les portes, profitant de l'obscurité.

Plusieurs minutes plus tard, il entendit les cris des hommes qui chargeaient en brandissant leurs dagues et leurs lances.

L'un des gardes poussa un cri d'alerte, qui s'étrangla très vite.

Cela faisait partie de n'importe quelle attaque. Ce qui n'empêcha pas l'agitation qui l'habitait de s'accroître. Il s'attendait à trouver une forteresse de la taille de Cairnross, dans laquelle ils se seraient infiltrés pour libérer discrètement les prisonniers.

Alors que tout ceci ne lui paraissait pas en ordre.

Gardant son arc bandé, prêt à se défendre, il guetta l'arrivée des prisonniers. Constatant qu'aucun ne se montrait, il décida d'aller voir et d'aider ses compagnons.

Il fut d'abord ébloui par la clarté des torches, lorsqu'il entra dans l'enceinte.

Puis, un sinistre spectacle s'offrit à lui. Il contempla d'un œil incrédule les corps qui jonchaient le sol. Il n'y avait pas de prisonniers. Seulement des soldats anglais qui venaient d'être assassinés.

Il aperçut ensuite Iagar qui brandissait une dague. La fureur le submergea alors. Il ouvrit la bouche ; un rugissement sauvage se forma dans sa gorge, tant il voulait qu'ils arrêtent et déposent leurs armes, mais rien d'autre qu'un mince filet d'air d'en sortit. Les mots restaient coincés en lui et cela le rendait fou.

Ce massacre le bouleversait. Certes, il avait été fait

prisonnier enfant par des hommes comme ceux-ci, et avait grandi enchaîné. Pour autant, tous les soldats ne méritaient pas de mourir. La fureur se mua en dégoût.

Iagar et ses compagnons entreprirent de piller les cadavres, et Callum préféra se retrancher dans l'obscurité. Ces hommes n'étaient rien d'autre que des meurtriers et des voleurs.

Il serra son arc dans sa main dans l'espoir de contrôler sa colère. S'il avait pu revenir au château par ses propres moyens, il serait parti sur-le-champ.

— MacKinloch, cria Sileas, tu ne viens pas te joindre à nous ?

Il était adossé contre un mur en bois, tenant à la main l'épée d'un des hommes au sol.

Pour toute réponse, Callum décocha une flèche ornée d'une plume noire qui vint se loger juste au-dessus de la tête de Sileas. Fou de rage, celui-ci brandit son épée.

— Que viens-tu de faire, misérable ?

Callum logea une nouvelle flèche dans son arc et le visa cette fois au cœur.

Il ne méritait que la mort pour ce qu'il venait de faire, songea-t-il sans remords.

Mais il fut interrompu par Iagar, qui venait soudain de surgir à côté de lui.

— Pose cet arc, MacKinloch ! lui ordonna ce dernier.

Callum fit volte-face et dirigea son arme vers celui qu'il avait pris pour son allié. Il s'était trompé sur son compte. Ils étaient venus ici pour piller et tuer, non pour sauver la vie de compatriotes.

Il recula lentement, indiquant ainsi qu'il ne voulait rien avoir à faire avec eux. Et tout particulièrement parce que, comme l'avait souligné Sileas, il ne pouvait raconter à personne ce qui s'était passé.

Le lendemain matin, Marguerite trouva Callum nageant dans le lac, au nord de la forêt. Le ciel était strié de bandes roses et lavande. Elle s'assit sur une large pierre et le regarda. Son corps fendait l'eau, tandis qu'il avançait à un rythme effréné. Elle attendit qu'il ait fini dans l'espoir de partager avec lui le présent qu'elle lui avait apporté. Elle avait autour du cou le pendentif qu'il lui avait offert. Elle en toucha le verre froid et se sentit soudain nerveuse.

Lors de leur dernier échange, il lui avait demandé de tout laisser derrière elle pour le suivre. Elle le désirait de tout son cœur mais, malgré ses efforts pour s'entretenir de nouveau seule avec le comte de Penrith, elle n'y était pas parvenue. Son père l'en avait empêchée. Peut-être avait-il senti ce qu'elle tramait ? Le contrat des fiançailles avait été signé devant témoins, sans qu'elle ait pu protester.

Elle était faible et lâche ! Elle ne méritait pas d'être libre, si elle était incapable de défendre ses intérêts !

L'inquiétude de ne jamais pouvoir se libérer la rongeait. Elle aurait pu refuser de signer le document. Mais son père aurait cherché à connaître la raison de ce refus et, d'une façon ou d'une autre, la vérité aurait éclaté au grand jour. Il aurait demandé réparation aux MacKinloch, si elle avait avoué être la maîtresse de Callum. Elle s'était lancée dans un jeu dangereux, un jeu qu'elle craignait de ne pouvoir gagner.

Lorsque Callum revint vers la berge, il croisa son regard,

et elle vit le mal qui le rongeait. Il paraissait en colère, comme un homme revenant de bataille.

Il sortit de l'eau sans se soucier d'être nu devant elle. De fines gouttelettes glissaient sur sa peau. Ses cheveux noirs rejetés en arrière lui tombaient sur les épaules.

Comme un fin prédateur, il l'observait. Il lui rappelait en silence la façon dont ses mains avaient caressé sa peau, éveillant en elle des sentiments, des sensations jamais éprouvés. Elle brûlait de le toucher là où le soleil levant jouait sur ses muscles et illuminait sa peau.

— Je… vous ai apporté quelque chose, dit-elle timidement, en détournant le regard de son corps.

Lorsqu'elle se pencha pour saisir son sac, les jambes de Callum étaient si proches qu'elle aurait pu les toucher. Elle sentit la nervosité la gagner. Elle se leva. Le sexe de Callum était tendu. Elle frémit en se rappelant la chaleur de son corps sur le sien.

Elle détourna de nouveau les yeux et lui tendit le sac.

— Je vous ai apporté une plume et du parchemin. Je me suis dit que vous aimeriez essayer d'écrire dessus.

— Marguerite…, dit-il d'une voix qui contenait une question cachée.

Il prit le sac et le posa à côté de lui, avant de l'attirer dans ses bras et de la serrer très fort contre lui. Elle sentit contre sa hanche son sexe dur, ce qui fit naître en elle une violente bouffée de désir.

Il lui effleura les lèvres, puis l'entraîna dans un baiser qui semblait dire que sa place était ici, dans ses bras. Il était impitoyable, exigeait une réponse qui chassa toutes ses peurs et lui rappela pourquoi elle avait tant besoin de lui. Pourquoi il lui fallait rompre ses fiançailles et affronter la colère de son père.

Callum posa les mains sur les lacets de sa robe, l'interrogeant du regard.

— Je ne peux pas, murmura-t-elle.

Pas maintenant.

Elle ne méritait pas de recevoir son affection, ni le plaisir qu'il pourrait lui donner, alors qu'elle avait été incapable de s'opposer à ses fiançailles. Les mensonges qu'elle avait dits à son père ou au comte se refermaient sur elle, l'obligeant à honorer ses vœux.

Callum prit son visage en coupe et la regarda droit dans les yeux. Elle y vit briller un éclair possessif et une frustration cachée. Il posa le front contre le sien. Dans ses prunelles, elle voyait l'avenir qu'elle voulait.

— Je trouverai le moyen de me libérer, lui promit-elle. Ensuite, je viendrai vous retrouver. Je vous le jure !

Elle enfonça les doigts dans ses épais cheveux noirs, puis enroula ensuite les bras autour de son cou, avant de laisser ses mains glisser sur son dos nu.

Il posa sur sa joue un baiser léger qui la fit frémir et qui lui rappela d'autres baisers, en des endroits plus secrets de son corps.

Pendant qu'il s'habillait, Marguerite ne pouvait s'empêcher de penser qu'une autre chose que ses fiançailles le tracassait. Il paraissait tendu et agité, mais n'avait aucun moyen de se soulager en lui parlant à cœur ouvert.

Elle s'empara du sac et le lui tendit.

— Voulez-vous que je vous apprenne d'autres mots ?

Elle lui montra le parchemin et la plume, ainsi qu'un flacon d'encre. Il la regarda, sans toutefois se saisir du sac. Il était d'humeur sombre, et elle ignorait si elle-même en était la cause.

— Vous auriez préféré que je ne vienne pas vous voir ?

Si vous ne voulez pas poursuivre votre apprentissage, je ne vous forcerai pas.

Elle posa le sac par terre en se demandant si elle ne s'était pas trompée sur ses intentions. Callum luttait pour former des mots. Ses lèvres remuaient, pourtant, aucun son ne sortait. Sa frustration ne fit que croître, jusqu'à ce qu'il ramasse une pierre et qu'il la jette dans le lac, où elle coula dans une grande gerbe d'eau.

— Dites-moi ce qui se passe, Callum.

Mauvaise formulation… Il fit volte-face, le visage déformé par la rage. Elle comprit alors qu'il s'était efforcé de parler. Elle le vit trembler de colère et de frustration.

Elle souffrait de le voir ainsi. Elle essaya de le consoler en le prenant dans ses bras.

— Tout va bien.

Mais, dès qu'elle le toucha, elle comprit que la pitié était une erreur. Il ne voulait pas de sa compassion. Elle se hissa sur la pointe des pieds et posa les lèvres sur les siennes, en espérant que ce baiser l'apaise.

Il l'embrassa en retour. Sa bouche brûlante cherchait son absolution. Lorsque sa langue se mêla à la sienne, elle s'agrippa très fort à lui. Elle goûta sa colère qui se fondait à sa propre culpabilité. Il paraissait déchaîné, comme un homme essayant de la consumer.

Elle frémit sous l'effet de ses assauts, et s'offrit en guise de réconfort. Callum posa les mains sur les lacets de sa robe et elle savait que, si elle ne disait rien, il la prendrait de nouveau. Il l'allongerait dans l'herbe, la remplirait, et lui donnerait un plaisir incommensurable.

Il découvrit la base de sa nuque et son épaule, et la chaleur de sa bouche déclencha en elle une série de frissons. Il caressa ensuite ses seins qui s'érigèrent contre la soie de sa robe. Elle s'efforça de rester maîtresse d'elle-même, mais ce doux tourment menaçait d'avoir raison d'elle.

Elle désirait être avec lui plus que tout !

Cependant, elle ne le méritait pas. Pas tant qu'elle ne se serait pas libérée de la promesse qui la liait au comte.

Cela lui brisa le cœur de repousser Callum, mais elle immobilisa ses mains, et les plaça sur son flanc.

— Hier soir, j'ai signé le contrat de mes fiançailles, déclara-t-elle.

Le visage de Callum refléta si clairement ce qu'il pensait — qu'elle l'avait trahi, ni plus ni moins — qu'elle eut l'impression de lui avoir tourné le dos.

— Je parlerai au duc et au comte aujourd'hui même, je vous le promets.

Mais dans ses prunelles noisette se lisait le doute. Callum ne la croyait pas.

Il avait pourtant cru qu'elle refuserait les fiançailles, et se libérerait de sa promesse. Mais elle ne semblait pas avoir la volonté nécessaire pour se dresser contre son père.

Il la vit reculer et le fixer. Il s'efforça de conserver une expression neutre, mais elle devinait certainement la frustration qui bouillonnait en lui.

— Je m'en veux tellement d'avoir peur ! avoua-t-elle d'une voix brisée, avant de lui tourner le dos. Mais, si je fais un faux pas et que je révèle mes sentiments pour vous, mon père vous pourchassera et vous tuera. Je ne peux pas prendre ce risque.

Il avait envie d'aller vers elle et de l'attraper par les épaules, mais il resta sur place. Chaque jour qu'il passait ici était un enfer. Le paradis était pourtant à sa portée…

Mais, tant que Marguerite n'aurait pas brisé ses liens, il était impuissant.

— Je sais que vous êtes en colère contre moi.

Elle ne se retourna pas, et il contempla, désolé, ses épaules affaissées.

— J'aurais aimé pouvoir faire quelque chose pour empêcher ces fiançailles, poursuivit-elle. Mais je n'en avais pas les moyens.

Oui, il comprenait ce sentiment. Ses paroles ravivaient en lui des souvenirs de la nuit précédente et des soldats morts. Des hommes innocents avaient été tués et il n'avait rien fait pour éviter cela. Il avait ignoré ses intuitions, préférant croire les mensonges de Iagar.

Et cela s'était traduit par un massacre. Un sentiment sombre s'empara de nouveau de lui. Si seulement il avait pu remonter le temps pour changer les choses !

— Il faut que vous sachiez que je ne désire nullement ce mariage avec Penrith, reprit Marguerite, en lui lançant un regard en coin. Mais personne ne veut écouter ce que j'ai à dire.

Il savait exactement ce qu'elle ressentait. Au fond de lui, il trouva les mots, qui fusèrent de sa bouche.

— Battez-vous, Marguerite !

Battez-vous pour nous.

Si elle ne parvenait pas à parler au duc, alors, il n'y avait plus d'espoir.

Mais le reste était trop dur à dire, hors de sa portée.

Il prit une inspiration et fit une nouvelle tentative :

— Vous...

Elle attendit, ses grands yeux bleus emplis de regrets. Dans l'esprit de Callum, un millier de mots se bousculaient, des mots qu'il voulait prononcer. Des mots qu'elle avait besoin d'entendre.

Vous êtes la seule femme que j'aie jamais désirée. Vous m'avez donné envie de vivre quand je voulais mourir. Sans vous, j'étais moins qu'un homme. Mais nous ne pouvons plus continuer ainsi.

Il voyait bien qu'elle était autant prise au piège que lui.

— Je quoi ? demanda-t-elle, pleine d'espoir.

Mais sa bouche remua sans qu'aucun son en sorte. Il essaya de nouveau, et son incapacité à communiquer lui donna envie de se battre plus encore.

Finalement, il la regarda durement et ne prononça qu'un seul mot :

— Choisir.

— Monsieur le duc, le messager que vous avez envoyé à la garnison anglaise vient tout juste de revenir. Il prétend qu'une attaque a eu lieu la nuit dernière. Il n'y a aucun survivant.

— Ils vont nous accuser de ce massacre, répondit le duc en faisant les cent pas.

Il décocha un regard noir en direction de Xavier, le capitaine de la garde.

— C'est nous qui sommes les plus près de cet avant-poste.

— Mes hommes étaient tous présents, hier soir, reprit Xavier. Ceux qui ont conduit l'attaque ne font pas partie de nos rangs.

Le visage de Guy devint sombre.

— Rassemblez un groupe de soldats, ordonna-t-il, et

trouvez les coupables ! Il nous incombe de rendre justice. Sinon, le roi Édouard s'en chargera lui-même.

Le duc s'assit et s'empara d'une coupe de vin, dont il agrippa nerveusement le pied en argent. Il avait beau posséder des terres en Écosse qu'il avait héritées de ses ancêtres normands, sa position dans le pays était intenable. Il avait nourri l'espoir d'une union forte entre Marguerite et le comte de Cairnross. Mais sa fille s'était enfuie et réfugiée dans un clan écossais, pour des raisons qu'il ne comprenait pas.

Oui, Cairnross était un homme cruel. Mais la plupart des hommes puissants faisaient ce qu'il fallait pour maintenir l'ordre.

À l'autre bout de la pièce, il aperçut Marguerite debout sur le seuil, le visage pâle. Elle avait sans aucun doute entendu leur conversation.

— Qu'allez-vous faire ? demanda-t-elle en s'approchant de lui.

Le capitaine de la garde échangea un regard avec lui pour lui demander la permission de parler. Guy hocha la tête.

— Nous retrouverons les meurtriers et nous les exécuterons pour leurs crimes, répondit-il alors.

Elle pinça les lèvres et désigna ce qu'il tenait à la main.

— Qu'avez-vous là ?

Le duc n'avait pas encore remarqué la flèche. Il interrogea son capitaine du regard et Xavier la lui tendit.

— Nous l'avons trouvée logée dans un mur.

— Des plumes noires, dit le duc. Intéressant.

Rares étaient les hommes qui décoraient ainsi leurs flèches. Il essaya de se souvenir si l'un de ses archers le faisait, mais ne trouva pas.

Marguerite pâlit encore. Elle murmura quelques excuses à peine audibles et demanda à se retirer. Son comportement était inhabituel.

Après son départ, Guy plissa les yeux et se tourna vers Xavier.

— Elle sait quelque chose. Suivez-la.

— Qu'avez-vous fait, Callum ? demanda Marguerite.

La nuit était tombée depuis longtemps, mais elle avait attendu le bon moment pour quitter le château. Elle ne cessait de songer à la flèche, le cœur rongé par l'inquiétude, terrifiée par ce que cela signifiait. La gorge nouée, les poings fermés, elle essayait de ne pas céder à la panique.

Callum la regarda sans comprendre.

— Une dizaine d'hommes ont péri la nuit dernière dans une garnison anglaise, continua-t-elle. Et les hommes de mon père ont trouvé l'une de vos flèches là-bas.

Aucun muscle de son visage ne frémit. Il ne révéla rien, et resta aussi immobile que du granit.

Bouleversée, Marguerite demanda à voix basse :

— Vous y étiez ?

Il acquiesça d'un hochement de tête et Marguerite sentit son cœur se serrer douloureusement. Elle le dévisagea, l'air incrédule, son pouls battant très fort dans ses veines.

— Avez-vous tué ces hommes ?

Il secoua négativement la tête, cette fois, et elle eut envie de le croire.

— Pourquoi étiez-vous avec eux ? Vous n'aviez aucune raison de les accompagner.

Sachant qu'il ne pouvait pas lui répondre, elle donna libre cours à sa colère.

— Ne saviez-vous pas qu'ils le découvriraient ? Mon père projette d'exécuter tous les responsables de ce massacre !

Malgré ses résolutions, ses larmes se mirent à couler.

— Croyez-vous que j'aie envie de vous voir pendu, comme un traître ?

Callum lui saisit les mains, les lèvres pincées de colère. Elle se dégagea vivement en laissant ses larmes couler. La fureur et la peur qui l'habitaient la faisaient trembler.

— Que s'est-il passé cette nuit ? murmura-t-elle.

Callum posa un genou à terre et balaya les aiguilles de pin pour dégager la terre en dessous. Il réfléchit quelques instants avant d'écrire : « prisoniers ».

Marguerite secoua la tête sans comprendre.

— Mais il n'y avait pas de prisonniers là-bas. C'était un petit avant-poste.

Elle lui prit la brindille des mains et corrigea son orthographe.

Il haussa les épaules et continua d'écrire : « pas tuer ».

— Pourquoi ont-ils trouvé une de vos flèches sur place, alors ?

« En colère. »

— Qui sont les responsables ? Étaient-ce les hommes de mon père ?

Elle contempla la terre dans l'attente de sa réponse.

« Écossais. »

Elle avait encore un millier de questions à lui poser, mais elle cessa de l'interroger. C'était inutile.

Elle rêvait plutôt de poser la joue contre son torse et de serrer très fort l'homme qui avait gagné son cœur. Mais, si elle osait défier son père maintenant, celui-ci pouvait en profiter pour accuser Callum d'avoir mené l'attaque contre la garnison. Et il serait exécuté.

Il se posta devant elle. Elle fut incapable de lever les yeux vers lui, mais ressentait l'intensité tranquille de sa présence. Elle continua de libérer ses larmes en espérant que Callum pourrait encore lui parler.

Mais il ne dit rien, se contentant d'afficher le regard calme d'un homme dont le silence serait perçu comme un aveu de culpabilité.

— Vous ne pouvez pas vous défendre, déclara-t-elle finalement, en levant les yeux vers lui. Ils vous feront prisonnier et je ne pourrai pas les arrêter. Pas si vous n'arrivez pas à parler.

Certes, il avait réussi à prononcer quelques mots en de rares occasions, mais il contrôlait très mal sa nouvelle capacité à s'exprimer. Les faits qui lui avaient fait perdre la voix le retenaient toujours captif.

— Vous devez partir sur-le-champ, poursuivit-elle, le cœur brisé à cette idée. Retournez à Glen Arrin avant qu'ils ne vous trouvent.

Il secoua la tête et croisa les bras sur le torse. Elle ne comprenait pas pourquoi il ne voulait pas se sauver. Ne devinait-il donc pas ce qui l'attendait ?

Un bruit furtif attira son attention, comme si quelqu'un les observait non loin d'eux, et Marguerite se figea. Même si ce n'était qu'un animal, elle devait retourner au château au plus vite.

Elle s'empara des mains de Callum, le cœur battant.

— Je sais que vous n'avez pas envie de partir, mais il le faut !

Elle planta son regard dans le sien.

— Vous m'avez sauvé la vie pendant la bataille. Laissez-moi sauver la vôtre, maintenant.

Il se passa une main nerveuse dans les cheveux. L'expression de son visage demeurait cependant impénétrable.

— Non.

— Pourquoi ? Préférez-vous mourir ?

Elle prit sa tête entre ses mains, les yeux brillants de colère.

— Croyez-vous que je vais me contenter de rester sans rien faire ?

— Si... partir. Vous... marier.

Ses prunelles étaient presque noires de frustration, en dépit de ses paroles. Elle se serra alors tout contre lui, essayant encore de le convaincre.

— Je suis prête à épouser Satan en personne pour que vous restiez en vie !

Elle lui présenta ses lèvres dans une volonté de lui prouver ce qu'il signifiait pour elle. Leurs lèvres fusionnèrent et, en sentant la force de ses bras, elle se sentit comblée.

Elle désirait qu'il reste près d'elle, pour l'aider à percer le mur de son silence. Il était avide de parler et avait besoin de son aide. Mais, s'il restait, il devrait probablement affronter la mort.

Il l'embrassa durement, et la serra éperdument contre lui, comme pour capturer son esprit. Il approfondit son baiser et elle écarta les lèvres pour s'y abandonner complètement, le bassin collé contre le sien.

En sentant sa langue caresser la sienne, elle cessa de réfléchir, envahie par les souvenirs et la façon dont il lui avait fait l'amour. Elle s'abandonna aux instincts qui faisaient rage en elle. Elle l'embrassa avec fougue, excitée par son sexe tendu contre son bas-ventre. Elle tremblait dans ses bras et rêvait de tant choses qui lui étaient interdites. Le désir obscurcissait ses pensées.

— Marguerite, dit-il en s'écartant pour la regarder.

Elle avait devant elle un homme qui ne nourrissait aucune crainte pour leur avenir. Il ne semblait pas se soucier qu'elle soit fiancée à un autre homme. Il ne désirait aucune autre femme qu'elle. Et, même si elle était prête à se battre pour être avec lui, elle ne permettrait jamais qu'il soit exécuté. Pas si elle pouvait le sauver.

— Voulez-vous que votre père le sache ?

Debout devant la porte de sa chambre, Marguerite fit volte-face. Xavier, le capitaine de la garde, se tenait dans le couloir.

— Que voulez-vous dire ?

Il arborait un air suffisant qui ne lui inspirait aucune confiance.

— Je vous ai suivie, hier soir. Et je vous ai vue avec cet Écossais. Le muet qui travaille dans les écuries.

Croisant son regard entendu, Marguerite sentit son cœur s'arrêter. Elle imaginait la fureur de son père, s'il lui disait qu'elle avait embrassé Callum. Elle le regarda fixement, refusant de reconnaître quoi que ce soit.

— Qu'êtes-vous prête à payer pour mon silence ? demanda-t-il.

La menace chassa sa peur et elle sentit sa gorge se serrer de colère. Elle fit un pas vers lui.

— Qu'êtes-vous prêt à payer pour rester en vie ? répliqua-t-elle d'une voix glaciale, en pointant vers lui son couteau. Il suffit que je dise à mon père que vous avez essayé de m'agresser, que vous avez essayé d'abuser de moi. Vous sentirez alors le feu du fouet dans votre dos, ou pire peut-être.

— Ce serait un mensonge.

Elle sourit légèrement.

— Mais il me croira, plutôt que vous. Si vous osez répandre des rumeurs auprès de lui, rappelez-vous ce que je peux vous faire.

Il la fixa, les traits aussi durs que du fer. Elle s'était fait un ennemi, ce soir, car le capitaine espérait sans aucun doute se remplir les poches. Mais elle n'était pas prête à céder au moindre chantage.

Après son départ, elle eut beaucoup de mal à apaiser les battements de son cœur. Elle avait beau essayer de paraître sereine, en son for intérieur, elle était tétanisée de peur pour Callum. S'il ne partait pas, ils finiraient par l'identifier.

Elle entra dans sa chambre et s'assit pendant que sa servante lui coiffait les cheveux, puis s'occupait de sa robe. Elle demeurait très tendue. Dehors, la pluie s'était mise à tomber et elle s'inquiétait de savoir Callum caché dans la forêt.

Elle contempla sa chambre, avec son petit lit recouvert de draps et de couvertures chaudes. Toute sa vie, elle avait vécu dans de beaux châteaux, ou de luxueuses demeures. Elle avait porté des robes coûteuses et ses dîners étaient composés de mets exotiques. Sa vie était ainsi faite ; son père ne voulait rien de moins pour elle.

Mais ce n'était plus ce qu'elle désirait.

Elle renvoya sa bonne et alla s'asseoir sur le coussiège, le regard tourné vers l'obscurité. Si elle épousait un jour

Callum, jamais plus elle ne vivrait dans un château, ni ne porterait de robes comme celle-ci. Elle n'aurait plus de domestiques.

Elle avait beaucoup apprécié son séjour parmi les MacKinloch, mais cette expérience avait été tellement différente de son quotidien ! Ils se battaient chaque jour pour leur survie au lieu de s'inquiéter de savoir quel mari pouvait leur offrir le meilleur rang. Elle avait le sentiment de mener une vie égoïste et vaine, ici.

Elle ferma les yeux et s'appuya contre le mur. Son seul espoir était de parler au comte, et de le convaincre de renoncer à ce mariage.

Cette fois, son père ne protesta pas lorsqu'elle demanda à sortir se promener à cheval, seule avec le comte. Lord Penrith avait beau paraître bien disposé à son égard, elle redoutait de lui dire la vérité. Elle les conduisit loin du château, en haut de la colline qui surplombait la mer.

En apercevant les vagues bleues qui léchaient le sable, elle songea à Callum et à ses leçons de natation, ainsi qu'à la matinée qu'elle avait passée dans ses bras. La culpabilité lui enflamma les joues, mais il fallait qu'elle parle au comte et qu'elle lui fasse comprendre pourquoi elle ne pouvait pas l'épouser.

Lorsqu'ils arrêtèrent les chevaux, Lord Penrith prit ses rênes dans une main et se tourna vers elle.

— Vous m'avez déjà dit que vous ne vouliez pas de ces fiançailles, Lady Marguerite.

— Vous n'êtes pas en cause, s'excusa-t-elle.

Le regard du comte devint pensif, et il lui tendit la main, comme pour l'inviter à marcher.

— Êtes-vous si sûre que ce ne pourrait être un bon mariage ?

— Oui. Mon père sera furieux contre moi, mais vous méritez que je sois honnête avec vous.

Ses joues étaient en feu ; elle se força toutefois à lui avouer ce qu'il en était.

— Vous méritez une épouse qui soit vierge.

Il resta silencieux un long moment, lui tournant le dos tandis qu'il réfléchissait. Elle s'attendait à affronter sa colère, ou à une réponse mordante. À la place, il se contenta de contempler l'océan.

— J'ai commis de nombreuses erreurs dans ma vie, continua-t-elle. Mais ce serait une erreur encore plus grande que de vous laisser croire que je serais une bonne épouse pour vous. Je ne peux pas me marier avec vous.

Il se tourna vers elle, l'air songeur.

— Vous ne savez rien de moi.

Elle attendit qu'il continue.

— J'ai éprouvé, moi aussi, la douleur d'aimer une personne que je ne pouvais épouser.

Une ombre ternit son regard, mais il la chassa d'un sourire narquois.

— Je ne vois rien qui nous empêche de trouver une solution qui nous convienne à tous deux.

— Que voulez-vous dire ?

— Gardez votre amant. Demandez-lui de nous rejoindre en Angleterre, si tel est votre souhait. Tant que vous resterez discrète, je n'y vois pas d'objection.

Le choc la laissa sans voix. Elle ne sut quoi répondre à une telle offre.

— Et que se passera-t-il, si je tombe enceinte de lui ?

Il haussa les épaules.

— Dans ce cas, je n'aurai aucune raison de partager votre couche.

Le regard qu'il lui lança était celui d'un homme qui ne désirait manifestement pas honorer son devoir conjugal.

— J'ai accepté ces fiançailles car j'ai besoin d'un héritier pour mes terres. Si vous me le donnez, je me fiche de savoir qui est le père.

— Je ne comprends pas.

Son visage était empreint d'amertume.

— Une lady comme vous ne peut pas comprendre. Mais je pense que nous nous entendrons bien. J'apprécie votre sens de l'honneur. Ainsi que votre personne.

Marguerite baissa les yeux.

— Laissez-moi m'en aller, Lord Penrith, s'il vous plaît.

— Non.

Il s'était exprimé d'une voix calme mais dure. Il était animé d'une autorité bien à lui, et d'une détermination égale à la sienne.

Il adoucit son refus en lui serrant doucement la main.

— Réfléchissez à mon offre, Lady Marguerite. Un mariage respectable, une alliance forte... et un mari prêt à fermer les yeux sur votre amant. Cela devrait vous suffire.

Peut-être, mais ce n'était pas le cas. Elle ne comprenait pas son indifférence quant à son éventuelle infidélité. La plupart des hommes auraient été furieux d'apprendre que leur fiancée n'était plus innocente. Mais le comte ne ressemblait en rien à ses anciens prétendants.

Il revint vers les chevaux et attendit pour l'aider à remonter en selle. Il lui décocha un regard en coin et elle lut dans ses yeux qu'il était décidé à maintenir leurs fiançailles. Elle ne comprenait pas les raisons qui le poussaient à l'épouser, et quelque chose, dans son comportement, la dérangeait.

— Je suis désolée, dit-elle, mais je dois parler à mon père. Je ne peux pas vous épouser.

Le visage du comte était inflexible et froid comme le marbre.

— Faites comme bon vous semble, Lady Marguerite. Mais je n'ai nullement l'intention de rompre notre accord.

Callum passa une grande partie de la matinée à se demander quoi faire. Marguerite avait lourdement insisté pour qu'il reparte à Glen Arrin. Elle ne voulait pas qu'il soit impliqué dans un meurtre et il le comprenait, mais s'il partait maintenant il la perdrait.

Elle avait signé le document qui la liait à Lord Penrith et son père l'obligerait à épouser le comte. Il en était persuadé.

Certes, en s'en allant maintenant, il sauverait sa vie, mais celle-ci ne serait qu'une coquille vide, sans Marguerite. Il ne laisserait pas ses peurs dicter ses actes. Pourquoi se cacherait-il comme un hors-la-loi ? Parce que le père de Marguerite détenait le pouvoir ? Fuir reviendrait à avouer sa culpabilité.

Il passa son arc sur son épaule et emprunta le long chemin qui menait au château, afin de retourner aux écuries. Il portait à la ceinture le sac contenant le parchemin, la plume et l'encre que Marguerite lui avait offerts. Il pourrait au moins écrire quelques mots pour se défendre, si nécessaire.

Alors qu'il était presque arrivé, il aperçut un groupe d'hommes devant les portes. Parmi eux se trouvait Iagar.

— MacKinloch ! l'appela ce dernier. Nous partons. Tu viens avec nous ?

Callum le regarda fixement et secoua la tête. Iagar croyait-il qu'il allait obéir aveuglément à des étrangers ?

Il garda une expression neutre et continua d'avancer, mais Iagar lui bloqua le chemin.

— Ils ont capturé Sileas et vont l'interroger. Il risque de parler, si jamais ils le torturent. Et qui crois-tu qu'il va incriminer ?

Son ton se fit menaçant.

— J'essaye de te sauver, ingrat. Viens avec nous, si tu tiens à ta peau.

Callum continua son chemin sans un seul regard pour lui.

— Tu étais avec Lady Marguerite, l'autre jour… On t'a vu…

À ces mots, Callum s'arrêta. Ce bâtard était-il en train de le menacer ? Il serra son arc et s'efforça de ne rien laisser paraître.

— C'est un joli brin de fille… Que crois-tu que dira son père, quand il apprendra qu'elle a couché avec un Écossais ?

La voix de Iagar n'était plus qu'un murmure.

— Tu crois que je pourrais la goûter, après ta mort ?

Callum fit volte-face dans l'intention de le saisir à la gorge, et sentit dans le même temps la pointe d'un poignard sur son cou.

— Tu n'as pas le choix, MacKinloch. Si tu restes, tu meurs.

Pas s'il pouvait l'empêcher !

Callum s'empara du poignet de Iagar et le serra jusqu'à ce qu'il lâche son arme.

Celui-ci était rouge, tandis qu'il luttait pour échapper

à sa poigne. Callum le regarda durement, et lui fit comprendre qu'il pouvait lui briser un os s'il le voulait.

— Meurs donc, si c'est ce que tu veux ! lança finalement Iagar.

Il se pencha pour récupérer son poignard. Tandis qu'il battait en retraite, Callum ne le lâcha pas une seule seconde des yeux.

— Mais si jamais tu nous trahis tu signes ton arrêt de mort. Et le sien.

12

À son retour de promenade avec le comte, Marguerite eut la surprise de découvrir sa tante qui s'entretenait avec Xavier, le capitaine de la garde. Dans la cour, les deux soldats désignés pour monter la garde devant sa chambre, durant l'absence de son père, étaient attachés avec des cordes.

Après avoir donné son cheval au maître des écuries, Marguerite se précipita vers eux. Beatrice affichait un air triomphant.

— Pourquoi ces deux hommes ont-ils été arrêtés ? lui demanda-t-elle.

— Ils vous ont volée, Lady Marguerite, répondit Xavier. Ils vous ont pris des perles et ont essayé de les vendre.

— Le vol n'est pas toléré entre ces murs, ajouta sa tante. Ils perdront chacun une main pour ce qu'ils ont fait.

— Ce n'est pas un vol, protesta Marguerite. Je leur ai donné ces perles, ainsi qu'aux hommes que vous avez fait fouetter, en compensation de ce qu'ils ont enduré.

Elle se dressa pour lui faire face, avant de reprendre :

— Vous ne pouvez pas les punir pour quelque chose qui leur a été librement donné.

— Emmène-les ! ordonna Beatrice à Xavier. Je dois m'entretenir avec ma nièce.

Ses faux airs de bienveillance remplirent Marguerite de dégoût. Elle fit un bond en avant et s'empara de la dague de Xavier, suspendue à sa taille, puis elle coupa les cordes pour libérer les hommes, avant de leur ordonner de partir.

Elle se tourna ensuite vers Beatrice et lui lança d'un ton autoritaire :

— Vous ne les retiendrez pas prisonniers !

— Tu as outrepassé tes droits !

— Non.

Sans lâcher la dague, elle avança vers elle, animée d'une sourde colère.

— J'en ai assez de vous voir essayer de prendre la place de ma mère ! Vous êtes ici chez moi, et vous n'êtes rien d'autre que la putain de mon père.

Les yeux de Beatrice étincelèrent de rage.

— Je ne tolérerai pas de me faire insulter de cette façon, Marguerite !

D'un geste, elle renvoya Xavier. Marguerite ne baissa la dague qu'une fois qu'elle eut la certitude que les hommes étaient saufs.

— Je t'avais prévenue de ne pas faire de moi ton ennemie, reprit calmement sa tante. Tu as menti au duc à propos de notre… conflit.

— Je lui ai dit la vérité. Vous avez essayé de m'affamer sous mon propre toit. Et vous avez puni des hommes innocents.

La fureur l'aveuglait presque.

— Et, maintenant, vous envisagez d'en faire punir d'autres ?

Un mince sourire plana sur les lèvres de Beatrice.

— Je ne suis pas aussi impitoyable que j'en ai l'air. Si tu me dis que tu as donné ces bijoux à ces hommes de ton plein gré, je te crois. Mais ton père sera heureux d'apprendre que tu as accordé tes faveurs à ces hommes.

— Je ne leur ai accordé aucune faveur, juste une compensation, pour les ennuis qu'ils ont endurés.

— Tu veux plutôt dire que tu les as soudoyés, afin qu'ils te laissent aller retrouver ton amant dans la forêt, corrigea Beatrice. Xavier m'a tout raconté. Il s'agit d'un MacKinloch, n'est-ce pas ?

Elle fit un pas en avant, et souleva ses jupes en montant les marches qui conduisaient à la grande salle.

— Je l'ai vu près des écuries à l'instant, ajouta-t-elle.

Un vent de panique souffla sur Marguerite, qui resta sans voix. *Mon Dieu*, pria-t-elle, *faites que ce soit un mensonge !*

Elle masqua de son mieux ses émotions et veilla à s'exprimer d'une voix ferme.

— Je ne vous laisserai pas le menacer.

— Ce ne sera pas nécessaire, ma chère... Xavier vient de le conduire auprès de ton père pour qu'il soit interrogé. Je te conseille de faire attention à ce que tu vas dire. Il portait un carquois rempli de flèches ornées d'une plume noire, comme celle que l'on a trouvée à l'avant-poste.

Marguerite la suivit dans la grande salle, et aperçut Callum entouré de soldats. Il s'était manifestement laissé arrêter sans broncher.

Seigneur, elle ignorait comme elle allait pouvoir le sauver sans les compromettre tous les deux !

Guy de Montpierre contempla l'Écossais debout devant lui. Il s'agissait du muet qui avait trouvé refuge aux écuries. L'un des soldats tenait d'une main l'une de ses flèches et de l'autre une flèche ornée d'une plume noire.

— Cette flèche est-elle à toi ? demanda le duc.

L'Écossais hocha la tête. Son visage ne reflétait ni émotion ni peur. D'un coup d'œil, Guy fit signe aux gardes de s'approcher plus près, afin de l'empêcher de s'enfuir. Il le soupçonnait d'être mêlé à l'attaque de la garnison. Mais, dans ce cas, pourquoi était-il revenu au château ? Déjà, la rumeur selon laquelle d'autres Écossais avaient disparu était arrivée à ses oreilles, et il avait envoyé des hommes à leurs trousses. Ou cet homme avait du courage, ou c'était le plus grand des idiots. Poussé par la curiosité, il lui fit signe de s'asseoir.

— Vous ne pouvez pas du tout parler ? demanda-t-il.

L'homme ne dit rien, mais ouvrit un sac suspendu à sa taille et lui tendit un bout de parchemin. Le duc en fut intrigué. Rares étaient les hommes qui savaient écrire, et il se demanda s'il avait appris aux côtés d'un prêtre.

L'Écossais prit maladroitement la plume, puis il écrivit deux mots. Le premier était « MacKinloch », le second « Marguerite ».

En lisant le prénom de sa fille, Guy fut saisi d'une colère froide. Si cet homme était un MacKinloch, il avait alors vécu avec elle à l'époque où elle avait trouvé refuge auprès de son clan. Ses soupçons ne firent que croître, et il commença à entrevoir des explications à l'attitude de sa cadette. L'idée qu'elle puisse avoir, de près ou de loin, commerce avec cet homme le mettait en rage. S'il lui avait fait du mal, il n'hésiterait pas à lui faire subir la mort que l'on réservait aux traîtres.

Beatrice lui avait laissé entendre que Marguerite voyait un homme en secret et, soudain, ses propos prenaient des accents de vérité. La présence de cet Écossais expliquait peut-être les réticences de Marguerite à se marier.

— Qu'est-ce que ma fille a à voir avec tout cela ? demanda-t-il, se retenant de le tuer sur-le-champ.

MacKinloch posa la plume, sans répondre.

— Allez chercher Marguerite ! ordonna le duc.

Pendant les minutes qui précédèrent son arrivée, il toisa l'Écossais d'un œil noir.

Quoi qu'il se soit passé avec Marguerite, il devrait en répondre, d'une façon ou d'une autre.

Mais il ne croisa que le regard paisible et insolent de ce MacKinloch.

Lorsque Marguerite arriva dans la grande salle, elle posa aussitôt la main sur son cœur, l'air troublé, ce qui attisa les soupçons du duc.

— Tu m'as menti, lui dit-il froidement. Tu m'as dit que tu ne connaissais pas cet homme, qui prétend être un MacKinloch.

Marguerite hocha la tête, blême. L'embarras lui enflammait ses joues.

— Il s'appelle Callum MacKinloch. Il est le frère d'Alex, le chef du clan.

— Pourquoi est-il venu ici ? Et pourquoi m'as-tu menti ?

Ce n'était pas du tout dans la nature de Marguerite de ne pas dire la vérité et, à la façon dont elle évitait le regard de l'Écossais, ses doutes redoublèrent.

— Je ne sais pas.

— Marguerite, la prévint-il, en traversant la salle pour se placer devant elle. Dis-moi ce que tu sais de cet homme !

— Je lui ai sauvé la vie lorsqu'il était prisonnier de

Cairnross. Et, à Glen Arrin, il nous a protégés pendant la bataille, avant que vous arriviez avec vos hommes. C'est tout.

— Vraiment ?

Il ne la croyait pas. Elle cherchait manifestement à le protéger.

— Lui as-tu appris à écrire ?

Les larmes lui montèrent aux yeux, mais elle poursuivit avec franchise.

— Oui.

Il serra les poings. Qu'elle le reconnaisse signifiait qu'elle avait passé du temps avec lui, et cette seule idée lui donna envie de fouetter l'Écossais à mort.

À cet instant, le comte de Penrith entra dans la grande salle. Il posa les yeux sur Marguerite, qui l'implora en silence. MacKinloch les regarda tous les deux, et Guy remarqua l'air possessif de l'Écossais. Cet homme croyait de toute évidence qu'il pourrait s'imposer dans la vie de Marguerite.

Guy se moquait des mensonges qui avaient été dits, ou de ce qui s'était passé. Mais il ne laisserait personne menacer l'avenir de sa fille. Encore moins un vulgaire Écossais, incapable de parler.

Lord Penrith fit alors un pas en avant et les interrompit :

— Ce matin, Lady Marguerite et moi avons trouvé un accord à propos de nos fiançailles.

Son regard se voulait rassurant. Lorsque Guy se tourna vers sa fille, il vit la douleur qui faisait vibrer ses prunelles azur. Elle eut au moins le mérite de ne pas contredire le comte. Penrith vint se placer à côté d'elle et lui prit la main. Tout ce qui appartenait au passé, annonça-t-il, ne serait pas reproché à Marguerite, et leur alliance n'était pas en danger. Guy chercha le regard de sa fille pour confirmation ; elle hocha la tête en silence.

Le duc se tourna alors de nouveau vers l'Écossais. Il voulait savoir qui avait assassiné les Anglais de l'avant-poste.

— Vous étiez sur place, la nuit où la garnison a été attaquée, n'est-ce pas ?

Callum acquiesça.

— Il a été témoin de l'attaque, intervint Marguerite. La flèche que vous avez trouvée est la sienne. Il l'a tirée en voulant arrêter les agresseurs.

Avant qu'il puisse ajouter autre chose, elle continua :

— Je lui avais dit de ne pas rester au château. Il savait qu'il risquait d'être tenu pour responsable et exécuté.

Ce qui se passerait, songea Guy, si l'homme était reconnu coupable. La voix de sa fille vibrait sous l'effet de la peur. Il essaya de l'utiliser à son avantage.

— Pourquoi étiez-vous là-bas, cette nuit-là ? demanda-t-il à MacKinloch.

Ce dernier écrivit quelques mots sur le parchemin et le lui tendit.

— Il croyait que des prisonniers étaient retenus dans l'avant-poste, expliqua encore Marguerite, en déchiffrant son écriture. Il voulait les libérer.

— Et pourquoi devrais-je vous croire innocent ? renchérit le duc.

MacKinloch ne répondit pas et posa la plume. Puis il le considéra durement, le mettant même au défi de l'emprisonner.

— Il est resté au château au lieu de s'enfuir comme les autres, protesta de nouveau Marguerite. Et, lorsqu'il vous donnera les noms des responsables de ces meurtres, vous devrez les punir.

— Je n'ai aucune raison de lui accorder ma confiance ! Mais je l'interrogerai plus tard.

Marguerite fit un pas en avant et lui prit le bras.

— Je sais ce que cela signifie.

La terreur qui brillait au fond de ses yeux ne fit que lui confirmer qu'elle nourrissait des sentiments pour l'Écossais.

— Pas de torture, l'implora-t-elle. Je vous en supplie, laissez-le partir.

Guy ne répondit rien, le regard braqué sur MacKinloch. Le visage de l'homme ne reflétait aucune peur, seulement de l'acceptation.

— J'emploierai tous les moyens nécessaires pour découvrir la vérité, répondit-il, en ôtant la main de Marguerite de son bras.

— S'il vous plaît, murmura-t-elle.

Il la laissa tirer ses propres conclusions. Bien souvent, la menace de la torture suffisait à faire parler un homme, surtout s'il l'avait déjà vécue. Il fit signe à ses hommes de placer Callum MacKinloch en prison.

— Emmenez-le. Je m'entretiendrai avec lui plus tard.

Marguerite avait l'air ravagé, mais ne discuta pas. Elle attendit que MacKinloch soit parti pour se tourner vers lui.

— Toute ma vie, je vous ai obéi ! commença-t-elle avec véhémence. J'ai accepté d'épouser l'homme de votre choix et je n'ai rien demandé en retour.

Les sanglots qu'elle retenait faisaient trembler sa voix.

— Père, je vous demande seulement de le laisser repartir à Glen Arrin.

— T'a-t-il touchée ?

Elle pencha la tête et fit « non ». Mais la culpabilité et la gêne qui se peignirent sur ses traits ne lui échappèrent pas. C'était un autre mensonge.

Seigneur, il allait réduire cet Écossais en charpie !

— Monsieur le duc...

Le comte s'interposa entre eux et prit la main de Marguerite.

— Le passé appartient au passé. Je connais les sentiments de votre fille et je pense que notre mariage ne prendra qu'un meilleur départ, s'il commence par un pardon.

Guy étudia Lord Penrith, se demandant s'il disait la vérité. Il n'y avait aucune trace de colère sur son visage, et il n'avait pas l'impression qu'il considérait Marguerite comme fautive. Il se détendit un peu.

— Que dites-vous, Marguerite ?

Elle avait l'air misérable, et un pli amer lui déformait la bouche.

— Je compte honorer mon engagement, dit-elle en levant les yeux vers lui, le teint blême. Mais, si jamais je découvre que vous avez fait du mal à Callum, je n'épouserai ni le comte ni aucun autre homme !

Son obstination prit Guy de court.

— Tu n'as aucun droit de me menacer, ma fille ! Tu devrais plutôt te montrer reconnaissante à l'égard du comte pour sa bienveillance.

— Je suis prête à rompre ma promesse, si vous le menacez.

Elle était sérieuse. Elle s'était exprimée d'une voix tranquille, mais il ne doutait pas de sa sincérité. Elle avait beaucoup gagné en assurance, ces derniers temps.

Comment en étaient-ils arrivés là ? se demanda-t-il

avec regret. Il ne comprenait pas ce qu'elle trouvait à cet Écossais. Cet homme était tellement pauvre qu'il n'avait rien à lui offrir ! Il cherchait certainement à profiter de ses sentiments pour s'élever.

Marguerite était beaucoup trop aimable, beaucoup trop douce. Il était prêt à remuer ciel et terre pour la protéger.

— Je te promets de ne pas lui faire de mal, dit-il.

En revanche, il avait les moyens de s'assurer que MacKinloch ne la revoie plus jamais. Des moyens auxquels le commun des mortels ne survivait pas, sans qu'il ait besoin de lever la main sur lui.

Le soulagement qui passa sur le visage de Marguerite le dérangea.

— Tant qu'il est en sécurité et en vie, je tiendrai parole.

Mais elle ne regarda pas le comte. Il n'y avait aucun espoir d'affection entre eux. Guy hocha la tête, tout en se jurant de mettre un terme à ce qu'il y avait entre Marguerite et l'Écossais. Et la seule raison qui justifiait qu'il le laisse en vie était que sa fille accepte de se marier.

Deux jours plus tard

— Vous êtes bien agitée, milady.

Marguerite arrêta de faire les cent pas. Lord Penrith avait raison. Ils se trouvaient dans le solarium, et Lady Beatrice était occupée à coudre dans un coin. Marguerite décocha un regard dans sa direction, et le comte comprit ce qu'elle voulait. Il alla s'entretenir avec sa tante et, bientôt, ils restèrent seuls.

Marguerite avait l'impression que les murs se refermaient

sur elle. Callum était retenu prisonnier au sous-sol du château. Des gardes le surveillaient nuit et jour.

— Ils ne me laisseront pas le voir, dit-elle. Je crains que mon père n'ait pas tenu sa promesse.

C'était étrange de se confier à cet homme.

Il traversa la pièce et lui prit les mains. Ses paumes étaient chaudes ; il paraissait inquiet.

— Jusqu'à présent, il l'a fait.

Marguerite l'observa de près avant de lui demander :

— Me libéreriez-vous de ma promesse, si je vous le demandais à nouveau ?

Il garda le silence quelques instants sans lui lâcher les mains.

— Non, Lady Marguerite. J'ai l'intention de vous épouser, comme nous en sommes convenus.

— Pourquoi ? demanda-t-elle, incapable de le comprendre.

— Comme je vous l'ai déjà expliqué, j'ai besoin d'un héritier et d'une épouse. Et la dot que votre père vous a constituée est généreuse, ce qui me permettra de reconstruire mon domaine.

— Une autre femme en ferait de même.

— Non.

Elle se libéra de son étreinte et lui enlaça la taille.

— Je suis désolée, Lord Penrith, mais je ne peux pas abandonner Callum. Je lui appartiens.

— Dans quelques jours, nous serons mariés et je vous emmènerai en Angleterre, reprit-il. Vous serez alors la dame de mon château, et vous le gouvernerez en mon absence. Les gens de ma maison verront un mari et une femme bons amis. Mais je ne partagerai pas votre couche.

Elle blêmit.

— Pourquoi cela ? Si vous voulez un héritier, alors...

Un sourire moqueur plana sur ses lèvres.

— Mes goûts ne me font pas pencher vers les femmes.

Soudain, la vérité se fit jour. Elle comprenait enfin pourquoi il n'avait pas essayé une seule fois de l'embrasser ou de rechercher son affection. Le comte désirait son amitié, rien de plus.

— Vous comprenez maintenant pourquoi cela m'est égal que vous preniez un amant, tant que vous restez discrète. Personne n'a besoin de le savoir.

Marguerite ferma les yeux.

— Callum n'acceptera jamais. Sa famille et sa maison se trouvent en Écosse.

Elle prit une inspiration et lui fit face.

— Il doit bien y avoir une autre solution.

Le comte lui prit de nouveau la main.

— Votre père vous a fait clairement connaître sa volonté, et moi aussi. Si vous m'épousez, vous pourrez avoir tout ce que vous voulez, Marguerite. Mais, si vous refusez, votre amant sera accusé de meurtre.

À cette idée, sa bouche se remplit d'amertume. Elle savait à quel point Callum serait en colère, si elle épousait le comte, mais elle ne voyait pas d'autre moyen pour lui sauver la vie.

— Qu'a prévu mon père ?

— Après notre mariage, il a l'intention de renvoyer l'Écossais dans son clan. D'ici là, il le retiendra pour le questionner.

Elle ferma les yeux, méfiante.

— Accepteriez-vous de prévenir les MacKinloch, à Glen Arrin ? Ses frères viendront sûrement l'aider.

— Oui, je peux le faire.

Mais elle comprit ce qu'il ne dit pas. *À condition que notre mariage ait bien lieu.* Elle ignorait si elle était capable de tenir cette promesse, mais elle se sentait reconnaissante qu'il accepte de lui venir en aide.

— Il faut que je voie Callum, l'implora-t-elle. Je dois m'assurer qu'il n'a pas été blessé.

Le comte l'attira à lui et posa une main sur sa nuque.

— Je peux faire le nécessaire.

Le regard qu'il lui lança la transperça.

— Vous pourrez le rejoindre dès ce soir, si tel est votre souhait.

Un frisson la parcourut, tandis qu'il lui caressait la joue de son pouce.

— Mais rappelez-vous, Marguerite. J'ai besoin que vous me donniez un enfant.

Des traces de sang noires maculaient le sol en pierre, au milieu des chaînes. Callum tendit la main vers l'un des fers et son cœur se serra. On ne l'avait pas enchaîné, mais il était prisonnier. Le duc n'était pas venu. Personne ne l'avait interrogé. On l'avait laissé dans l'obscurité, tout en sachant que l'attente le conduirait vers une folie que seule la captivité pouvait entraîner.

Chaque heure, chaque instant qu'il passait dans le noir lui faisait perdre la notion du temps. Il n'y avait aucun autre prisonnier avec lui et l'isolement le ramena aux moments les plus durs qu'il avait eu à traverser.

Il se recroquevilla tout au fond de la cellule contre le mur, puis se laissa glisser sur le sol en terre battue. Combien de fois avait-il senti le fouet s'abattre sur ses épaules, et entendu les railleries des soldats ? Il avait été brisé si souvent que c'était un miracle qu'il soit encore combatif.

Il ferma les yeux et le passé surgit de nouveau. L'air de la cellule était frais et humide, comme la nuit où il avait failli mourir. Bram et lui avaient été séparés, et les soldats l'avaient conduit auprès de Lord Cairnross.

Il serra la chaîne en fer, qu'il sentait lourde dans sa paume. Ce soir-là, on lui avait déchiré sa tunique, dénudant son dos, et on l'avait attaché à un poteau. Un homme tenait en outre une lame tranchante contre sa gorge.

— Tu es tellement jeune, mon garçon, avait dit Cairnross. Tu as à peine dix-huit ans, est-ce que je me trompe ? Tu as grandi avec des chaînes. Et ton frère nous a encore causé des ennuis. Mais ce soir tout cela sera terminé.

Il avait serré les dents, en contemplant le sol en terre. *Ne dis pas un mot*, s'était-il répété. Lorsque le fouet s'était abattu la première fois sur lui, il s'était mordu si fort la langue qu'il avait senti le goût du sang dans sa bouche.

— Ton frère payera ses erreurs de ta vie, poursuivit Cairnross. Dès l'instant où tu crieras de douleur, tu auras la gorge tranchée. Ou alors, tu seras battu à mort. Le choix t'appartient.

L'horreur l'avait pétrifié. Il s'était débattu pour se défaire de ses liens, se détacher du poteau, mais les cordes lui serraient si fort les poignets que la peau lui brûlait. Le fouet s'était abattu, encore et encore, et il s'était mordu les lèvres tellement fort que la douleur faisait écho à celle de son dos. La lame de l'épée se trouvait entre sa gorge et le poteau, et la peur le consumait.

Il ne voulait pas mourir. Il n'avait jamais eu la chance de vivre ou de s'échapper des chaînes qui l'avaient tenu dans l'obscurité. Son corps tremblait sous les assauts du fouet. Ses genoux se dérobaient sous son poids.

— Crie, bon sang ! avait hurlé Cairnross.

Mais il avait refusé de toute son âme de lui donner satisfaction. Tout au fond de lui, il avait trouvé un espace fait de silence. Un lieu où il se sentait fort, et où personne ne pouvait l'atteindre. Il allait peut-être mourir ce soir-là, avait-il songé. Très certainement, d'ailleurs. Mais il ne lui ferait pas le plaisir de crier.

Il avait étouffé tous les sons, tandis que ses genoux pliaient. Il s'attendait à tout instant à ce que l'épée lui morde la gorge, mais ce moment n'était jamais arrivé. Le soldat la pressait contre sa gorge, mais n'entamait pas la peau.

Les minutes étaient devenues des heures, et les coups avaient faibli. Au fond de lui, il avait atteint un lieu de paix, un lieu où la douleur n'existait plus, malgré les coups de fouet.

Il ne prononçait toujours aucun son.

Le soldat qui tenait la lame avait alors commencé à murmurer une prière en latin. Callum n'en comprenait pas les mots, mais l'intention si : il implorait la pitié de Dieu.

Était-ce le moment où la lame allait mettre un terme à sa vie ? Il ne tenait plus sur ses jambes. S'il ne s'était pas encore écroulé par terre, c'était parce que les cordes le maintenaient au poteau. Son dos était à vif et en sang. Cairnross s'en était allé, accordant une petite victoire, car il n'avait pas émis un son, pas poussé un gémissement.

— Laisse-le, avait soudain ordonné le soldat qui tenait l'épée. Il sera bientôt mort.

Mais Bram l'avait trouvé. Il avait soigné son corps meurtri sans chercher à cacher ses larmes tandis qu'il pansait ses blessures. Il l'avait veillé et avait prié toutes les nuits durant lesquelles la fièvre avait failli l'emporter et où il s'était battu pour rester en vie.

Il avait survécu, mais au prix de sa voix.

Un doux bruit de pas chassa ces visions. Et il eut le bonheur de voir Marguerite descendre les marches menant à sa cellule, l'air déterminé.

Il avait à peine conscience des ordres qu'elle lançait aux gardes, et il ignorait pourquoi elle était là. Les murs lui paraissaient trop proches, et augmentaient sa sensation de malaise. Marguerite avait raison : il n'aurait jamais dû revenir au château. Son immense besoin de liberté ne faisait qu'augmenter, jusqu'à devenir insupportable. Mais Guy de Montpierre ne le laisserait pas retourner vers les siens.

— J'ai essayé de venir plus tôt, Callum. Je vous le jure.

Il ne lui demanda pas comment elle avait fait et, lorsqu'il sentit ses bras se refermer sur lui, il ferma les yeux et huma son parfum. Quand elle lui toucha le dos, il frémit pour chasser de sa mémoire la douleur qui le hantait encore.

— Vous allez bien ? demanda-t-elle, inquiète. Personne ne vous a fait du mal ?

— Non, répondit-il péniblement.

Il l'assit sur ses genoux, le dos collé contre le mur. La tenir dans ses bras fit s'évanouir les ombres du passé, et le ramena à l'instant présent.

— Vous tremblez ! Laissez-moi vous réchauffer, proposa-t-elle.

Elle enroula les bras autour de son cou, et se lova contre lui. Le fait qu'elle soit venue le retrouver, prête à prendre tous les risques pour lui, représentait plus que ce que quiconque avait jamais fait pour lui.

— Vous... allez... épouser... ?

Il ne parvint pas à énoncer la phrase complète.

— Vous parlez ! s'émerveilla-t-elle à voix basse. Je ne vous ai jamais entendu dire autant de mots !

Elle se pencha pour l'embrasser tendrement.

Il le faisait pour elle. Elle avait su l'atteindre et débloquer son mutisme. Il ne voulait pas savoir comment ni pourquoi, et se contenta de répéter la question.

— Allez... vous... l'épouser ?

— Je ferai tout ce qu'il faudra pour vous sauver la vie, Callum.

L'idée qu'elle se sacrifie pour lui ne fit qu'accroître sa frustration.

— Non ! dit-il durement contre sa bouche.

Il l'embrassa avec fougue et prit son visage entre ses mains.

— Vous êtes à moi, Marguerite. Pour toujours.

— Si je refuse d'honorer ma promesse de mariage avec le comte, mon père vous fera du mal. Je ne pourrai pas vivre, si je suis responsable de cela.

Elle lui caressa le dos et il jeta un regard inquiet vers la porte.

— Ils... savent... ?

Les autres mots restèrent coincés dans sa gorge et il s'efforça de rester calme. *Un mot à la fois*, songea-t-il.

— ... Savent... que tu... es ici ? dit-il enfin.

Il imaginait très bien la réaction du duc, s'il apprenait que Marguerite se trouvait avec lui.

Elle secoua la tête.

— Nous sommes au milieu de la nuit et presque tout le monde dort. Lord Penrith...

Elle rougit en mentionnant le comte.

— ... Il m'a donné la possibilité de venir vous dire au revoir.

Au revoir ? Comme si elle avait déjà pris la décision de rester avec Penrith ? Sa colère à l'égard du comte grandit encore. Pas un seul instant il ne croyait cet homme capable d'accepter que Marguerite reste seule avec un prisonnier.

Il ravala cependant sa colère et se força à lui répondre.

— Vraiment ?

Marguerite prit son visage en coupe et changea de sujet.

— Qui étaient ces hommes qui ont tué les soldats anglais ?

Il lui donna leurs noms, mais leur sort le laissait indifférent. C'était au duc de rendre justice. Pourtant, Marguerite semblait vouloir retenir ces identités.

— Je le dirai à mon père.

Cela ne servirait à rien.

Il inspira et reprit :

— Ils... ne vous croiront pas. Ma parole... contre la leur.

Il lui caressa la joue et la contempla, tandis qu'elle se calait avec douceur contre sa paume. Que les coupables soient arrêtés ou pas, il ne faisait aucun doute que le duc trouverait un moyen de le punir pour le temps qu'il avait passé avec Marguerite.

Il n'en avait cure. Sa vie avait été un calvaire, et Marguerite un précieux présent. Un présent qu'il ne méritait pas. Qu'il n'avait jamais mérité.

Elle joua un instant avec le pendentif en verre qu'il lui avait offert.

— Je vais essayer de vous faire sortir de là. Il va falloir que je soudoie d'autres gardes.

Il ne se faisait aucune illusion : ses efforts seraient vains. Il ne partirait que si le duc donnait son accord.

Pour l'instant, il voulait surtout profiter de ce moment avec elle.

— Restez, murmura-t-il contre sa gorge.

Il posa les lèvres au creux de son cou, et sentit son pouls qui battait sous sa peau.

— Aussi longtemps... que possible, ajouta-t-il.

Elle changea de position et l'enjamba. Aussitôt, Callum sentit son sexe durcir. Il se souvenait de ce jour où il l'avait prise sur le sable. À la faible lueur des torches, les prunelles de Marguerite étaient lumineuses. Tout son corps l'excitait.

— Vous... vous souvenez ? murmura-t-il.

— Oui. Je me souviens de tous les moments que nous avons passés ensemble.

Son visage se transforma et révéla ses désirs.

— J'en ai eu le souffle coupé.

Elle se frotta à lui et il passa les mains sous ses jupes pour caresser ses jambes nues. Elle ouvrit légèrement la bouche, sous le choc, lorsque ses mains remontèrent le long de ses mollets et effleurèrent l'arrière de ses genoux. Un frisson la parcourut et elle passa les mains sous sa tunique.

— Vous êtes le seul homme que je désire, avoua-t-elle en lui caressant le torse. Je souhaite me réveiller à vos côtés chaque matin. C'est vous que je veux, Callum, et personne d'autre.

— Alors, ne partez pas, implora-t-il.

Sa main partit à l'assaut de sa hanche et se glissa entre ses cuisses.

Jamais le comte ne vous offrira autant de plaisir, voulait-il lui faire comprendre ainsi.

Elle ferma les yeux et poussa un soupir, lorsqu'il effleura son sexe. Elle se mordit les lèvres et il l'entendit gémir.

— Pas… un bruit, Marguerite, murmura-t-il contre sa peau.

Elle était humide contre sa main, et elle le désirait avec une force qui la dépassait. Il la tourmentait avec ses caresses si intimes… Ses seins brûlaient d'être touchés, et elle entreprit de desserrer les liens de la cotte qu'elle portait. Il était dangereux d'être là, avec lui, pendant que le reste du château dormait, car, à n'importe quel moment, quelqu'un pouvait les surprendre.

Ils n'avaient pas le temps de faire tendrement l'amour. Non, leur désir était désespéré. Elle avait hâte de l'accueillir en elle et de savourer leurs derniers moments ensemble. Si le comte décidait un jour de partager sa couche, en dépit de ses confidences et de ce qu'il lui avait assuré, elle garderait ce souvenir dans son cœur.

Callum sortit les mains de sous sa robe pour lui toucher les épaules. Marguerite sentait son hésitation et sa peur d'être surpris.

— S'il vous plaît, chuchota-t-elle, en posant les mains sur son tartan.

Callum prit une courte inspiration lorsqu'elle atteignit son sexe lourd et dur.

Elle le caressa alors en silence, l'explora à travers la laine rêche.

— S'il vous plaît, implora-t-elle de nouveau.

Pour toute réponse, il baissa sa robe et lui dénuda une épaule. Les bras de Marguerite restèrent prisonniers de ses manches étroites, tandis qu'il lui dénudait les seins. Puis il se pencha vers elle et les excita de sa langue. Il la goûta et éveilla en elle le plaisir sombre que lui seul pouvait lui offrir.

Elle sentit contre sa main son sexe se tendre encore plus. Tandis qu'il la tourmentait, elle enroula les doigts autour de lui et poursuivit ses caresses. Il parvint à défaire les boutons de son pantalon et, bientôt, elle sentit la chaleur de son membre à l'entrée de son sexe humide.

— Pas un bruit, murmura-t-il de nouveau, en lui soulevant les hanches.

Il la pénétra facilement, comme s'ils étaient faits pour s'unir. Puis il la fit glisser sur lui, afin de se loger plus profondément en elle, sans cesser d'embrasser sa peau nue.

Marguerite s'efforça de rester muette, tandis qu'il la prenait doucement, tout en lui léchant et lui mordillant les seins. Elle sentit une forte chaleur remonter vers sa gorge et ses épaules. Callum s'empara ensuite de ses fesses. Son sexe était tellement dur que c'en était presque douloureux. Le tourment de ne pas pouvoir parler ne faisait qu'accroître les sensations.

Soudain, il se retira d'elle et se leva.

Marguerite était sur le point de protester, lorsqu'il la prit dans ses bras et la plaqua contre le mur. Il remonta ensuite ses jupes jusqu'à la taille et la serra très fort avant de la pénétrer de nouveau. Elle se sentait fiévreuse, brûlante de désir pour lui.

De sa voix rauque et hachée, il lui raconta la nuit où il

avait perdu la parole, et l'horreur de l'épée sur sa gorge. Elle le serra contre lui et il la pénétra tout en lui expliquant comment il avait failli mourir.

Marguerite sentit les larmes lui monter aux yeux, mais elle ne l'arrêta pas, le laissant lui confier toutes les horreurs qu'il avait vécues.

— J'ai survécu, dit-il, toujours en elle.

Il plaça les jambes de Marguerite autour de sa taille, et glissa les doigts entre ses cuisses.

— Mais vous m'avez donné... une raison de me battre. Une raison de vivre.

Il essuya ses larmes, sans cesser de la caresser. Marguerite avait l'impression de le sentir partout, avec ses mains, avec son sexe. Ses sensations étaient amplifiées et elle guida ses caresses là où elle avait envie qu'il la touche. Elle ondula du bassin, tandis que les mains de Callum l'amenaient plus près de l'abîme.

— Je t'aime, lui dit-elle en plantant son regard dans le sien.

Les mots parurent le frapper comme la foudre, et il s'immobilisa, leurs corps unis dans un même élan.

— Je t'aime... Marguerite, dit-il à son tour, de sa voix rauque, mais il avait prononcé très clairement chacun de ses mots.

Elle sentit alors son cœur brûler de bonheur. Les mains de Callum continuèrent de la caresser tendrement, en rythme, jusqu'à ce qu'elle atteigne le point de non-retour. Elle réprima un cri et, tandis que les ondes du plaisir montaient en elle, Callum referma les lèvres sur son sein qu'il aspira doucement.

— Je t'aime, répéta-t-il.

Puis ses gestes devinrent plus avides, ses coups de

reins plus puissants. Il accéléra la cadence, la pénétrant si fort qu'elle jouit de nouveau. L'intensité du plaisir lui fit monter les larmes aux yeux.

Elle ne se souciait plus de savoir où ils étaient, ni même que quelqu'un les surprenne. Elle voulait lui donner le même plaisir que celui qu'elle avait reçu. Elle partit à sa rencontre et ondula de concert avec lui. Elle resserra les jambes autour de sa taille, et il la plaqua de nouveau contre le mur. Elle vit sur son visage les efforts qu'il faisait, et accueillit avec bonheur ses coups de reins répétés.

— Ne l'épousez pas, Marguerite.

— Je vais trouver une solution. Je vous le jure.

Lorsqu'il jouit à son tour en grognant, elle ne put que le serrer dans ses bras. Des larmes lui échappèrent et roulèrent sur ses joues, car elle ne voyait pas comment elle allait pouvoir faire sa vie avec cet homme.

Et cette incertitude lui brisa le cœur.

13

Elle partit une heure plus tard. L'obscurité l'enveloppa, ne laissant à Callum qu'un souvenir. Il sentit son parfum sur lui et ferma les yeux, avant de s'adosser contre le mur.

Il parlerait au duc, le jour même, pour sortir de cette prison, bien qu'il sache que celui-ci le laisserait pourrir dans sa geôle avec joie, s'il le pouvait.

Soudain, le bruit des gardes qui revenaient interrompit ses réflexions. La voix d'un homme brisa le silence, et une silhouette enchaînée tomba au sol, non loin de lui. Dans le noir, il était difficile de voir de qui il s'agissait, mais Callum distingua sur lui les marques caractéristiques du fouet.

— C'est toi, MacKinloch ?

Callum reconnut la voix de Sileas.

Malgré ses poignets entravés, ce dernier parvint à s'approcher de lui.

Callum ne lui répondit pas, préférant le laisser penser qu'il ne pouvait toujours pas parler. Sileas s'effondra contre le mur à côté de lui, la tête sur les genoux.

— J'espère que tu as dit tes prières hier soir, car aujourd'hui nous allons mourir.

Il le regarda fixement et attendit qu'il poursuive.

— Je leur ai donné des noms, et je leur ai dit que tu étais avec nous.

Une grimace lui déforma la bouche.

— On va nous pendre.

Callum ne doutait pas que le duc le jugerait coupable, même si son seul crime était d'avoir osé aimer Marguerite.

Pendant l'heure qui suivit, il entendit à peine ce que disait Sileas, car il cherchait un moyen de s'enfuir. Ses mains étaient détachées et seuls les gardes s'interposaient entre la liberté et lui. Il devait saisir l'unique chance qui s'offrait à lui.

Il fouilla sa cellule, à la recherche de quelque chose qui pourrait lui servir d'arme. Pas de caillou, pas de lame, absolument rien d'utile. La discrétion et la surprise étaient ses seuls atouts.

Sileas marmonnait des prières. Il était évident qu'il avait déjà capitulé. Callum se leva et se dirigea vers l'escalier, loin des oreilles indiscrètes du vieil homme.

Une fois qu'il fut en haut, les deux gardes lui bloquèrent le passage.

— Je veux... parler au duc, demanda-t-il, frustré d'entendre sa voix rocailleuse et hésitante.

Le premier soldat parut surpris de l'entendre émettre un son. Il se contenta cependant de hausser les épaules, avant de répondre :

— Vous serez amené devant lui à midi.

— Pourquoi ?

L'homme ne répondit pas et Callum en déduisit que les allégations de Sileas, selon lesquelles ils allaient être exécutés, étaient vraies.

— Qui d'autre ? demanda-t-il.

Le garde énuméra les noms de ceux qui avaient participé à l'attaque, avant de conclure :

— Le vieil homme, Iagar Campbell et vous-même.

Il prit un air grave et ajouta :

— Si vous croyez pouvoir y échapper, vous vous trompez.

Marguerite avait juré qu'elle n'épouserait pas le comte, s'il lui arrivait malheur. Il était fort probable, cependant, qu'elle ne soit pas là pour assister à son exécution. Son père inventerait certainement un stratagème.

— Il veut vous faire disparaître, MacKinloch, à cause de la lady.

Callum n'en doutait pas. Guy de Montpierre n'hésiterait pas à le punir pour avoir touché à Marguerite. La plupart des hommes auraient été saisis d'effroi à l'idée de n'avoir plus que quelques heures à vivre. Pas lui. Il avait affronté sa propre mort de si nombreuses fois qu'il préféra ne pas se laisser détourner de son objectif. Il trouverait un moyen de s'échapper, au moment où ses geôliers s'y attendraient le moins.

Il fit un pas en arrière, comme s'il s'apprêtait à rebrousser chemin, puis feignit de trébucher et percuta le garde. Il murmura une excuse avant de se replier dans l'ombre. Ce faisant, il glissa sous sa tunique la dague qu'il venait de voler. Cette arme ne serait pas de trop, le moment voulu.

Le soleil de l'après-midi diffusait sa lumière à travers les nuages floconneux. De la fenêtre de sa chambre, Marguerite aperçut les prisonniers rassemblés dans la cour, ceux dont elle avait donné les noms à son père. Justice allait être rendue pour les meurtriers.

Elle entendit frapper doucement à sa porte. Elle

invita son visiteur à entrer. C'était le comte de Penrith ; il paraissait tendu.

— Vous devriez descendre, Marguerite.

— Je n'ai nullement envie de voir ces hommes pendus. Même pour meurtre.

— Et qu'en est-il de votre amant ? Ne le laisserez-vous pas vous voir une dernière fois avant de mourir ?

— Callum est parmi eux ? Mais... mon père..., bafouilla-t-elle.

— L'un des gardes que j'ai soudoyés la nuit dernière est allé lui dire que vous aviez passé plusieurs heures ensemble.

Il baissa les yeux sur son ventre.

— Est-il possible que vous soyez enceinte ? ajouta-t-il.

Marguerite sentit ses joues brûler de honte.

— Je l'ignore.

— Si vous voulez qu'il vive, sachez que le temps lui est compté.

Marguerite rassembla ses jupes et sortit précipitamment de sa chambre, suivie du comte.

Elle dévala l'escalier, et traversa la grande salle en courant, avant de s'élancer vers une nouvelle volée de marches qui conduisait à l'endroit où les hommes avaient été rassemblés. Comme Penrith le lui avait indiqué, Callum se trouvait parmi eux, un peu en retrait, les mains attachées derrière le dos. Une rangée de sept nœuds s'alignait sur l'échafaud, un pour chaque homme. Son père se tenait face à eux et les regardait, pendant qu'on énonçait les charges retenues contre eux. Elle s'élança vers lui.

— Xavier m'a dit que tu étais allée retrouver cet Écossais. Est-ce vrai que tu as passé une partie de la nuit avec lui ?

Il n'était pas si facile de lui répondre. Aucun mot ne pouvait lui faire comprendre sa démarche.

À la place, elle prit son courage à deux mains et déclara :

— Si vous l'exécutez, je n'épouserai pas Lord Penrith.

— Je suis ton père, murmura-t-il d'une voix dure. Je t'ai procuré tout ce que tu voulais. Est-ce donc ainsi que tu me remercies ? En te donnant à un homme qui ne possède rien ? Qui ne pourra jamais t'offrir la vie que je veux pour toi ?

— C'est *ma* vie, répondit-elle calmement. Et il serait capable de traverser l'enfer, si je le lui demandais. Ne croyez-vous pas qu'il aurait pu partir à n'importe quel moment ? Il est resté pour moi.

— Dans ce cas, ton visage sera la dernière chose qu'il verra avant de mourir.

Marguerite sentit son sang se figer dans ses veines. Tous ses muscles étaient comme engourdis à l'idée que Callum puisse subir le même sort que les autres hommes.

— Ne faites pas cela. Il est innocent. Il a essayé de les arrêter, ce soir-là.

— Marguerite, reprit son père d'une voix lasse. Crois-tu vraiment qu'il est jugé pour les meurtres commis à l'avant-poste ?

Non, il allait mourir parce qu'elle avait osé aimer un homme qui n'était pas issu de son rang. Parce qu'elle lui avait donné sa vertu par amour, et non par devoir.

— Si vous le tuez, je ne vous parlerai jamais plus, le prévint-elle. Vous ne ferez plus partie de ma vie.

Sur cette déclaration, elle avança vers Callum, tandis qu'on commençait à conduire les autres à la potence. Il resta immobile, levant les yeux vers les archers qui se tenaient à quelques pas de lui, puis reporta le regard sur elle.

Elle sentit son cœur chavirer. Elle scruta ses traits austères, ses longs cheveux noirs. Elle refusait de le regarder mourir sans rien faire, mais se sentait totalement impuissante.

Tout va bien se passer, semblait dire le regard de Callum. Elle ne voyait pas comment c'était possible, car il était cerné de tous les côtés.

Soudain, l'un des prisonniers se libéra de ses liens. Marguerite le vit alors s'élancer vers son père, et fut saisie d'horreur en apercevant l'éclat d'une lame de couteau dans sa main. Elle scintillait, tandis que l'homme la brandissait pour poignarder le duc. Ce dernier essaya de le repousser de toutes ses forces.

Une seconde plus tard, une flèche traversa la cour pour venir se planter dans le dos du prisonnier, qui s'affala sur-le-champ.

Tout le monde retint son souffle.

Marguerite s'aperçut alors que Callum avait lui aussi réussi à se libérer de ses liens, qu'il s'était emparé de l'arc d'un archer, et avait sauvé la vie de son père.

Le duc le fixait, sans la moindre reconnaissance. Bien au contraire, il paraissait furieux que Callum ait été son sauveur.

Il s'avança vers lui, enjambant le corps de celui qui avait voulu l'assassiner, et tous deux se défièrent du regard. Marguerite se précipita vers eux mais, en voyant la rage qui étincelait dans le regard de son père, elle s'immobilisa.

— J'ignore quel rôle vous avez joué dans cette attaque, commença le duc, mais certains diraient que vous devriez être pendu pour cela.

— Je n'ai… tué personne, répondit péniblement Callum. Trop tard pour les arrêter.

Le duc le toisa durement avant de se tourner vers Marguerite, avec un air accusateur. Elle sentit toute sa frustration et sa haine à l'égard de l'homme qu'elle aimait.

— Ainsi, vous parlez, poursuivit-il. Je me demande sur quels autres points vous avez menti.

Callum ne releva pas, et Marguerite garda elle aussi le silence. Ils savaient tous deux que la moindre parole de travers pouvait signer l'arrêt de mort de Callum.

Elle décida de jouer une dernière carte. Elle s'agenouilla devant son père, puis elle lui prit la main et en posa la paume sur son front pour l'implorer en silence.

Laissez-lui la vie sauve…

Elle le sentait trembler d'une colère difficilement contenue.

— Emmenez-le au nord, dans les montagnes, ordonna-t-il alors, et laissez-le là-bas !

Secouée, Marguerite se releva. Son père lui tourna le dos sans lui accorder un seul regard. Les soldats entourèrent aussitôt Callum, qui ne fit pas un geste pour leur échapper.

— Je vous laisse la vie sauve en échange de la mienne, dit le duc, mais je vous interdis de vous représenter devant moi. Ou devant ma fille.

En entendant cette sentence, Marguerite eut l'impression qu'une flèche venait de lui transpercer le cœur, annihilant tous ses espoirs. Au bord des larmes, elle ne quitta pas Callum des yeux. Alors que les soldats l'emmenaient, il lui jeta un dernier regard.

Rappelez-vous que vous êtes à moi.

Je ne vous oublierai pas, jura-t-elle en silence. *Mon cœur vous appartient.*

Après son départ, elle tomba à genoux, complètement perdue.

Ils l'abandonnèrent sans rien de plus que les vêtements qu'il avait sur le dos. Sans nourriture, sans eau. Sans abri. C'était ainsi que le duc le condamnait à mort, sans avoir à lever la main sur lui.

Pendant tout le voyage, Callum avait eu les yeux bandés, afin qu'il ne puisse pas se repérer. Il ne pouvait qu'estimer à quelle distance du château ils l'avaient emmené, en priant pour reconnaître le paysage ou rejoindre un clan voisin.

Tout autour de lui s'élevaient des montagnes, au-dessus des prairies. Dans cette partie de l'Écosse, les arbres étaient moins fréquents et, sans son cheval, il allait devoir marcher sur des kilomètres, sans moyen de s'orienter.

Mais, pire que tout, Marguerite allait devoir épouser le comte. Son père ne lui avait pas laissé le choix : sa vie contre ce mariage. Et il s'était écoulé suffisamment de temps pour qu'elle soit devenue la femme de Penrith.

L'idée qu'un autre homme puisse occuper sa place était pour lui une torture.

Il s'agenouilla près d'un ruisseau et s'abreuva d'eau fraîche, tout en essayant d'exorciser de son esprit l'image de celle qu'il aimait dans les bras d'un autre. On lui avait certes laissé la vie, songea-t-il, mais même s'il était capable de survivre la moindre nourriture ingurgitée lui laissait un goût amer dans la bouche. Son sentiment d'impuissance le rendait fou ! Il ignorait où il se trouvait, ou s'il reverrait Marguerite un jour. S'il approchait du château, le duc le tuerait sans hésiter, cette fois.

Tu n'as jamais mérité Marguerite. Elle n'a jamais véritablement été à toi.

La douleur qui hantait son regard, lorsque les gardes l'avaient emmené, le suivrait jusqu'à la fin de sa vie. Elle l'aimait comme il l'aimait. Elle était venue à lui à travers l'obscurité et lui avait apporté la lumière.

Il monta en haut d'une colline en s'accrochant aux hautes herbes. Ses poumons lui brûlaient la poitrine. La faim et le manque de sommeil l'avaient affaibli. Il allait pourtant de l'avant avec obstination, jusqu'à atteindre le sommet.

La lande s'étendait au-dessous de lui, en vagues vertes et régulières. De petits ruisseaux d'eau fendaient les hauteurs et creusaient le sol de sillons argentés.

L'espace d'un instant, il fut tenté de s'allonger par terre et de se laisser partir. Il aurait beau se battre, Marguerite ne serait jamais à lui. Lorsqu'il lui avait demandé de tout abandonner pour le suivre, elle n'avait pas osé. Et son père ne lui accorderait jamais cette liberté.

La vie de la jeune femme était profondément ancrée dans l'univers de la noblesse, une noblesse à laquelle il n'appartiendrait jamais. Mais, au cours de ces quelques instants volés, elle lui avait donné un aperçu du paradis. Il l'avait aimée de toute son âme.

De son promontoire, il regarda le soleil monter dans le ciel, et déverser sur la lande ses rayons d'or. L'immensité de sa solitude présente lui laissait entrevoir ce que seraient les années sans elle.

Parfois, il se demandait si la mort n'aurait pas été un présent, finalement. Il serait resté avec elle jusqu'à son dernier souffle. Mais il n'avait pas voulu renoncer à elle et laisser partir ce rêve. Elle l'avait désiré autant que lui.

Il n'attendrait plus qu'elle prenne une décision, ou qu'elle essaye de s'extirper de l'écheveau de ses obligations. Elle était destinée à lui appartenir, même si personne ne le croyait.

Il se leva, les idées plus claires. Cette fois, il ne lui laisserait pas le choix ! Il l'emmènerait, et au diable les conséquences ! Marguerite méritait qu'il meure pour elle, s'il le fallait.

Depuis son point d'observation, il étudia le paysage, plissant les yeux, à la recherche du moindre élément susceptible de l'aider à s'orienter. Il distingua alors un petit groupe de voyageurs à cheval.

Il descendit la pente à vive allure pour aller à leur rencontre. Arrivé en bas de la colline, il se mit à courir. Il trouverait le moyen de revenir vers elle, peu importe le temps qu'il lui faudrait !

Le vin avait un goût amer, et Marguerite faillit s'étrangler en le buvant. Beatrice la regardait fixement, un sourire satisfait aux lèvres.

Ses horribles soupçons furent confirmés lorsqu'elle découvrit le goût étrange de sa boisson.

— Qu'avez-vous fait ? demanda-t-elle, en jetant sa coupe.

Le liquide sombre se renversa sur le sol. Elle ignorait quelle quantité elle avait bue. Sa tante l'avait-elle empoisonnée ?

Elle vit son père hocher doucement la tête et surprit leurs regards complices.

— Les effets se feront sentir dans une heure, annonça Beatrice, en faisant signe à une servante de ramasser la coupe.

— Les effets ?

Marguerite se toucha les lèvres. De quoi parlaient-ils donc ? s'interrogea-t-elle, l'arrière-goût du breuvage lui emplissant encore la bouche.

— Viens, lui dit son père en quittant son fauteuil sur l'estrade.

Le comte, assis à la gauche de Marguerite, paraissait perplexe.

— Cela ne vous concerne pas, Penrith, lui lança le duc.

Marguerite sentit la peur s'insinuer en elle, tandis que son père lui prenait la main pour la conduire à l'étage, Beatrice sur les talons. Il l'emmena dans sa chambre et renvoya la domestique qui s'y trouvait, occupée à coudre une robe.

Une fois la porte fermée, son père prit la parole.

— Beatrice t'a donné un mélange d'herbes qui permettra de te débarrasser de l'enfant que tu aurais pu concevoir avec MacKinloch.

Marguerite s'effondra sur son lit, glacée de terreur. Même si elle ne pensait pas être enceinte, les actes de son père et de sa tante dépassaient l'entendement. L'idée qu'ils puissent tuer un enfant à naître lui paraissait horrible. Elle posa les mains sur son ventre et croisa le regard déterminé de son père.

— Vous le détestez donc à ce point ? lui demanda-t-elle, tandis que sa tante prenait place sur un siège.

— Oui, répondit-il. Je refuse qu'il profite de ta dot et de toi. Il n'a rien à t'offrir, Marguerite !

Sauf son amour.

Elle avait l'impression de voler en éclats de l'intérieur ; son père ne comprendrait jamais ce qu'elle ressentait pour Callum. Il y avait un mélange de colère et d'inquiétude sur son visage. Une fois de plus, il la traitait comme une petite fille qui lui avait désobéi et devait être punie. À ses yeux, elle était incapable de prendre des décisions par elle-même.

Cela lui fendait le cœur de savoir que ce père qu'elle avait aimé durant toutes ces années s'intéressait plus à ses propres ambitions qu'au bonheur de sa fille. La réalité brutale s'abattit sur elle, tandis que les premiers spasmes lui déchiraient les entrailles.

Elle se recroquevilla sur son lit, terrassée par la douleur. Comme elle avait été naïve de croire qu'avec le temps il finirait par accepter son choix ! Il ne le ferait jamais, comme il ne croirait jamais Callum MacKinloch assez bien pour elle. Choisir de faire sa vie avec l'homme qu'elle aimait revenait à renoncer à tout jamais à sa famille.

Une nouvelle vague de douleur la frappa, et elle se plia en deux ; il lui semblait qu'on lui arrachait une partie d'elle-même.

Au fil des heures qui suivirent, elle resta à souffrir misérablement, le regard tourné vers le mur, tandis que son corps réagissait au poison.

Mais elle ne pleura pas. La souffrance qu'elle ressentait ne pouvait pas être soulagée par des larmes. Elle allait droit à son cœur et annihilait l'adoration qu'elle avait eue pour son père. Et avec elle s'évanouissaient l'obéissance et la loyauté dont elle avait fait preuve envers lui autrefois.

Il n'était plus l'homme qui l'avait prise sur ses genoux pour lui raconter des histoires. Il n'était plus l'homme contre lequel elle posait sa joue, et qui la serrait dans ses bras, tandis qu'elle jouait avec l'anneau d'or à son doigt. Ni celui qui avait juré de la protéger à n'importe quel prix.

Il était devenu l'homme qui avait anéanti tous ses espoirs. Jamais elle ne le lui pardonnerait !

— Callum ! appela Bram.

Callum accéléra le pas, surpris de découvrir, en ces cavaliers aperçus du sommet de la colline, ses trois frères. Un sourire de soulagement lui fendit le visage.

Ils immobilisèrent leurs chevaux, mirent prestement pied à terre et le serrèrent tour à tour dans leurs bras, parlant en même temps.

— Nous avons reçu un message de Marguerite, voilà quelques jours...

— Que fais-tu ici ? Et où est ton cheval ?

— ... Elle disait que tu avais besoin de notre aide.

Callum leva les mains.

— Il s'est passé... beaucoup de choses. Nous parlerons autour d'un repas.

Ses paroles les réduisirent au silence. Alex fut le premier à s'en remettre.

— Tu as retrouvé la voix, Dieu soit loué ! s'écria-t-il avec un sourire radieux.

Bram souffla bruyamment et passa la main dans ses cheveux noirs.

— Oui, nous devons être reconnaissants, sur bien des plans.

Dougal, son plus jeune frère, paraissait stupéfait. Tout en s'occupant des chevaux, il demanda :

— Et Marguerite ?

— Je vais retourner la chercher.

Callum leur expliqua alors les derniers événements, ainsi que ses intentions. Parfois, sa voix flanchait, même si elle gagnait chaque jour en force. Il parvint néanmoins à se faire comprendre.

Ils dressèrent le camp, et ses frères lui offrirent de la nourriture et de l'hydromel pour étancher sa faim et sa soif. Il se sentait soutenu. Ils étaient venus pour l'aider, et cela signifiait tout pour lui.

Plus tard dans la nuit, son frère Bram vint le rejoindre, pendant qu'Alex et Dougal dormaient. Ils s'allongèrent dans l'herbe, le regard tourné vers les étoiles qui parsemaient le ciel noir.

— Ce que tu t'apprêtes à faire est dangereux.

Callum ne le nia pas ; il dit simplement :

— Tu ferais la même chose, s'il s'agissait de Nairna.

— Je serais capable de tuer quiconque essayerait de me l'enlever !

— Alors, tu sais ce que je ressens.

Il effleura le sac accroché à sa ceinture et caressa le ruban délavé que Marguerite lui avait rendu.

— Son père ne la laissera jamais partir. Et moi je ne peux pas... la laisser épouser le comte.

— Le duc sait où nous vivons. Si tu emmènes Marguerite à Glen Arrin, il viendra la chercher avec une armée.

Callum croisa les doigts derrière la nuque.

— Il m'a abandonné ici pour que je meure. Si je reste caché, il croira que j'ai disparu.

— Mérite-t-elle que tu prennes un tel risque ?

— Elle m'a rendu la voix, Bram.

Il ne mentionna pas que Marguerite lui avait également

donné son innocence. Leur lien était devenu plus profond qu'il ne l'avait espéré. Lorsqu'il s'était uni à elle, il avait découvert une autre part de lui-même.

Non, il n'était pas prêt à vivre sans elle.

14

Le bateau les attendait à un demi-mille du rivage environ. Il les emmènerait vers le sud, le long des côtes à l'ouest de l'Écosse, en direction du pays de Galles. Ils poursuivraient ensuite leur voyage à travers terre, jusqu'à la propriété de Lord Penrith, en Angleterre.

Marguerite contempla ses bagages. Elle se sentait seule et perdue. Son père avait accepté la proposition du comte de l'épouser en Angleterre et non en Écosse. Après tous ces événements et ces souvenirs amers, ce serait, avait-il argué, un meilleur départ pour eux. Sans compter que ce voyage la conduirait loin des MacKinloch.

Elle avait souffert le martyre durant plusieurs jours, et continué de saigner jusqu'à ce que l'effet du poison se dissipe totalement. Son corps était faible et son esprit embrumé.

Elle se força à avaler un maigre repas, ce matin-là, mais elle sentait à peine le goût de la nourriture.

Callum avait-il survécu ? Son père avait ordonné qu'on l'emmène au loin, mais elle ignorait dans quelles conditions. Avait-il été abandonné au milieu de nulle part ? Avait-il été tué ?

Ils ne lui avaient laissé ni arme ni nourriture, rien qui

lui permette de survivre au milieu des terres sauvages du Nord. Et elle n'avait aucun moyen de savoir si ses frères l'avaient retrouvé.

L'idée que Callum puisse être mort lui avait ôté son propre désir de vivre. Quelles raisons avait-elle d'aller de l'avant et d'endurer un mariage dont elle ne voulait pas, avec un homme qui ne l'aimerait jamais ? Elle avait l'impression que son père modelait sa vie comme de l'argile, qu'il jouait avec ses espoirs et anéantissait tous ses efforts.

Elle était comme un bateau vide, voguant au gré des ambitions de son géniteur, et dépourvu de toute volonté propre. La colère froide qui l'habitait la transformait cependant de l'intérieur. Quel acte inconsidéré lui permettrait d'obtenir enfin sa liberté ?

Ses domestiques l'aidèrent à passer un surcot rose et une cotte couleur crème, avant de lui tresser les cheveux et de les couvrir d'un voile doré. Une barbette blanche lui couvrait la tête et la gorge. Elle étudia son reflet dans un miroir en argent poli. La femme qu'elle y voyait paraissait calme et sereine mais, en son for intérieur, elle était rongée par l'inquiétude.

Avant de quitter sa chambre, elle se dirigea vers l'un des coffres et en sortit un arc et un carquois de flèches ornées chacune d'une plume noire. Elle les avait récupérés auprès des gardes, après le départ de Callum.

— Milady ? appela l'une des servantes.

Marguerite ne répondit pas. Elle garda l'arme à la main et descendit lentement l'escalier en pierre.

Dehors, son cheval l'attendait. Elle accrocha l'arc et le carquois à la selle. De l'autre côté des premiers remparts,

Lord Penrith supervisait le chargement des biens de sa dot dans des chariots.

Marguerite garda ses distances, tout en l'observant attentivement. De tous les hommes que son père aurait pu lui choisir, le comte n'était pas le pire ; elle ne trouvait rien de désagréable chez lui. Sans son amour pour Callum, elle n'aurait eu aucune réticence à épouser cet homme beau et aimable.

Mais ses sentiments étaient entièrement dévolus au guerrier muet qui lui avait ravi le cœur d'un seul regard. Il lui avait fait découvrir la passion et, avec lui, elle se sentait vivante. Elle s'était peut-être engagée à épouser le comte, mais cela ne changeait rien aux sentiments qu'elle éprouvait pour Callum.

C'est pourquoi, en cet instant, elle avait l'impression d'étouffer. Elle était entraînée dans une direction qu'elle ne devait pas prendre. Elle avait besoin d'une heure pour réfléchir seule, d'un moment pour faire le deuil de son amour perdu.

Le maître des écuries l'aida à monter à cheval et elle se dirigea vers le comte pour lui parler.

— J'aimerais aller me promener, lui dit-elle. Juste une heure avant notre départ.

Il plissa les yeux en apercevant l'arc et le carquois sur la selle.

— Vous ne pouvez pas sortir seule, objecta-t-il, comme s'il craignait qu'elle ne s'enfuie.

En réalité, elle aurait été incapable de survivre seule, même si elle l'avait voulu. Elle ne savait ni comment se procurer de la nourriture, ni comment se construire un abri. Elle mourrait en moins d'un jour, si jamais elle partait.

— Je vous promets de revenir.

— Avez-vous l'intention de vous lancer à sa recherche ? lui demanda-t-il d'un ton neutre, même si son regard trahissait de l'inquiétude.

— Il a été emmené à plusieurs jours de route d'ici. Je ne suis pas assez folle pour imaginer que je pourrai le retrouver en une heure !

— Nous allons embarquer bientôt, lui rappela-t-il.

Il prit sa main dans la sienne et la serra fermement.

— Ne me laisserez-vous pas un peu de temps pour donner libre cours à mon chagrin, milord ? J'ai juste besoin... de quelques instants pour moi.

Même si elle ne faisait rien d'autre que déambuler parmi les arbres, pousser jusqu'au lac où Callum lui avait donné ses premières leçons de natation, cela l'aiderait à sceller ses souvenirs.

Il la regarda fixement, sans comprendre.

— Il y a beaucoup à faire ici avant de partir, Lady Marguerite. Et je ne vous laisserai pas revenir sur vos engagements. Le duc a laissé MacKinloch en vie. Maintenant, vous devez remplir votre part du marché en m'épousant.

Elle baissa les yeux. Elle n'avait plus l'énergie de protester. Elle se sentait tellement perdue, tellement réticente à l'idée de s'offrir à un autre homme, qu'elle ne savait plus quoi faire. Elle laissa son regard errer sur la forêt, se rappelant les jours qu'elle y avait passés avec Callum, et le bonheur qu'elle avait ressenti à dormir dans ses bras.

Le comte soupira et porta sa main à ses lèvres.

— Je suis certainement le plus grand imbécile de la

terre, mais allez-y, partez, si c'est si important pour vous. Vous avez une heure devant vous. Pas une minute de plus.

Marguerite lui sourit et pressa sa main en retour.

— Vous êtes un homme bon.

— Votre dot va m'aider à réparer ma demeure, souligna-t-il de manière pragmatique. Et votre père m'a proposé une grosse somme, pour que je ferme les yeux sur vos agissements passés.

Il croisa les bras et la regarda d'un air méfiant.

— Mais si jamais vous ne revenez pas...

— Je reviendrai, lui promit-elle.

Il l'accompagna jusqu'au pont-levis et, quelques minutes plus tard, elle chevauchait en direction de la forêt. La lumière du soleil filtrait à travers les branches. Elle s'éloigna en direction du lac, tout en laissant ses pensées voguer à la dérive.

Tandis qu'elle s'enfonçait dans les bois, elle sentit naître en elle un étrange malaise, comme si quelqu'un l'observait. Mais il n'y avait personne, seulement quelques bruits imaginaires.

Arrivée au bord du lac, elle ramassa quelques cailloux et les lança dans l'eau, observant la surface qui se troublait.

Mon Dieu, faites qu'il ne lui soit rien arrivé, pria-t-elle. *Laissez-le vivre.*

Comment parviendrait-elle à supporter ce mariage ? L'idée de vivre jour après jour avec un homme qui ne la désirait pas ou, pire, d'avoir à endurer qu'il la touche, afin de concevoir l'héritier qu'il appelait de tous ses vœux, lui donnait envie de se noyer.

Elle revint vers sa jument et décrocha l'arc et le carquois de Callum. L'arme était équilibrée dans sa main. En enroulant les doigts autour du bois, elle sentait la présence et la force de son bien-aimé. Lorsqu'elle essaya de bander l'arc, la corde était tellement dure qu'elle parvint à peine à la tendre. Elle logea une flèche, ignorant si elle parviendrait à tirer.

— Vous voulez une leçon ? demanda une voix grave derrière elle.

L'arc lui tomba des mains et elle se retourna vivement. Callum se tenait à quelques pas d'elle seulement. Sans plus réfléchir, elle se jeta dans ses bras et le serra fiévreusement contre elle. Derrière lui, ses frères les observèrent quelques instants, avant de s'éclipser discrètement.

— Vous êtes en vie ! souffla-t-elle en lui offrant ses lèvres.

Son baiser était un mélange de gratitude et de joie, mêlé à ses larmes.

— Vous allez bien ? demanda-t-elle, en reculant pour mieux le regarder.

Ses traits tirés indiquaient qu'il n'avait pas dormi au cours des derniers jours, mais il ne présentait aucun signe de souffrance. Il passa la main dans ses cheveux soyeux et posa le front contre le sien, avant de lui dire :

— Je suis venu pour vous emmener, Marguerite.

Elle ferma les yeux pour mieux se remplir de lui. Le son de sa voix, si rare par le passé, était une douce musique à ses oreilles. En quelques jours seulement, elle était devenue plus forte, plus fluide.

Dans ses bras, elle se sentait de nouveau comblée. Les promesses qu'elle avait faites au comte ne comptaient plus. Elle ne désirait rien d'autre que tout laisser derrière elle, pour rester avec cet homme.

— Si je pars, murmura-t-elle, je ne reverrai plus jamais ma famille, n'est-ce pas ?

Elle leva les yeux vers lui et le vit hocher la tête. En d'autres temps, cette perspective l'aurait fait hésiter, car elle aurait voulu conserver l'amour de son père et demeurer sa fille bien-aimée. Mais elle voulait aussi cet homme qu'il n'approuverait jamais.

Maintenant, la vérité s'imposait à elle : le temps du choix était venu.

— M'aimerez-vous assez, Callum, si je n'ai plus de famille ?

— Je vous aimerai jusqu'à mon dernier souffle !

Il la serra si fort entre ses bras qu'elle ne sut plus où le corps de Callum finissait et où commençait le sien.

— Parfait.

Elle lui sourit et il lui pressa affectueusement les mains. Puis il ramassa l'arc tombé par terre, et passa le carquois sur une épaule. Tous les doutes de Marguerite s'évanouirent alors. Elle était certaine d'avoir fait le bon choix. Il ne pouvait en être autrement.

Il l'aida à monter sur sa jument et se hissa derrière elle. Ses frères vinrent les rejoindre et Marguerite les remercia. Mais Bram et Alex avaient beau se montrer amicaux, elle sentait la tension qui les habitait.

Dougal accourut alors vers eux à travers les arbres. Il essayait d'afficher un air courageux, mais son regard tourmenté n'échappa pas à Marguerite.

— Ils viennent la chercher !

Marguerite sentit son sang se figer. Le comte s'était confié à son père. Ou peut-être avait-il pressenti la vérité et avait-il lancé ses hommes à sa recherche.

— Qui donc ? demanda Callum, en sortant une flèche de son carquois.

— Des dizaines de soldats. Si nous ne la laissons pas partir, ils nous tueront tous !

Callum sentit Marguerite se raidir. Sa tête s'affaissa et ses mains cherchèrent les siennes.

— J'aurais dû m'en douter, murmura-t-elle. Le comte ne me laissera jamais revenir sur ma promesse.

Callum talonna alors la jument pour s'éloigner vers le nord aussi vite qu'il le pouvait. Ses frères le suivirent et Dougal se dépêcha de les rattraper. Si une armée était à leurs trousses, il y avait peu de chances qu'ils parviennent à la distancer, encore moins à deux sur un cheval. Mais il fallait qu'il essaye.

— Je ne vous laisserai pas, Marguerite.

Elle se pencha en avant et s'agrippa très fort à la selle, mais il sentait sa peur grandir à chaque pas. Une fois sortis de la forêt, ils bifurquèrent vers l'est. Derrière eux, le bruit des chevaux se rapprochait. Il lança rapidement un regard derrière lui, et aperçut au moins trente cavaliers qui fonçaient vers eux.

Alex vint se placer à côté de lui et cria pour couvrir le bruit du vent :

— Ils vont nous rattraper !

Callum l'ignora et essaya d'accélérer l'allure, mais la jument de Marguerite était vieille et n'était pas habituée à galoper aussi vite. Elle s'efforçait d'obéir, mais ils finiraient par perdre leur avance. Ce n'était qu'une question de minutes.

Bram restait en arrière, et Callum comprit qu'il voulait leur faire gagner du temps. Il allait se battre et faire tout ce qu'il pouvait pour les ralentir. Mais l'option du combat était beaucoup trop risquée. Son frère pouvait mourir en laissant derrière lui sa femme enceinte.

Il poussa un juron. Lorsque leur monture atteignit un terrain vallonné, il l'immobilisa. La jument respirait avec difficulté et ses flancs étaient couverts de sueur.

Marguerite était tellement raide, tellement silencieuse, qu'il devinait à quoi elle songeait. Il referma les bras autour d'elle, dans une étreinte qui valait tous les mots. Il fallait qu'elle sache que, s'ils persévéraient, il préférait mourir à ses côtés plutôt que de vivre des milliers de jours sans elle.

— Je ne peux pas laisser vos frères mourir pour nous, dit-elle enfin d'une voix brisée par le chagrin.

Elle lança une jambe sur le côté, pivotant sur la selle, et posa la joue contre son torse, tandis que les soldats approchaient.

— Vous m'avez offert les plus beaux jours de ma vie, Callum. Jamais je n'aimerai personne comme je vous aime.

— Ne partez pas, implora-t-il. Restez avec moi et battez-vous !

Elle lui caressa la joue.

— J'ai toujours su que nos chemins se sépareraient.

Ses yeux bleus s'embuèrent et une larme coula sur sa joue.

— J'avais besoin d'espérer que nous trouverions une solution.

La douleur de la perdre lui fendait l'âme. Il la tint dans ses bras et l'embrassa fougueusement. Son baiser avait le goût des larmes et l'amertume de la perte.

— Gardez-moi dans votre cœur, murmura-t-elle. Vous vivrez toujours dans le mien.

Puis elle descendit de cheval et entama sa marche en direction des soldats qui l'attendaient.

Son père et le comte se trouvaient parmi les poursuivants. Marguerite cessa de marcher à mi-chemin. Lord Penrith leva la main pour faire signe à ses hommes de s'arrêter également. Elle se retourna et, pendant un long moment, soutint le regard vide de Callum. Puis ses frères s'adressèrent à lui, et il leur ordonna de le laisser.

Elle lisait dans ses yeux qu'il ne voulait pas la quitter. Il attendait un signe de sa part indiquant qu'elle resterait avec lui. Mais si elle essayait ses frères et lui mourraient.

Elle ne connaissait qu'un moyen de l'obliger à partir. Elle porta les doigts à ses lèvres, pour lui envoyer un baiser, puis se tourna vers les hommes qui patientaient.

La force de son chagrin lui comprimait la cage thoracique. Elle se dirigea vers l'un des soldats, qui montait Goliath, l'étalon de Callum.

— Donnez-moi votre monture ! lui ordonna-t-elle.

Il obtempéra et elle conduisit l'animal vers Callum, qui attendait toujours, immobile. Il siffla doucement ; le cheval se dirigea aussitôt vers lui. Elle le vit mettre pied à terre, ajuster la selle de sa jument, et la lui renvoyer. Il avait accroché au pommeau le ruban qu'il lui avait dérobé, il y avait longtemps de cela maintenant. Lorsqu'elle l'aperçut, elle comprit qu'il la laissait s'en aller.

Elle lui lança alors un dernier regard, puis il s'éloigna et disparut derrière la colline.

Un soldat l'aida à monter sur sa jument. C'était tout ce qu'elle se sentait capable de faire pour ne pas éclater en sanglots. Elle serra entre ses doigts le morceau de soie délavé et avança doucement vers son père. Il était clair qu'il ne devait pas envoyer ses hommes pourchasser les MacKinloch. Elle se dresserait entre eux, s'il le fallait.

Il affichait un air grave et ne lui adressa pas la parole. Après plusieurs minutes, elle ordonna :

— Renvoyez les soldats à Duncraig, monsieur le Duc !

Le mot « père » était trop difficile à prononcer. Jamais plus elle ne pourrait l'appeler ainsi. Il l'observa longuement, puis lança à ses hommes l'ordre de se retirer.

Lord Penrith profita de cet instant pour la rejoindre. Il saisit les rênes de sa jument et l'emmena vers la côte.

Elle le suivit, pleinement consciente de sa colère.

— C'est vous qui avez conduit mon père ici, n'est-ce pas ?

Il avait dû rassembler les hommes aussitôt après son départ. Ou bien l'avait-il suivie ?

Il acquiesça.

— Je savais que MacKinloch reviendrait vous chercher.

Elle leva un regard confus vers lui.

— J'ignorais qu'il était vivant !

— Un homme comme lui ne meurt pas aussi facilement. Surtout s'il a une femme comme vous pour lui donner envie de vivre.

Comme elle ne savait pas quoi répondre, elle garda le silence, tandis qu'ils parcouraient la distance qui les séparait du bord de mer.

Les domestiques avaient chargé des chaloupes pour ravitailler l'imposant bateau qui attendait au large. Ses malles se trouvaient dans la cargaison.

Le comte l'aida à descendre de sa jument, qu'il confia à un domestique.

— Vous croyez que je ne vous comprends pas, commença-t-il. Vous pensez que je ne peux pas savoir ce que c'est que d'aimer une personne avec laquelle on ne peut pas vivre.

Il arborait un air stoïque.

— Mais vous avez tort, Lady Marguerite.

Dans son regard, elle lut la douleur de la frustration et de la perte. Il l'épousait par obligation, rien de plus.

— Aucun de nous ne sera heureux, milord.

— Non, convint-il. Mais vous, au moins, ne me demanderez pas plus que ce que je peux vous donner.

Un sourire encourageant plana sur ses lèvres.

— Notre vie ne sera pas si terrible, Marguerite.

Il lui prit la main et avança avec elle vers l'une des chaloupes. Il ne la lâcha pas et, lorsqu'ils furent à bord, il ordonna à ses hommes de les emmener vers le vaisseau.

Marguerite contempla les eaux grises. Elle avait le sentiment que des morceaux d'elle-même étaient emportés par les vagues. En levant les yeux vers les collines, elle ne vit aucune trace de Callum et de ses frères. Ils étaient bel et bien partis.

La solitude envahit alors chaque parcelle de son être. Elle se sentait tellement triste qu'elle pouvait à peine respirer.

Le comte l'aida à monter à bord du navire. Elle le quitta très vite pour aller se poster à la proue. Elle s'accouda au bastingage, et sentit le vent lui balayer le visage et les cheveux.

Autour d'elle, les hommes continuaient à charger le bateau. Son père embarqua sur la dernière chaloupe. Il paraissait fatigué et avait l'air d'avoir brutalement vieilli.

Une fois à bord, il la rejoignit.

— Nous naviguerons vers le sud, puis nous jetterons l'ancre pour la nuit, précisa-t-il.

En temps normal, ils n'auraient pas levé l'ancre avant la marée du matin, mais Marguerite devinait que son père avait décidé de mettre le plus de distance possible entre les MacKinloch et elle.

— Marguerite, m'as-tu entendu ?

Il lui toucha le bras et elle sursauta.

— Je n'ai rien à vous dire, rétorqua-t-elle.

— Nous l'avons laissé partir, insista son père. J'ai tenu ma parole et je l'ai laissé vivre.

Lentement, elle se tourna vers lui. Il se tenait devant elle comme l'homme qu'elle avait autrefois adoré, l'homme qui était le seul parent dont elle se souvenait.

— Pourquoi ? demanda-t-elle doucement. Pourquoi est-ce si important que j'épouse le comte et non Callum ? Mes sœurs ont déjà fait de bons mariages, avec des hommes puissants. Nous n'avons pas besoin de cette alliance.

— Tu es ma dernière fille. Je veux ce qui est le mieux pour toi.

— Vous ne voyez pas ce qui est le mieux pour moi. Je veux vivre avec un homme qui m'aimera pour le restant de mes jours. Les autres ne voient que l'importance de ma dot… Callum me voit, *moi*.

Le vent gagna en puissance et lui fouetta le visage. Le navire commença à se mouvoir sur l'eau.

— Rien de tout cela n'a donc d'importance pour vous ? ajouta-t-elle.

— Oublie-le, Marguerite. Il n'est pas assez bien pour toi.

Elle ne se donna pas la peine d'essayer de convaincre un aveugle de voir la vérité. Elle préféra s'éloigner de lui. Elle voulait rester seule avec ses pensées.

Son esprit bouillonnait comme les vagues qui s'écrasaient sur la coque du navire. À chaque mille parcouru, elle voyait ses chances d'être heureuse disparaître.

Callum n'avait pas abandonné une seule fois. Il avait voyagé pendant d'innombrables jours pour la retrouver. Même à la fin, il avait préféré se battre pour la ramener avec lui.

L'eau glacée semblait se rire d'elle, tout en l'emmenant loin de l'homme qu'elle aimait. Les domestiques, qui avaient préparé un repas léger, l'appelèrent pour qu'elle vienne manger. Elle préféra les ignorer. Elle n'avait pas faim.

Derrière elle, elle entendit le brouhaha des hommes qui mangeaient et parlaient d'elle à voix basse. Ils devaient se féliciter de l'avoir sauvée des MacKinloch.

Et elle les détestait pour cela.

Une fois l'obscurité venue, le comte vint vers elle. Il se plaça dans son dos, les mains posées sur le bastingage.

— Vous allez bien, Marguerite ?

— Vous savez très bien que non !

Elle poussa un soupir et se tordit les mains.

— Mes paroles ne pourront pas vous rassurer, alors ?

Elle secoua la tête.

— Si la personne que vous aimez se trouvait sur cette rive, et que vous étiez à ma place, que feriez-vous ?

Il se figea et ne répondit rien pendant un long moment.

Marguerite lui fit face et prit ses mains entre les siennes.

— Nous nous comportons tous les deux comme des

lâches. Vous ne désirez pas vraiment m'épouser, car vous aimez quelqu'un d'autre.

— C'est différent pour moi.

— Vraiment ? Vous êtes le comte de Penrith ! Vous possédez des dizaines de propriétés. Je ne vois rien qui vous empêche d'être heureux.

— Je suis déjà traité en pestiféré parce que j'ai ses faveurs. Beaucoup d'hommes ont voulu me tuer pour ce que je suis. L'Église pense que...

— Êtes-vous heureux de vivre ainsi ? l'interrompit-elle.

Il resta silencieux et se contenta de contempler l'eau durant quelques instants.

— Non, répondit-il enfin. Mais je n'ai pas le choix.

— Il n'y a donc personne que vous pourriez désigner comme votre héritier ?

Il secoua lentement la tête.

— Mes frères sont morts. Je suis le dernier de ma famille et, si je n'engendre pas d'héritier, mes terres seront confisquées par le roi.

La mélancolie lui voila les traits.

— Vous voyez, continua-t-il, vous n'êtes pas la seule à avoir beaucoup à perdre, dans cette histoire.

Il passa un bras autour de ses épaules et ce geste apporta à Marguerite un léger réconfort.

— Si je connaissais un moyen pour nous sortir tous les deux de cette situation, je le mettrais en œuvre, croyez-moi !

Elle déglutit péniblement.

— Il existe bien un moyen, mais il ne vous plaira pas.

Il resserra son étreinte.

— Je vous écoute...

— Le duc nous a laissés partir, Callum. Si jamais tu la poursuis, je ne pense pas qu'il t'épargnera, cette fois.

— Je m'en vais vers la côte, répondit-il. Je veux la voir.

Son frère Bram posa une main sur son épaule.

— Je suis désolé, mon frère, mais nous avons essayé.

— Elle l'a fait pour nous, Bram. Elle s'est sacrifiée pour nous tous, pour nous sauver la vie.

— Nous dresserons notre camp ici, déclara Alex. Va vers la côte si tel est ton souhait. Nous t'attendrons.

Callum les salua avant d'enfourcher Goliath et de le talonner en direction de la plage. L'animal galopait à vive allure et ils y furent rapidement.

Tout aussi rapidement, les souvenirs vinrent le hanter.

C'était à cet endroit qu'il avait appris à Marguerite à nager, avant de la réchauffer près du feu, et de s'unir à elle. Il se souvenait encore de cette merveilleuse sensation. Il avait vu ses joues rosir de plaisir. Et, durant la nuit où on l'avait emprisonné, elle était venue le rejoindre et s'était de nouveau offerte à lui.

Bonté divine, combien il l'aimait ! Il aimait sa beauté tranquille et son courage. La façon dont elle lui avait appris à écrire, lui donnant ainsi le moyen de sortir de son silence suffocant. La laisser partir avait été la chose la plus difficile qu'il ait eu à faire. Même maintenant, il lui était impossible de lui tourner le dos.

Le navire qui emportait Marguerite en Angleterre s'éloignait, longeant la côte à petite distance. Il lança alors son cheval au galop et chevaucha vers le sud, parallèlement à la trajectoire du bateau, jusqu'à ce que ses voiles blanches battant au vent disparaissent peu à peu dans le brouillard et la nuit qui commençait à tomber.

Aucune autre femme ne signifierait autant que Marguerite pour lui. Mais elle était partie.

Il ralentit son allure, posa la tête sur l'encolure de Goliath, et ferma les yeux pour réprimer la douleur de cette perte.

Il avait fait tout ce qu'il avait pu pour la retenir.

Absolument tout.

— Vous ne pouvez pas faire cela, Lady Marguerite, déclara le comte.

— Il faut que mon père me croie morte. C'est la seule solution.

— Et si vous mourez vraiment ?

— Alors, je n'aurai pas à souffrir de vivre sans Callum.

— Votre plan est inconsidéré et idiot ! reprit-il en secouant la tête. Je ne peux pas le valider.

— Écoutez-moi…

Elle prit son visage en coupe.

— Je veux que nous soyons tous les deux heureux. Retournez en Angleterre. Retrouvez celui que vous aimez, et vivez tous les deux en paix chez vous. Laissez-moi m'en aller.

Elle se hissa sur la pointe des pieds et déposa un baiser sur sa joue.

— Je veux le faire, Lord Penrith.

— Peter, corrigea-t-il, les yeux emplis de regret. Je vais donc perdre votre dot.

— Si je peux trouver un moyen de vous dédommager… Je suis prête à vendre tous les bijoux que je possède.

Il soupira longuement.

— Je sais que je vais le regretter.

— Faites-moi confiance, lui promit-elle. Tout va bien se passer.

Il l'enlaça mais, dans son étreinte, il n'y avait pas le moindre signe d'attirance. Il aurait pu tout aussi bien serrer contre lui un frère.

— Je prierai pour vous, Marguerite.

— Et moi pour votre bonheur.

En son for intérieur, elle était terrorisée, mais il était grand temps de mettre ses peurs de côté, pour obtenir enfin ce qu'elle désirait. Même si pour cela elle devait prendre le plus grand des risques.

— Il y a encore juste assez de lumière, reprit-elle. Je dois y aller, maintenant.

— Vous êtes sûre ?

Elle acquiesça.

— Alors prenez ceci avec vous.

Il tira une rame du flanc d'une chaloupe.

— Elle vous aidera à ne pas vous noyer.

Elle la posa sur le rebord du bastingage.

— Aidez-moi à retirer mes vêtements, s'il vous plaît. Leur poids risquerait de m'entraîner au fond de l'eau.

Lord Penrith se pencha vers elle et l'embrassa à la manière d'un amant, laissant les autres croire ce qu'ils voulaient. Son baiser était chaud, mais il ne procura aucune sensation à Marguerite. Il lui permit en revanche de défaire discrètement les liens de son surcot. Lorsque le comte s'écarta, il fit écran avec son corps et elle se débarrassa de son vêtement, avant de le laisser tomber au sol. Elle s'inquiétait du poids de sa cotte et de sa chemise, mais elle allait en avoir besoin pour se réchauffer, une fois parvenue sur la terre ferme.

Elle se saisit de la rame et gratifia le comte d'un dernier sourire.

— Tâchez d'être heureux, milord. Tout comme je vais tâcher de l'être.

Sur ces mots, elle enjamba le bastingage, sauta, et s'accrocha très fort à la rame, tandis que l'eau glaciale se refermait au-dessus de sa tête.

15

L'eau était tellement froide que Marguerite eut l'impression que ses membres gelaient instantanément. Elle s'accrocha à la rame, mais celle-ci ne semblait pas l'aider à se maintenir à flot. Une vague lui fouetta le visage et elle lutta pour reprendre sa respiration.

Il fallait qu'elle avance ! Mais elle était loin d'être bonne nageuse, même si la distance du bateau à la côte n'était pas si énorme que cela.

Elle entendit des hommes crier sur le pont et distingua le bruit d'un plongeon, comme si quelqu'un venait de sauter à l'eau pour la rattraper. Elle prit alors conscience que, si elle ne se mettait pas à nager aussi vite qu'elle le pouvait, elle serait ramenée à bord.

— Marguerite !

C'était la voix du comte.

Quelques secondes plus tard, elle le vit qui nageait vers elle. Il lui enlaça la taille d'un bras puissant, pour l'aider à garder la tête hors de l'eau.

— Petite écervelée, vous n'êtes pas assez forte, pas vrai ?

— Je d-ois es-sa-yer, bégaya-t-elle. Lâchez-moi !

Elle réalisa bientôt qu'au lieu de la tirer vers le navire il se dirigeait vers la côte.

— J'ai jeté votre habit à la mer pour qu'on ne le trouve pas, dit-il en la maintenant au-dessus des vagues.

Au bout d'un moment, il la lâcha prudemment.

— Touchez-vous le fond ? lui demanda-t-il.

Elle s'aperçut alors que l'eau lui arrivait sous le menton, si elle se hissait sur la pointe des pieds.

— Ou-oui.

L'eau glaciale rendait ses membres douloureux, mais elle était capable de parcourir seule la distance qui restait.

— Cachez-vous dans les collines, lui conseilla-t-il. Et que Dieu vous garde, Marguerite !

Tandis qu'il repartait à la nage vers le navire, elle murmura à son tour :

— Que Dieu vous vienne en aide, Peter !

Ce qu'il avait fait pour elle signifiait beaucoup. Elle espérait de tout son cœur qu'il trouverait le bonheur avec celui qu'il aimait. Un homme comme lui ne méritait pas moins.

Elle était écrasée de fatigue, mais parvint à avancer d'un pas chancelant vers le rivage. Dans l'obscurité, elle ne pouvait pas bien évaluer les distances mais, à chacun de ses pas, l'eau devenait moins profonde. Chaque minute était aussi longue que des heures, et elle tremblait toute.

Une fois sur le sable, elle tomba à genoux, incapable de faire un pas de plus. Au loin, sur le navire, les cris se poursuivaient, et la voix angoissée de son père lui parvenait par instants.

Debout ! s'intima-t-elle. Il fallait qu'elle avance, même si cela lui était devenu extrêmement difficile. Au fond d'elle, elle invoqua le visage de Callum, et essaya d'en tirer de la force.

Si elle parvenait à le retrouver, tous ses efforts seraient

récompensés. Elle ne voulait pas imaginer qu'ils avaient déjà navigué trop loin vers le sud.

Le temps cessa alors d'exister. Elle gravit une colline, sans savoir où elle était, ni comment rejoindre Callum. Elle ne connaissait pas cette région, et les étoiles semblaient avoir décidé, cette nuit-là, de la priver de leur lumière.

Prise de vertiges, elle avança d'un pas chancelant. Son voile doré et sa barbette pesaient lourd et la gênaient beaucoup. Elle les ôta et les laissa tomber sur le sol.

Sa robe fine lui collait à la peau et la morsure du vent agitait son corps de frissons. Elle avait du mal à respirer ; elle avait l'impression de manquer d'air.

Depuis combien de temps avait-elle quitté le navire ? Quelques minutes ? Plusieurs heures ? Elle était incapable de le dire. Ses mains étaient engourdies, et lorsqu'elle essaya de soulever le bas de sa robe elle ne parvint pas à remuer les doigts.

Elle continua à avancer sans savoir dans quelle direction elle allait. Se dirigeait-elle vers le château de son père ? Plus en avant dans les terres ?

Soudain, elle perdit l'équilibre, trébucha et heurta le sol. L'herbe douce amortit heureusement sa chute. Combien de temps restait-il avant le lever du soleil ? Peut-être que si elle demeurait allongée et qu'elle attendait l'arrivée du jour elle parviendrait à s'orienter.

Recroquevillée sur le sol, elle contempla le ciel, en se demandant si elle avait fait le bon choix. Elle ignorait si le comte mentirait pour elle, ou s'il dirait la vérité à son père.

Son cœur battait très fort dans sa poitrine et elle s'efforça de recouvrer son calme. Elle avait perdu ses chaussures dans l'eau et ses pieds nus étaient glacés, au point qu'elle ne les sentait plus.

Une petite voix intérieure lui intima alors de dormir, et d'arrêter de lutter.

Callum ouvrit les yeux avant l'aube, réveillé par un horrible cauchemar. Il se sentait oppressé et agité, comme si quelque chose de grave était advenu. Il ne comprenait pas ce qui lui arrivait, mais il replia sa tente et ses couvertures, comme s'il y avait une urgence.

Il mangea un morceau de pain sec et un biscuit à l'avoine tirés des quelques vivres qu'il avait emportés, puis il prépara Goliath pour le voyage de retour. Se protégeant les yeux des rayons du soleil, il contempla une dernière fois le sable et la mer miroitante. Il n'y avait plus aucun signe du navire. Marguerite était bel et bien partie.

Il devait rejoindre ses frères, à présent, et rentrer chez lui, mais une force inexplicable le retenait ici. Il longea un moment la côte, espérant apercevoir le bateau, même s'il savait, au fond, que cette quête était inutile.

Lord Penrith retournait en Angleterre et Marguerite voyageait avec lui.

Le chagrin et la colère s'emparèrent de lui avec une telle violence qu'il laissa son cheval galoper aussi vite qu'il le pouvait, afin de se libérer de ses émotions.

Son esprit s'insurgeait contre l'injustice qui l'empêchait d'avoir pu garder Marguerite auprès de lui. Son tendre sourire allait tant lui manquer, de même que la façon dont elle le regardait, comme s'il était le seul homme qui comptait pour elle.

Jamais plus il n'y aurait de femme dans sa vie, car il n'existait pas deux personnes comme elle.

Il se pencha sur l'encolure de Goliath pour y poser la joue quelques instants, avant de tirer très fort sur les rênes. Ses frères l'attendaient.

Soudain, il aperçut un objet blanc par terre. Il s'approcha et son cœur s'emballa dans sa poitrine.

C'était la barbette et le voile doré que Marguerite portait. Comment étaient-ils arrivés là ?

Son instinct de chasseur se mit aussitôt en alerte, et il entreprit de suivre les herbes couchées. Cette piste partait de la mer, puis filait dans une direction, une autre… Comme si la personne était désorientée.

Il la suivit sans savoir où elle allait le mener, mais l'appréhension le gagnait, tandis qu'il scrutait chaque empreinte de pas, chaque indice qui, espérait-il, le rapprochait de son but.

En arrivant dans une clairière, il aperçut un corps gisant au sol. Une femme…

Il se mit à courir, tout en priant de toutes ses forces, tandis que la peur figeait son esprit.

C'était Marguerite.

Sa peau était glacée et elle ne réagissait pas à son contact. Il posa une main sur son cœur, qui battait très faiblement. Bonté divine, comment était-elle arrivée là ?

Elle ne portait qu'une fine cotte, trempée d'eau de mer, et elle était pieds nus. Depuis combien de temps était-elle là, exposée aux éléments ?

La terreur s'empara de lui à l'idée qu'elle puisse mourir. Elle avait voulu revenir à lui. C'était un miracle qu'elle soit arrivée jusqu'au rivage, alors qu'elle venait tout juste d'apprendre à nager !

— Marguerite, appela-t-il, en touchant son visage froid. Regardez-moi, Marguerite.

Elle ne répondit pas et il ignorait quoi faire pour lui venir en aide. Il se dirigea vers son cheval et revint avec une couverture en laine, qu'il posa sur ses épaules. Lorsqu'il la prit dans ses bras, elle sembla le reconnaître.

Pourvu qu'elle ne meure pas !

Il la hissa sur Goliath et la serra contre lui, tout en chevauchant vers le campement où attendaient ses frères. Marguerite n'ouvrit pas une seule fois les yeux, mais il s'efforça tout le temps de la réchauffer.

Le trajet lui parut sans fin. Toute son attention était concentrée sur elle. Elle avait pris trop de risques, et il n'était pas certain qu'elle se réveille un jour. Son visage était si pâle et sa respiration si faible que sa poitrine se soulevait à peine.

Heureusement, il aperçut bientôt devant lui le campement. Une fois près de ses frères, il se dépêcha d'installer Marguerite près du feu. Bram et Alex se levèrent, mais Dougal dormait encore.

— Je l'ai trouvée, expliqua-t-il. Elle a... nagé...

Les mots se bousculaient, à tel point qu'il était incapable de réfléchir clairement. Il se contenta de la serrer contre lui comme si chacune de ses caresses pouvait lui permettre de la garder avec lui.

Dougal finit par se réveiller.

— Est-elle en vie ? demanda-t-il en contemplant Marguerite. On dirait que non.

— Elle est en vie, intervint Bram. Pour l'instant.

Les mots échappaient à Callum, trop tourmenté à l'idée que Marguerite puisse mourir. Non, cela ne serait pas ! Pas après tout ce qu'elle avait enduré pour s'enfuir !

— Je vais m'occuper de ton cheval, proposa Dougal.

— Depuis combien de temps est-elle dehors ? demanda Alex.

Callum n'avait aucun moyen de le savoir. Il se contenta de secouer la tête. Ses frères échangèrent un regard.

— Tu dois la réchauffer.

Bram entreprit de remonter la tente et de couvrir le sol de couvertures.

— Enlève-lui ses vêtements et réchauffe-la de ton corps.

Callum décocha à Alex un regard d'avertissement.

— Ne... regarde pas.

— Doucement, Callum, répondit Alex d'un air amusé. Nous sommes tous les deux des hommes mariés. Ne crois-tu pas que Laren et Nairna exigeront notre tête, si nous osons regarder une autre femme nue ?

Leur air taquin apaisa la tension qui l'habitait, et Callum trouva plus facilement ses mots.

— Cela ne veut pas dire que... j'ai confiance...

Tandis que ses frères s'affairaient pour maintenir le feu et faire chauffer de l'eau, Callum emmena Marguerite dans la tente, et la posa au milieu des fourrures. Puis, il occulta l'entrée pour leur offrir de l'intimité. Il posa une main sur sa gorge fine, et sentit à peine son pouls.

Il fallait qu'elle vive !

D'une main tremblante, il lui retira ses vêtements. Sa peau était gelée. Il l'enveloppa dans les couvertures.

Lorsqu'il sortit de la tente, Alex lui tendit une coupe en bois remplie d'un liquide fumant.

— Essaye de lui faire boire ceci. Ce n'est pas grand-chose, mais cela pourra l'aider à se réchauffer de l'intérieur.

Il ne s'agissait que d'eau chaude, mais elle était bienvenue. Alors qu'il repartait vers la tente, Alex lui rappela :

— Peau contre peau, Callum ! C'est le plus efficace.

Bram lui sourit d'un air entendu.

— Et puis, il n'y a pas de mal à profiter d'être en compagnie d'une belle femme nue.

— Dougal peut se porter volontaire, si tu es trop timide pour le faire, plaisanta Alex. Aucune femme ne risque de lui couper la tête.

Leur benjamin rougit jusqu'à la racine des cheveux et retourna vivement vers les chevaux, en ignorant la remarque d'Alex.

Callum désigna la côte et leur dit :

— Vous devez... retrouver le navire.

— Tu as peur que le duc se lance à sa poursuite ? suggéra Alex.

Il acquiesça. Ils allaient la chercher, c'était inévitable, mais il n'était pas prêt à leur faciliter la tâche.

— Ils doivent penser qu'elle est morte, Callum. La plupart des femmes n'auraient pas survécu à cette épreuve.

Ce rappel ne fit qu'exacerber sa crainte que Marguerite ne survive pas. Son corps était tellement froid, et elle n'avait toujours pas repris connaissance.

— Trouvez-les ! répéta-t-il à ses frères.

Bram acquiesça.

Ils étaient tout à fait capables de découvrir à quelle distance se trouvaient le duc et ses hommes, tandis qu'il prendrait soin de Marguerite.

Il revint à la hâte dans la tente et lui redressa la tête.

— Ouvrez les yeux, l'implora-t-il. Marguerite, il le faut !

Voyant qu'elle restait inconsciente, il la prit entièrement dans ses bras.

— Buvez, murmura-t-il, en essayant de porter la coupe à ses lèvres.

Mais le liquide chaud coula le long de son visage. Il fallait essayer autre chose.

Il absorba un peu de liquide, posa les lèvres sur les siennes et les écarta. Puis il libéra l'eau dans sa bouche très doucement. Voyant qu'elle ne toussait ni ne crachait, il recommença, jusqu'à ce qu'elle ait bu la moitié de la coupe.

C'était suffisant pour l'heure.

Il retira alors ses propres vêtements et tira les couvertures. La vue de ses seins et de ses hanches fines lui rappela comment il l'avait caressée et la manière parfaite dont leurs corps s'étaient unis.

Il se serra contre elle et ramena la couverture sur eux, sentant à quel point son corps était froid. Elle ne bougea pas, ne montra pas la moindre réaction.

Il la pressa plus encore contre lui. La tête de Marguerite reposait sous son menton, et sa peau était glaciale contre la sienne.

— Vous allez vivre, *a ghràidh*, jura-t-il.

Si sa seule volonté pouvait permettre à son cœur de continuer de battre, il ferait tout ce qui était en son pouvoir pour qu'il en soit ainsi.

Il sentit sa peau douce se réchauffer peu à peu. Il la berça de mots tendres, lui dit à quel point il tenait à elle. Il était prêt à prendre soin d'elle et à l'aimer jusqu'à la fin de sa vie.

Les heures passèrent. Ses frères lui laissèrent de la nourriture devant la tente. Callum essaya de faire manger Marguerite, mais elle demeurait inerte. Il l'enveloppa soigneusement dans les couvertures, puis s'habilla pour rejoindre ses frères.

— Où est le navire ?

— Toujours un peu plus au sud, lui répondit Dougal. Pendant que tu étais avec la lady, Bram et moi avons longé la côte. On dirait qu'ils fouillent l'eau.

— Nous devons la ramener à Glen Arrin avant qu'ils ne nous trouvent ici, déclara Alex.

Même si la température de Marguerite ne paraissait plus aussi basse, Callum n'était pas certain qu'il soit très prudent de la faire voyager. Mais il savait que son père ne tarderait pas à revenir sur la terre ferme, et qu'il finirait sûrement par la retrouver, s'ils restaient là.

— Très bien, convint-il. Nous allons la ramener chez nous.

Il étudia ses frères, puis lorgna la tente. Ils n'avaient que quelques heures pour disparaître dans les collines, là où le duc et ses hommes ne pourraient pas les trouver.

Il ne lui restait plus qu'à prier pour que Marguerite survive à ce voyage.

Callum maintint Marguerite contre lui pendant tout le trajet, qui se révéla exténuant. Le troisième jour, voyant qu'elle ne reprenait toujours pas connaissance, Alex avait décidé d'accélérer leur allure, de crainte qu'elle ne meure de faim. La veille, Callum avait essayé de lui faire boire de l'eau. Elle l'avait avalée, mais rien d'autre ne s'était produit.

La vie de Marguerite ne tenait qu'à un fil et il ne savait pas comment faire pour la sauver.

Ils arrivèrent à proximité de Glen Arrin en début de soirée, et Callum en ressentit un immense soulagement.

Les femmes de son clan sauraient beaucoup mieux que lui comment la soigner, et il espérait que Nairna ou Laren aideraient Marguerite à revenir à la vie.

Il accueillit avec bonheur la vue de la forteresse. Tout au long du printemps et de l'été, ils l'avaient reconstruite, tout en l'agrandissant. Les travaux étaient presque terminés. Des murs en pierre calcaire s'étendaient tout autour, et la tour en bois avait été renforcée avec des pierres, dans le but de transformer l'endroit en véritable château.

Pourtant, sa peur restait la même.

La peau de Marguerite était maintenant brûlante et, depuis la veille, la fièvre s'était déclarée. Callum ne s'était jamais senti aussi impuissant. Il s'estimait capable de se battre contre n'importe quel ennemi, mais pas contre cet adversaire inconnu qui pouvait lui prendre Marguerite.

À leur arrivée, Nairna et Laren s'avancèrent pour les accueillir, mais leur sourire s'évanouit dès qu'elles aperçurent Marguerite dans ses bras.

— Est-elle… ? murmura Laren.

Elle paraissait dévastée. Elle posa les mains sur son ventre proéminent, comme pour se protéger de cette éventualité.

— Non, elle n'est pas morte.

Callum passa devant elles pour pénétrer dans la forteresse. Mais la peur de perdre Marguerite s'était emparée si fort de lui qu'il était incapable d'en faire plus.

Nairna, dont la grossesse était également avancée, essaya de le rattraper.

— Emmène-la à l'intérieur. Nous te suivrons, avec Laren et Alex.

Elle partit la première et Callum s'engagea dans l'étroit escalier en colimaçon, Marguerite dans les bras.

— Je suis heureuse de t'entendre parler à nouveau, Callum, dit Nairna d'une voix douce. Je savais que cela arriverait un jour.

Elle ouvrit la porte qui menait à une petite chambre, équipée d'un lit simple. Un léger sourire lui étira les lèvres.

— J'ai toujours su que Marguerite pouvait t'aider à le faire.

Il contempla la femme de son frère.

— Elle ne peut pas mourir.

Doucement, il déposa Marguerite sur le lit et ramena une couverture sur elle.

— Connais-tu quelqu'un capable de la soigner ?

— Ta mère doit avoir quelques remèdes.

Nairna s'adossa contre le mur, les mains posées sur son ventre rond.

— Il m'arrive parfois d'avoir des vertiges, avoua-t-elle devant l'air inquiet de Callum. Ça va passer.

— Mais, Laren et toi, vous allez bien ?

Elle acquiesça.

— Nos enfants naîtront à l'automne.

Elle contempla Marguerite et demanda :

— Callum, le duc sait-il qu'elle est ici ?

— Non. Elle a sauté du navire qui l'emmenait en Angleterre. Je pense que son père la croit noyée.

Il s'assit à côté de Marguerite et lui caressa les cheveux.

— C'est le seul moyen qu'elle a trouvé pour qu'il la laisse partir, j'imagine. Elle a brisé ses fiançailles pour revenir à moi.

Les yeux de Nairna se remplirent de larmes. La porte de la chambre s'ouvrit légèrement à cet instant, et Bram entra avec un plateau chargé d'un bol de liquide clair.

— J'apporte du bouillon, à condition qu'elle puisse le boire.

Callum indiqua à son frère de le poser sur une table.

— Va chercher notre mère. Je resterai avec Marguerite.

— Tu es la personne dont elle a le plus besoin, Callum.

Nairna lui pressa affectueusement l'épaule et rejoignit son mari, avant de fermer la porte derrière elle.

Lorsqu'ils furent partis, Callum reprit sa place près de Marguerite. Son corps n'était plus froid ; c'était la fièvre qui l'inquiétait, à présent. La sueur lui couvrait le front et elle était si pâle qu'il ignorait s'il en avait fait assez pour la sauver.

Des mois plus tôt, elle était venue à lui. Elle l'avait lavé et avait soigné ses blessures. Elle l'avait laissé poser la tête sur ses genoux. Sa compassion avait percé son âme et lui avait apporté pour la première fois la paix.

L'idée de lui parler, alors qu'elle était inconsciente, lui paraissait étrange. Pourtant, Callum avait l'impression qu'elle pouvait l'entendre.

Il s'allongea à côté d'elle sur le lit et la serra contre lui.

Elle était brûlante ! Les vêtements dont on l'avait vêtue lui tenaient bien trop chaud. Avec des gestes infiniment doux, il la déshabilla, lui ôta sa cotte et la laissa en chemise. Le tissu lui collait à la peau. Il la reprit alors contre lui.

— Je ne vous laisserai pas partir, Marguerite. Pas plus vivante que morte.

Il pressa les lèvres contre sa tempe et lui caressa les cheveux.

— Je me suis trop battu pour vous.

La fatigue de toutes les nuits passées à la veiller commençait à ébranler sa détermination.

— Vous m'épouserez dès que vous irez mieux. Je vous construirai une maison, là où vous voudrez.

Il comprit avec regret qu'il ne pourrait jamais lui offrir un château.

— Elle ne sera pas très grande, continua-t-il, mais elle nous suffira.

Elle avait autour du cou la chaîne et le pendentif en verre qu'il lui avait offerts. Même lorsqu'elle l'avait quitté, elle avait continué de le porter.

Il souleva la chaîne et la prit dans sa main. Le pendentif en verre était fragile, pourtant, il avait résisté. Tout comme elle.

Il prit une inspiration et se remit à lui parler. Il lui emplit les oreilles d'histoires. Il lui parla jusqu'à ce que sa voix devienne rauque. Évoquer les souvenirs qu'il avait d'elle lui avait donné un regain d'énergie. Si sa voix pouvait avoir le même effet sur elle, il lui parlerait aussi longtemps qu'il le pourrait.

Lorsqu'il se sentit trop fatigué pour continuer, il se contenta de la tenir dans ses bras, comme s'il pouvait l'attacher à lui et l'obliger à rester.

Le lendemain matin, Grizel, sa mère, se présenta dans la chambre, munie de thé à l'odeur nauséabonde.

— Tes frères m'ont dit que tu parlais de nouveau.

Elle hocha sèchement la tête, comme si cela n'avait aucune importance pour elle.

— Ce n'était qu'une question de temps, n'est-ce pas ?

Callum ignora ses manières brusques. Elle n'était pas réputée pour sa douceur.

— Peux-tu sauver Marguerite ? lui demanda-t-il.

— Ce thé devrait faire tomber la fièvre. Mais vous n'auriez pas dû voyager avec elle. Lorsqu'un corps devient trop froid, il vaut mieux le réchauffer lentement. Vous auriez pu la tuer, en lui faisant faire un trajet aussi long.

Face à ses manières rudes, Callum sentit ses poils se hérisser.

— J'essayais de la sauver !

Il souleva Marguerite pour la mettre en position assise, tout en la soutenant.

Sa mère posa le thé et les étudia tous les deux.

— Depuis combien de temps n'a-t-elle pas ouvert les yeux ?

— Quatre jours.

L'air résigné de sa mère ne lui échappa pas. Elle pensait certainement que Marguerite ne vivrait plus très longtemps. Malgré tout, elle continua de le questionner.

— Tu as réussi à lui donner à manger et à boire ? J'imagine qu'elle ne peut pas boire seule ?

Callum sentit ses joues s'empourprer.

— J'ai posé mes lèvres sur les siennes pour la forcer à boire.

Elle lui tendit le thé et le regarda avec perspicacité.

— Eh bien, recommence avec ce thé. Et, si elle se réveille, fais-moi appeler.

Elle avait dit « si » et pas « quand », une nuance qui ne lui échappa pas. L'inquiétude le tenaillait, mais il se força à acquiescer d'un hochement de tête.

Le regard de sa mère se posa alors sur Marguerite.

— Elle a toujours été trop bien pour un homme comme toi, mais je dois reconnaître qu'elle a eu du courage.

Callum ne répondit rien à cette insulte, car sa mère disait

vrai. Il ne pouvait qu'espérer que, si Marguerite retrouvait ses forces, sa pauvreté n'aurait pas d'importance pour elle.

Avant de refermer la porte derrière elle, sa mère ajouta :

— Je suis heureuse que tu sois de retour, Callum.

Puis elle s'en alla en lui adressant un sourire hésitant.

Il posa la joue contre celle de Marguerite et s'excusa pour les propos de sa mère, au cas où elle les aurait entendus.

Puis il lui donna à boire le thé nauséabond en posant ses lèvres sur les siennes, pour être sûr qu'elle le prenne.

Tout au long de la journée et de la nuit, il continua de lui parler, lui racontant les années qu'il avait passées en prison. Comment il avait recommencé à tirer avec un arc et des flèches, et les nuits où il avait rêvé d'elle.

— Si je pouvais mener cette bataille pour vous, je le ferais, jura-t-il.

Marguerite avait tout tenté pour revenir vers lui. Et l'idée de la perdre maintenant lui transperçait le cœur. Il serra son corps fiévreux contre lui et sentit le chagrin s'abattre sur lui. Les battements de son cœur étaient si ténus, son souffle si laborieux !

Elle pouvait ne pas voir le jour se lever et cette idée était pire que n'importe quelle torture. Il avait affronté bien souvent la mort, jusqu'à ce qu'elle ne soit plus une menace pour lui. La mort était inévitable pour tous les hommes. Mais rien ne l'effrayait plus que la perspective de perdre Marguerite.

— Vous êtes tout pour moi, lui dit-il. Ne me laissez pas !

Lorsque, finalement, il fut incapable de résister au sommeil, il s'endormit, Marguerite serrée contre son cœur.

16

Elle n'arrivait pas à ouvrir les yeux. Elle sentit le corps d'un homme contre le sien et, d'instinct, elle se blottit dans sa chaleur. La faim lui tenaillait l'estomac, mais elle n'avait pas la force de parler.

Elle avait aperçu le paradis qui l'attendait, et la tentation de laisser derrière elle la douleur et la souffrance était forte. Un homme n'avait eu de cesse de lui parler et de lui raconter son enfance. Sa voix familière la retenait à lui, loin des bras de la mort.

— Marguerite…

La voix de Callum s'insinua dans ses rêves et lui parvint distinctement cette fois. Elle sentit ses lèvres contre les siennes et un liquide chaud entrer dans sa bouche. Était-ce de l'eau ?

Elle essaya de le goûter et, lorsqu'elle remua les lèvres, elle l'entendit l'encourager.

— Buvez. Oui, c'est bien…

La douceur de l'eau lui rappelait les cascades des montagnes. Elle était claire et pure ; elle apaisait sa soif. Même si elle ne parvenait pas à ouvrir les yeux, le contact de la bouche de Callum la fascinait.

Elle sentit autre chose contre sa bouche, et reconnut

le goût d'un bouillon. Cette fois, elle but trop vite et avala de travers. Elle toussa et il lui frotta le dos pour l'aider à recouvrer sa respiration.

Elle souleva enfin les paupières et vit Callum.

Son visage était grave et ses longs cheveux noirs lui battaient les épaules.

— Vous avez mauvaise mine, parvint-elle à dire.

Ses joues étaient creuses et le manque de sommeil avait laissé des ombres sous ses yeux, comme s'il avait été de nouveau emprisonné.

— Vous devriez prendre un bain, ajouta-t-elle.

Callum parut alors immensément soulagé et il la gratifia d'un grand sourire.

— Je vous laisserai me laver dès que vous aurez retrouvé des forces, répondit-il, avant de la serrer très fort dans ses bras.

Elle sentit alors dans cette étreinte toute la puissance de son amour. Elle essaya de lever les bras pour les passer derrière son cou.

— Je suis désolée de vous avoir causé autant d'ennuis, Callum. Je ne me souviens plus de ce qui s'est passé, après que j'ai sauté du bateau.

— Vous avez passé des heures dehors, lui répondit-il. Je ne vous ai retrouvée que le lendemain, et vous étiez presque morte.

— Je me souviens juste… d'à quel point j'avais froid.

Parler l'épuisait. Elle posa la tête sur son épaule.

— Vous êtes en sécurité, maintenant, lui assura-t-il. Nous vous avons ramenée à Glen Arrin.

Il s'était exprimé d'une voix bourrue. Il s'assit et l'aida à s'allonger dans le lit.

— Dès que vous irez mieux, nous nous marierons.

— Vraiment ? demanda-t-elle d'une voix faible.

Mais sa déclaration l'avait amusée.

— Vous n'allez pas faire votre demande ?

— Non.

Il posa deux mains fermes sur ses épaules.

— Même si je dois vous enchaîner à mes côtés, je vous épouserai ! Je ne vous laisserai pas le choix, cette fois, Marguerite.

Son expression s'était durcie et elle prit toute la mesure des souffrances qu'il avait endurées au cours des derniers jours.

— Je vous aime, dit-il.

Ses paroles la remplirent d'une lumière qui repoussa immédiatement les ombres du passé. Le regard de Callum était celui d'un homme qui l'adorerait toute sa vie. Et cela lui suffisait.

Elle leva les mains vers son visage et l'attira à elle pour l'embrasser. C'était un baiser et la promesse de rester avec lui.

— Je vous épouserai, promit-elle. Rien ne pourrait me rendre plus heureuse.

Leur mariage dut être reporté, à cause de la naissance prématurée des jumeaux de Laren. Marguerite était enchantée de l'arrivée de ces bébés mais, lorsque Alex lui tendit sa fille qui venait tout juste de naître, elle se sentit gauche et maladroite.

La tête de l'enfant n'était guère plus grande que sa paume. Elle la cala sous son menton, et s'émerveilla de la douceur de sa peau.

Callum vint se placer derrière elle et lui enlaça la taille.

— Elle est adorable, vous ne trouvez pas ?

— Elle est magnifique ! Mais j'ai très peur de la faire tomber.

— Si vous voulez, je pourrai vous en faire un, proposa-t-il contre son oreille. Ce soir, après notre mariage.

Marguerite sentit son visage s'empourprer. Cela faisait quelque temps qu'elle n'avait pas partagé sa couche avec lui, et elle avait le sentiment qu'il serait insatiable, le moment venu. Elle déposa un baiser sur le front du nouveau-né et le rendit à Laren. Puis elle murmura à la seule intention de Callum :

— Cela ne me déplairait pas d'avoir un enfant. Il me tarde d'être à ce soir !

Elle effleura volontairement son oreille de ses lèvres, et Callum lui prit la main, manifestement déterminé à l'entraîner avec lui sur-le-champ.

Son impatience la fit éclater de rire.

— Pas maintenant ! protesta-t-elle. Je dois aller rendre visite à Nairna.

— Elle peut attendre, répliqua Callum, en continuant d'avancer, ignorant son frère et Laren.

L'embarras de Marguerite augmenta. Elle venait tout juste de reprendre des forces. Il n'avait tout de même pas prévu de la séduire, n'est-ce pas ? Mais, malgré ses efforts pour rester calme, elle rêvait de sentir ses mains sur elle, de s'abandonner à lui.

— Où allons-nous ? demanda-t-elle, en essayant de paraître plus détachée qu'elle ne l'était.

— Nous allons voir la maison que j'ai construite pour vous.

Il l'emmena à l'extérieur de la forteresse, en direction des collines. Le soleil était haut dans le ciel. Dans quelques heures, le prêtre serait là pour les marier, et ils célébreraient l'événement avec le reste du clan.

Ils passèrent devant quelques huttes et se dirigèrent vers la forêt. À environ un quart de lieue de marche dans les bois, Marguerite découvrit alors, au milieu d'une petite clairière, une maison au toit de chaume flambant neuf. L'odeur fraîche des copeaux de bois lui arracha un sourire.

Callum l'entraîna à l'intérieur pour lui montrer le foyer, ainsi que le lit contre le mur.

— Lorsque nous aurons des enfants, nous l'agrandirons, déclara-t-il. Mais pour l'heure...

Elle lut sur son visage ses regrets, comme s'il s'excusait de ne pouvoir lui donner plus.

— C'est parfait, dit-elle en se jetant dans ses bras.

Elle était sincère. Peu lui importait qu'il ne s'agisse que d'une maison toute simple, avec ses quatre murs et son toit. Son emplacement au milieu de la forêt lui rappelait les jours interdits qu'ils avaient passés ensemble.

Elle pouvait être heureuse ici, avec lui.

Tandis qu'elle l'enlaçait pour l'embrasser, elle se sentit envahie d'un étrange malaise. Elle s'était battue pour pouvoir aimer cet homme en toute liberté et partager sa vie avec lui. Pourtant, l'ombre d'une menace planait sur elle.

Callum couvrit ses lèvres et l'embrassa avec fougue, tout en lui caressant le dos.

— Ce soir, nous ne dormirons pas, Marguerite. Car je vous montrerai toutes les façons de vous aimer.

Elle put à peine respirer, lorsqu'elle sentit sa langue l'envahir et caresser la sienne, dans une promesse sensuelle. Son corps semblait se fondre avec le sien, avec le désir d'en vouloir plus.

— Je vais vous caresser comme j'ai rêvé de le faire ces dernières semaines.

Il se pressa durement contre elle, juste à la jointure de ses cuisses. Marguerite souleva alors une jambe, le cœur battant, tandis que les mains fébriles de Callum glissaient sous ses jupes pour caresser sa peau nue. Ses paumes rugueuses se fermèrent sur ses fesses et, lorsque ses doigts s'égarèrent entre ses cuisses, elle sentit une agréable impatience monter en elle.

Callum étouffa un juron en caressant son intimité.

— Vous êtes déjà prête pour moi, Marguerite. Bonté divine, je pourrais vous pénétrer sur-le-champ !

Pour toute réponse, elle partit à l'assaut de son pantalon et caressa son sexe à travers le tissu en laine.

Callum continua de la tourmenter avec ses doigts, en suivant un rythme lent. Elle ferma les yeux et se laissa gagner par le plaisir.

— Regardez-moi, Marguerite. Regardez-moi dans les yeux, pendant que je vous caresse. Je veux vous voir jouir.

Elle s'agrippa à ses épaules pour garder l'équilibre, et laissa échapper un soupir tandis que son corps se raidissait sous ses assauts. Sa main exerçait de continuels va-et-vient. L'extase la faisait trembler et haleter. Elle se frotta à lui, à la recherche du plaisir qu'il s'exerçait à lui donner, jusqu'à ce qu'il accélère enfin, au point de la faire jouir.

Un feu d'artifice dansa devant ses yeux. Elle tendit alors les mains vers lui, dans un besoin désespéré de le combler à son tour.

— Callum ! appela soudain Dougal.

La lueur menaçante qui brilla dans les yeux de son amant lui fit baisser la jambe.

— Restez ici, ma chérie. Juste le temps que j'aille tuer mon jeune frère. Je vais lui faire payer le fait de nous déranger !

Marguerite lissa ses jupes et s'assit sur le lit, incapable de rester debout.

— Dépêchez-vous, alors, répondit-elle avec un sourire taquin.

Son corps était en ébullition. Le besoin de s'unir à lui était si puissant qu'il en devenait douloureux.

Elle s'efforça de rester calme mais, à l'extérieur, Callum et Dougal parlaient d'un ton âpre. Leur échange ne semblait pas anodin. Que se passait-il ?

Quelques instants plus tard, Callum revint chercher son arc et son carquois.

Il arborait une expression dure et impitoyable. Le pressentiment qui la tenaillait s'amplifia.

— Un problème ? demanda-t-elle d'une voix légèrement étranglée.

— Des soldats se sont regroupés à l'ouest.

Marguerite sentit son cœur chavirer et sa peur s'accrut tellement qu'elle ne put empêcher ses mains de trembler.

— Des Anglais ?

Il secoua lentement la tête.

— Ce sont les hommes de votre père. Ils sont là pour attaquer Glen Arrin. Restez ici, Marguerite. Quoi qu'il arrive, ne quittez pas cette maison !

Callum partit à cheval avec ses frères, animé d'une rage sourde. Il ignorait ce qui avait poussé le duc à entreprendre ce voyage, mais il avait l'intention d'affronter cet homme et de lui faire quitter au plus vite leurs terres.

Mieux valait le laisser croire que Marguerite était morte, car cela ne faisait aucun doute : son père était là pour s'en assurer.

Il rejoignit Alex et Bram. Ils avaient laissé Dougal avec les femmes, qu'ils avaient eu le temps d'évacuer dans la maison de Bram, tout en haut de la colline. D'autres hommes armés du clan s'étaient postés de chaque côté de la forteresse.

— Savent-ils qu'elle est là ? demanda Alex.

Callum secoua la tête.

— Laissons-les croire qu'elle est morte. C'est son seul espoir de retrouver la liberté.

— Où se trouve-t-elle ?

— Elle est cachée dans la forêt, dans notre maison.

Il fit avancer son cheval en direction des soldats du duc. Qu'il soit venu ce soir, alors qu'il était censé se marier, le rendait furieux. Cet homme ne les laisserait donc jamais tranquilles ?

— Calme-toi, mon frère, lui conseilla Alex.

Bram se plaça de l'autre côté de sa monture, l'air grave.

— Le prêtre les accompagne.

Callum poussa un juron. S'ils avaient trouvé le prêtre, ce dernier leur avait certainement dit la vérité, à propos de Marguerite et de leur mariage.

— Je ne pense pas que le duc soit là pour assister à notre union, ironisa Callum.

Il était plutôt là pour l'empêcher.

Tout en continuant d'avancer vers l'armée déployée devant eux, il s'empara d'une flèche ornée d'une plume noire et l'engagea dans l'arc.

Qu'ils avancent s'ils le voulaient, songea-t-il.

— Que comptes-tu faire ? lui demanda Alex.

— Je vais les laisser faire le premier pas.

Il garda sa flèche dans son encoche, et attendit que le duc prenne une décision.

— Nous ne ferons aucune hypothèse sur la raison de leur présence ici.

Les soldats étaient équipés pour la bataille. Ils portaient des cottes de mailles, et tous étaient armés de lances, d'arcs et d'autres armes. Callum distingua une seconde rangée d'hommes prêts également pour le combat.

Personne ne bougea, et le temps sembla s'arrêter, tandis qu'ils se toisaient les uns les autres. Le duc ne le croirait pas sur parole, s'il lui disait que Marguerite n'était pas là. Il était capable de retourner chaque pierre et de fouiller chaque maison pour la retrouver.

Callum ne voulait pas tuer de sang-froid le père de sa bien-aimée, ni se trouver dans une situation où il n'aurait d'autre choix que lui prendre la vie.

Le silence pesait des deux côtés depuis près d'un quart d'heure, lorsqu'un mouvement attira leur attention.

Callum aperçut alors un groupe de femmes qui se dirigeaient résolument vers l'espace libre, entre les deux rangées de chevaux adverses.

Nairna avait enfilé une ample robe en soie, et marchait péniblement, en poussant devant elle son ventre rond. Ses cheveux étaient tressés et entremêlés de fleurs.

À côté d'elle se trouvait Laren, avec ses deux bébés. Elle portait aussi ses plus beaux habits.

Derrière elles, il entrevit des cheveux blonds.

Son cœur flancha. Pourquoi diable Marguerite n'avait-elle pas suivi ses ordres ?

Marguerite avançait lentement, mais d'un pas décidé. Nairna et Laren l'avaient aidée à se préparer. Elle avait lâché ses cheveux sur ses épaules. Ses amies les lui avaient longuement brossés, et avaient posé sur sa tête une couronne de bruyère et d'ajoncs. Autour de son cou brillait le pendentif bleu et sa robe était dans les mêmes tons saphir. Une ceinture dorée lui ceignait les hanches. Elle marchait pieds nus sur l'herbe d'été.

Elle avait exposé son plan à Nairna et à Laren. Malgré les risques qu'il présentait, elle ne voyait pas d'autre solution. Il fallait faire quelque chose avant que le combat n'éclate. Même si elle avait décidé de rester coûte que coûte avec Callum, elle était prête à faire tout ce qui était en son pouvoir pour éviter toute effusion de sang.

— On dirait qu'ils vont s'entre-tuer, murmura Laren, en serrant ses enfants contre sa poitrine.

— Ils n'oseront pas attaquer, alors que nous nous trouvons entre eux, répondit Marguerite.

Dès que son père l'aperçut, elle nota que son expression se transforma. Un immense soulagement, puis une grande colère et une détermination retrouvée se succédèrent sur son visage.

Marguerite continua d'avancer jusqu'à lui. Puis elle lui tendit les bras, comme pour l'accueillir.

— Voulez-vous descendre et accepter mon baiser de bienvenue, père ?

Il ne mit pas pied à terre. Il se contenta de la regarder fixement.

— Je croyais que tu étais morte.

— J'ai failli mourir, avoua-t-elle. Callum m'a retrouvée et m'a amenée ici.

Elle reporta son attention sur le prêtre qui s'approchait d'eux.

— J'espère que vous êtes venu vous joindre à nous pour célébrer notre mariage.

— Je ne célébrerai jamais ton mariage avec un vulgaire Écossais !

Callum et lui échangèrent alors un regard chargé d'hostilité et de rage, qui remplit Marguerite d'inquiétude.

Elle proposa très vite :

— Voulez-vous bien accepter notre hospitalité ? Nous pourrons poursuivre cette conversation en privé.

Le duc ne dit rien et son silence témoignait de son refus. Marguerite se demanda si elle parviendrait un jour à le faire céder.

Elle prit alors la main de Callum et, comme son père ne parlait toujours pas, elle ajouta :

— Vos hommes ont certainement envie de se rafraîchir au château. Êtes-vous d'accord, Laren ? demanda-t-elle à la lady de Glen Arrin.

La femme d'Alex hocha la tête.

— À condition qu'ils laissent leurs armes derrière eux.

Son père paraissait vouloir attaquer ouvertement la forteresse, mais Callum contra sa menace muette d'un regard chargé de promesses.

— J'accepte de te parler, Marguerite, déclara enfin le duc, mais pas à lui.

— Vous nous parlerez à tous les deux ou à aucun de nous, riposta-t-elle.

Ils se trouvaient dans une impasse ; son père semblait prêt à donner l'ordre d'attaquer.

— J'ai préféré affronter la mort plutôt que de vivre

sans Callum, poursuivit-elle d'une voix calme. Je suis prête à l'affronter de nouveau, s'il le faut.

L'expression de son père se durcit. Il la contempla longuement d'un air incrédule, comme pour essayer de deviner si elle était vraiment prête à mettre ses menaces à exécution.

Callum descendit de cheval et la prit par la taille. À ses côtés, elle défia son père du regard, dans l'attente de sa réponse.

— S'il vous plaît, demanda-t-elle plus doucement. Si vous m'aimez, faites-le.

Il resta de marbre, et finit par talonner son cheval pour le faire avancer, indiquant son refus de s'abaisser. Marguerite le conduisit dans la forteresse en se demandant comment elle allait pouvoir remporter la bataille.

Nairna s'affaira pour faire porter du vin et de la nourriture au duc, tandis que Laren commençait à donner ses instructions pour le festin.

Marguerite tenait toujours la main de Callum et sentait dans ses doigts la tension qui l'habitait. Il n'était pas du tout prêt à négocier avec le duc, loin de là ! Elle allait devoir intervenir pour éviter qu'ils s'entre-tuent.

Arrivé dans la grande salle, son père refusa de s'asseoir. Il resta debout face à elle. Callum fit discrètement signe aux autres de les laisser, tandis qu'il se campait à côté d'elle.

Marguerite carra les épaules et fit face à son père.

— Tu m'as laissé croire que tu étais morte ! gronda-t-il d'une voix pleine de colère. As-tu la moindre idée de ce que j'ai pu ressentir ?

Il y avait une douleur véritable dans son regard, ainsi que de la colère, qui s'insinuait plus profondément dans son cœur.

— Je suis désolée, je n'avais pas le choix. Vous n'avez jamais voulu m'entendre. Vous avez passé outre à mes sentiments et vous vous êtes comporté comme s'ils n'avaient pas d'importance. Lorsque vous m'avez fait boire cette potion, j'ai compris que vous ne m'écouteriez jamais. Vous ne vouliez que ce que vous croyiez être le mieux pour moi, sans chercher à savoir ce que je voulais, moi.

Elle lâcha la main de Callum et continua :

— Dès que vous serez prêt à accepter que je suis heureuse ici, et que je suis aimée de cet homme, vous serez le bienvenu pour vous joindre à notre festin.

Elle fit un pas vers lui.

— Ce soir, vous pouvez être de nouveau mon père, et non mon ennemi.

Il la détailla avec insistance, puis demanda :

— Qu'avez-vous à dire, MacKinloch ? Je suppose que vous êtes toujours capable de parler ?

— Grâce à Marguerite, oui. Vous et moi, nous ne serons jamais d'accord. Mais je suis capable de tuer un millier d'ennemis pour protéger votre fille. Je suis prêt à donner ma vie pour elle, et je jure de la rendre heureuse.

Ses paroles la transportèrent tant de joie qu'elle se jeta dans les bras de Callum, qui l'enlaça.

— Laissez-moi ici, père ! implora-t-elle.

Le duc ne dit rien et se contenta de la regarder. En quelques secondes, il sembla vieillir d'un coup et son expression se chargea d'amertume.

— J'ai toujours voulu ce qu'il y avait de mieux pour toi.

— J'ai trouvé mon bonheur, répondit Marguerite. Et, si vous étiez capable de tirer un trait sur vos convictions, vous seriez en mesure de le voir.

— Tu veux vraiment renoncer à tes droits ? À toutes les richesses que tu aurais possédées ?

Marguerite porta la main aux fleurs dans ses cheveux.

— Ce seront mes bijoux, désormais. Ne voulez-vous donc pas mettre de côté votre colère ?

Elle réduisit la distance qui les séparait et lui effleura les joues.

— Au moins pour ce soir… Je vous demande simplement d'être heureux pour moi.

— Et que faites-vous du comte ? On ne peut pas briser si facilement des fiançailles, Marguerite !

— Il m'a aidé à rejoindre la plage, avoua-t-elle alors. Je lui ai rendu sa liberté, comme il l'a fait pour moi.

Voyant que son père doutait, elle continua :

— Il sait, père.

Le duc lui prit la main et, à cet instant, il avait l'air si las qu'elle ne sut plus que croire.

— Je suppose que tu dis vrai. Quelqu'un a levé l'ancre et le bateau a dérivé sur plusieurs milles, avant que nous nous en apercevions.

Il lui serra la main et lui caressa les cheveux.

— Tu ressembles tellement à ta mère, ma petite !

Elle le gratifia d'un sourire radieux et comprit qu'il s'excusait en silence par ces paroles.

17

Callum se tenait face à Marguerite. Il n'arrivait toujours pas à croire que son père était en train d'assister à leur mariage. Le prêtre récita une bénédiction en latin, et joignit leurs mains, tandis que Marguerite lui souriait. Ses yeux azur étaient remplis de joie.

Quant à lui, la gorge serrée par l'émotion, il avait à peine réussi à prononcer les vœux qui désormais les liaient.

Il se pencha vers elle pour l'embrasser et tous poussèrent des acclamations de joie.

Le regard noir du duc prouvait qu'il n'était pas complètement heureux. Il avait cependant consenti avec réticence à faire la paix.

Même s'il rechignait à laisser sa fille à Glen Arrin, sa capitulation avait largement permis un rapprochement entre eux.

Callum croisa son regard et lui promit en silence de rendre Marguerite toujours heureuse.

Laren et Nairna avaient organisé un festin qui relevait presque du miracle. Plusieurs soldats avaient passé l'après-midi à pêcher, et ils mangèrent du mouton froid, du poulet rôti et du saumon, accompagnés de biscuits à l'avoine et de bols de baies sauvages.

Il y avait de la musique et, tout autour d'eux, les invités dansaient. Plus tard, le duc accepta de danser avec Marguerite. Son visage rayonnait d'amour et, lorsqu'elle se tourna vers Callum, il lui renvoya le même message de tendresse.

— Qu'est-il arrivé à tante Beatrice ? demanda-t-elle à son père.

— Je l'ai envoyée en France. Elle causait d'autres ennuis, et mes hommes m'ont confirmé que tu avais raison à son propos.

Il haussa les épaules.

— La potion aux herbes était son idée.

Il lui toucha la joue et ajouta :

— Je n'aurais jamais dû accepter. Je te demande pardon.

Il était sincère dans ses regrets et elle hocha la tête en guise d'acceptation. Son père s'était de toute évidence laissé aveugler par la colère.

— Je suis heureuse qu'elle soit partie.

Elle posa la tête sur son épaule et ajouta :

— Je vous dois toujours la faveur que vous avez gagnée, le jour où je vous ai laissé remporter notre course.

Voyant qu'il ne répondait rien, elle leva les yeux vers lui.

— Vous vous souvenez ? Je vous ai promis de venir vous rendre visite.

Une légère émotion colora son visage.

— Cela me ferait vraiment plaisir.

Il l'enlaça et elle sentit tout son amour.

La nuit se poursuivit avec plus de danse et de musique.

Le duc manifesta de l'intérêt pour les vitraux qu'il avait aperçus dans la forteresse. Après avoir avalé quelques pintes de bière supplémentaires, il s'entretint avec Laren et lui commanda un vitrail pour son château en France.

Assis à côté de Marguerite, Callum se forçait à manger un peu, mais son esprit était occupé par d'autres projets. Marguerite croisa son regard et son sourire s'évanouit lorsqu'elle comprit.

Elle tendit la main vers lui et il la suivit à l'écart des invités, vers les bois voisins.

Ils venaient à peine de trouver refuge entre les arbres que Marguerite s'arrêta brusquement de marcher, et s'adossa au tronc d'un grand chêne. Elle l'attira alors à elle pour l'embrasser profondément.

Callum répondit à son baiser avec la fougue d'un mari ayant tous les droits. Elle lui tendit les lèvres avec passion, le saisissant par la nuque pour s'offrir tout entière.

Puis elle s'écarta, le souffle court et les lèvres gonflées.

— Je ne pouvais pas attendre plus longtemps.

— Si vous ne m'aviez pas emmené ici, je vous y aurais entraînée de force, répondit-il.

Le besoin de sentir sa peau nue contre la sienne, de lui montrer à quel point il l'aimait, était si fort qu'il la souleva dans ses bras.

Marguerite rit contre son épaule, tandis qu'il l'emportait dans la forêt. Le soleil couchant dardait ses derniers rayons rouges et or à l'horizon. Callum entra dans leur maison avec son précieux fardeau, et referma la porte derrière lui. Puis il allongea Marguerite sur le lit. Elle lui tendit les bras ; il l'aida à se débarrasser de sa robe et elle de ses vêtements. Elle s'apprêtait à retirer sa couronne de fleurs, mais il l'arrêta.

— Attendez…

Il s'assit et s'écarta un peu pour mieux la contempler. Avec ses cheveux défaits et son corps merveilleux offert à son regard, elle était si belle ! Il n'en revenait pas qu'elle soit désormais son épouse.

Il défit une tige de bruyère pourpre de la couronne et entreprit de tracer des arabesques sur sa peau.

— Que faites-vous ? murmura-t-elle, en retenant son souffle lorsque la brindille lui effleura un sein.

— Vous m'avez appris à écrire, répondit-il. J'ai pensé qu'il serait bon de pratiquer.

Il fit tournoyer la fleur autour de son sein et ajouta :

— J'ai toujours trouvé difficile d'écrire la lettre S.

— Je connais une autre chose qui est dure, répondit-elle en s'approchant de lui.

Lorsqu'elle referma la main sur son sexe, Callum retint son souffle et laissa tomber sur les draps le brin de bruyère. Puis il se pencha vers elle et commença à lui embrasser les épaules. Il remonta ensuite vers le point si sensible à la base de son cou. Marguerite avait envie de lui. Il le sentait à la manière dont son pouls battait sous ses lèvres.

Il déposa une pluie de petits baisers le long de sa gorge, puis descendit plus bas. Elle le serra plus fort. Il avait tellement envie d'elle qu'il devait faire de gros efforts pour se contrôler.

— Doucement, ma chérie.

— Je n'ai peut-être pas envie de faire doucement, répliqua-t-elle, en caressant le bout de son sexe.

Puis elle lui lança un sourire espiègle.

— Ce soir, j'ai été enlevée par un guerrier écossais, et j'espère qu'il va abuser de moi !

Il ôta ses derniers vêtements et s'assit à côté d'elle sur le lit.

— Si tels sont vos désirs.

Il prit son sein entre ses lèvres et le taquina du bout de la langue. Marguerite gémit doucement et poussa un soupir de bonheur. Le désir métamorphosa son visage et ses joues s'empourprèrent.

Elle roula sur le côté et murmura contre sa bouche :

— Vous êtes une tentation à laquelle je ne peux pas résister, Callum.

Elle lui caressa langoureusement le dos.

— Laissez-moi vous toucher quelques instants.

Il s'immobilisa et la laissa faire ce dont elle avait envie. Elle l'invita à s'allonger sur le ventre et l'enjamba. Il sentit son sexe humide frotter le bas de son dos. Puis elle suivit du bout des doigts ses cicatrices, qui appartenaient désormais au passé.

— Je me souviens du jour où je vous ai trouvé. J'avais tellement peur que vous mouriez !

Elle se pencha et effleura de ses lèvres ses cicatrices. Il sentit ses seins contre lui. Rester ainsi couché, sans pouvoir la toucher tandis qu'elle le caressait, s'apparentait à de la torture.

— Je pense que, d'une certaine façon, je savais que nous serions un jour ensemble.

— Je vous ai prise pour l'ange de la miséricorde, avoua-t-il. Peut-être que c'était le cas, car je jure sur ma vie qu'à vos côtés je me sens au paradis !

Il roula sur le dos, tant le besoin d'adorer chaque parcelle de sa peau était grand. Puis il prit ses seins à pleines mains, tout en se logeant entre ses cuisses.

Marguerite leva les genoux pour l'accueillir et retint son souffle lorsqu'il se frotta contre elle, tout en lui caressant la poitrine.

— Dites-moi comment vous voulez que je vous touche, murmura-t-il.

Marguerite s'étrangla, tandis qu'il parcourait lentement sa peau, attendant sa réponse. Elle le guida alors en elle et, d'un léger coup de reins, il la posséda.

Du bout des lèvres, il suivit la courbe de son sein, qui s'érigea et s'épanouit, lui montrant à quel point elle appréciait son baiser.

— Dites-moi, Marguerite...

Elle se tortilla pour l'accueillir plus profondément en elle et lui murmura quelques mots en français.

— Je ne parle pas votre langue, *a ghràidh*.

Mais il agit d'instinct et la pénétra jusqu'à ce qu'elle tremble de bonheur entre ses bras. Lentement, il se déplaça vers le bord du lit et se leva, toujours en elle. Elle enroula les jambes autour de sa taille et il la pénétra sous un autre angle, plus profondément.

Elle s'agrippa au matelas, les yeux grands ouverts, tandis qu'elle s'abandonnait à ses assauts, le corps arc-bouté. Il sentit bientôt ses muscles se contracter et ses tremblements, sous la puissance de ses coups de reins.

— Je t'aime, ma femme, dit-il en plantant son regard dans le sien.

— Je t'aime, répondit-elle en français, en lui saisissant les hanches.

Callum s'enfonça en elle et croisa son regard chargé de désir. L'intensité de son étreinte la fit frémir. Lorsqu'il accéléra le rythme, elle l'encouragea par des mots.

— Comme ça ! cria-t-elle, lui montrant à quel point elle aimait le sentir profondément en elle.

Le bonheur de la voir atteindre l'orgasme, de voir son corps trembler de plaisir, l'excita encore plus. Elle était tellement humide, tellement avide de lui, qu'il ne put s'empêcher de pousser un long grognement lorsqu'elle le serra de toutes ses forces entre ses cuisses, le corps secoué de violents soubresauts.

Il maintint son propre rythme, jusqu'à ce que l'orgasme déferle également sur lui avec force.

Et, lorsqu'il s'allongea sur elle, leurs corps fusionnèrent comme s'ils ne faisaient qu'un. Il la serra entre ses bras. Son cœur battait si vite qu'il avait peine à croire qu'elle lui appartenait désormais.

— Dès l'instant où je vous ai vue, j'ai su que vous étiez à moi, murmura-t-il contre ses cheveux.

Elle lui sourit et, dans ses prunelles, il lut les promesses muettes de tous les lendemains qu'ils allaient passer ensemble.

Il n'avait pas besoin d'autres mots.

Épilogue

Quatre ans plus tard

Un groupe de messagers portant l'insigne d'Édouard de Carnarvon, le roi d'Angleterre, arriva un jour à Glen Arrin. Lorsque Marguerite les vit, elle serra sa petite fille dans ses bras, comme pour la protéger. À l'air grave de ces hommes, elle n'imaginait pas qu'ils soient porteurs de bonnes nouvelles.

— Restez en arrière, lui intima Callum, en passant son arc dans sa main gauche.

Ailric, leur fils âgé de trois ans, agrippa son arc d'enfant pour imiter son père.

— Voulez-vous que j'éloigne les enfants ? lui demanda Marguerite, inquiète.

Elle ignorait qui les messagers étaient venus voir.

— Pas encore. Ils ne sont pas venus pour combattre, dit Callum en hochant la tête. Mais gardez vos distances. Va rejoindre ta mère, ordonna-t-il à Ailric.

— Je veux vous aider, père, objecta Ailric, en levant son arc miniature.

Callum lui ébouriffa les cheveux et le poussa vers Marguerite.

— Fais ce que je te dis, mon fils.

Les hommes étaient restés de l'autre côté des portes. Callum s'avança vers eux. Marguerite avait installé son bébé dans le creux de sa hanche, la main d'Ailric dans la sienne, le cœur battant de peur. Ils n'avaient rien fait de mal. Pourquoi les hommes du roi étaient-ils là ?

Quelques instants plus tard, les émissaires pénétraient dans la forteresse, conduits par Dougal. Il était devenu un beau jeune homme, et Marguerite espérait qu'un jour il trouverait une femme avec qui se marier. Il passait beaucoup trop de temps à s'occuper des animaux, au lieu de fréquenter les gens.

— Quelle est la raison de votre présence en ces lieux ? demanda Callum, sans lâcher son arc.

— Nous aimerions parler à Lady Marguerite de Montpierre, fille du duc d'Avignois, épouse de Callum MacKinloch, déclara le premier homme.

Marguerite fit un pas en avant.

— C'est moi, lança-t-elle.

Callum se posta devant elle, et elle le vit aussitôt changer d'attitude. Si nécessaire, il était prêt à lancer une demi-douzaine de flèches pour les défendre, ses enfants et elle.

— Et vous avez été fiancée autrefois à Peter Warrington, comte de Penrith ?

Elle confirma d'un hochement de tête.

— Il est arrivé quelque chose ?

Lord Penrith s'était montré bon avec elle, et elle l'appréciait beaucoup, même si elle n'aurait jamais pu l'épouser.

Après son mariage avec Callum, il lui avait écrit de temps en temps, et semblait particulièrement ravi qu'elle ait enfanté un fils peu de temps après les noces.

Le messager s'avança vers elle et inclina la tête avec respect.

— Le comte de Penrith est un très bon ami de Sa Majesté le roi.

Marguerite se sentit rougir car elle comprenait maintenant qui était l'être cher au cœur du comte, et pourquoi il ne pouvait pas partager la vie de celui qu'il aimait.

— Quel est le rapport avec moi ?

— Sa Majesté souhaiterait offrir d'autres propriétés au comte. Il existe ici des terres qui ont été confisquées par le roi. Et il est de la volonté du roi de rétablir la paix en Écosse.

Marguerite attendit qu'il poursuive, sans comprendre l'objet de ce discours.

— Mais pourquoi... ?

— Sa Majesté, qui apprécie beaucoup Lord Penrith, a accepté d'accéder à l'une de ses requêtes. Ces terres d'Écosse reviendront à votre fils.

Stupéfiée par cette nouvelle, Marguerite resta sans voix. Le comte était suffisamment riche, il n'avait besoin de rien de plus que ce qu'il possédait déjà. Mais qu'il ait légué cette terre à son fils était un cadeau qu'elle n'aurait jamais espéré recevoir.

Le messager posa le regard sur Ailric, puis ajouta :

— Le roi a honoré ce legs. Votre mari et vous en aurez la jouissance, jusqu'à ce que votre fils devienne adulte.

Marguerite enfonça les doigts dans le bras de Callum, dans l'espoir qu'il comprenne ce que cela voulait dire. Il échangea un regard avec elle et hocha la tête. Puis il couvrit sa main avant de demander au messager :

— Pouvons-nous aller à la cour, pour présenter nos remerciements au roi ?

Le messager s'inclina devant lui :

— Ce serait en effet très avisé de votre part. Et Lady Marguerite aura sans doute envie de passer un peu de temps avec Sa Majesté la reine Isabelle, étant donné qu'elles ont grandi dans le même pays.

Il commença ensuite à énumérer leurs droits fonciers, mais Callum l'interrompit :

— Où se trouve cette terre qui a été léguée à notre fils ?

— À quelques jours de chevauchée d'ici.

Puis il haussa les épaules et ajouta :

— Le donjon a complètement brûlé, je le crains, mais il ne s'agit pas d'une très grande forteresse.

Marguerite fut soudain habitée d'un étrange pressentiment à propos du lieu en question.

— À qui appartenaient ces terres avant ?

— Au comte de Cairnross. Vous avez dû entendre parler de lui.

Marguerite faillit s'étrangler en l'entendant nommer celui qui avait tué Trinette, sa fidèle servante, et qui avait tourmenté tant de prisonniers. Devenir propriétaire de cette terre et rebâtir une forteresse sur le sang de tant d'hommes lui paraissait une plaisanterie cruelle.

Callum lui prit la main pour l'inciter à rester calme. Son regard se voulait rassurant.

— Entrez et venez vous restaurer, avant de retourner en Angleterre, proposa-t-il au messager.

Puis il se tourna vers son jeune frère Dougal :

— Demande à Laren de trouver un endroit où héberger ces hommes.

Le messager sortit de sa poche un anneau en or et le tendit à Marguerite.

— Voici la bague que vous devrez donner à votre fils.

Elle appartient au comte et symbolise la faveur que le roi vous accorde.

Elle sourit pour le remercier, tout en serrant l'anneau dans sa paume. Sa fille commença à s'agiter et elle la posa dans les bras de Callum, où elle s'apaisa instantanément.

Les hommes suivirent Dougal jusqu'à la forteresse. Dès qu'ils furent partis, Marguerite se tourna vers son mari.

— Ne sera-t-il pas trop douloureux pour vous de retourner à Cairnross ?

— Jamais je n'oublierai ce qui s'est passé dans cet endroit, répondit-il en secouant la tête. Mais nous le reconstruirons et nous dresserons une nouvelle forteresse.

Il se pencha vers elle pour lui voler un baiser.

— J'ai toujours voulu vous offrir des terres et un château. Grâce au comte, c'est désormais possible.

Leurs enfants entre eux, elle posa le front contre le sien.

— Je n'en ai jamais eu besoin, Callum.

Puis, tout en souriant à son fils et à sa fille, elle ajouta :

— Vous m'avez déjà donné des trésors qui n'ont pas de prix.